大鱼文化传媒　大鱼文学

# 我的男友
# 来自明朝

WODENANYOU

CHIYANLENG

赤焰冷

LAIZIMINGCHAO

贵州出版集团
贵州人民出版社

**图书在版编目（ＣＩＰ）数据**

我的男友来自明朝/ 赤焰冷著.-- 贵阳:贵州人民出版社,2016.9（2020.3重印）

ISBN 978-7-221-12871-3

Ⅰ.①我… Ⅱ.①赤… Ⅲ.①长篇小说－中国－当代 Ⅳ.①I247.5

中国版本图书馆CIP数据核字(2016)第229802号

# 我的男友来自明朝

赤焰冷 著

出 版 人 苏　桦

出版统筹 陈继光

选题策划 欧雅婷

责任编辑 程林骁

流程编辑 黄蕙心

装帧设计 刘　艳 逸 一

封面绘制 君　翎

出版发行 贵州人民出版社（贵阳市观山湖区会展东路SOHO办公区A座
　　　　 邮编：550081）

印　　刷 三河市华东印刷有限公司

开　　本 32开（880mm×1230mm）

字　　数 220千字

印　　张 9.5

版　　次 2016年11月第1版

印　　次 2016年11月第1次印刷
　　　　 2020年3月第2次印刷

书　　号 ISBN 978-7-221-12871-3

定　　价 48.00元

# 我的男友 来自明朝

Episode 1 | **蝴蝶发夹** ...... *001*

这世上有鬼吗？
小镇上的案件
吃素的男人
拧巴的约会
盘丝耳环

Episode 2 | **虫后** ...... *057*

灭门之灾
迷幻谷
苗虫
情缘起
真的可以死吗？
未完结

# 我的男友 来自明朝

Episode 3 | 最后一味药 ...... 146

大兴
骨冢
林羽离
再回不去了
我们一起死吧
长生

番 外 | 我活了五百一十三年 ...... 285

Ending | 结束是新的开始 ...... 288

*Episode 1*

## 蝴 蝶 发 夹

　　易兰泽将棒棒糖拿在手里，唇上沾着被含化的糖水，晶亮晶亮的，以一种高高在上的姿态看着她，那一刻的神情与那位苏公子重合在一起，让姜璃看得又是一阵恍惚。

## 01  这世上有鬼吗？

已经深夜了。

沈云娜有点后悔玩到这么晚才回家，而自己住的那幢楼不太平，听说就在前一年楼里击毙了一个持枪挟持一家三口的凶犯。她也是因为这幢楼租金便宜才住进来，一连住了三个月也没发生什么怪事，所以胆子就大起来，以前一下班就回家，现在偶尔会晚回，而这一次，似乎太晚了。

电梯里的灯坏了，一闪一闪的，她有些怕，故意外放手机里的音乐，给自己壮胆。好不容易到了自己住的十八楼，她迅速地走出电梯，却发现走廊的声控灯坏了。电梯门一关上，四周一片漆黑，她边将手机音乐放得更响，边朝走廊的最里面，自己的住所走去。脚上是新买的高跟鞋，有些不跟脚，因为走得太快，快到自家门前时，脚扭了一下，她慌忙扶住旁边的墙，却摸到一手的黏腻，有温度的黏腻。

她吃了一惊，用手机的光看自己的手，竟是一手的血。

她"啊"地喊了一声，手机掉在地上，手机光照到墙上，只见一个满脸是血的胖子贴着墙站着，一双眼全是眼白，正死死地盯着她。

她又"啊"地叫了一声，这次叫声响彻整幢楼。

"总有人问我，这世上有没有鬼，我就反问对方，你觉得鬼是什么？它是一切迷信思想的代名词，还是它只是种自然现象。"

姜唯明此时站在大学的阶梯教室里给上千名学生做讲座，偌大的阶梯教室座无虚席，全是冲着这堂名为"鬼确实存在"的讲座而来的。

姜唯明五十岁不到，却至少有三个以上的博士学位，喜欢不走寻常路，专攻离奇事件，并提出足以颠覆人通常认知的理论，被很多科学界的同行所不齿，认为他在哗众取宠，在拖科学的后腿。姜唯明对此完全不在意，依然我行我素。

他此时一身西装，戴着一副金丝边眼镜，虽然年近五十，却保养得极好，身形修长挺拔，气质儒雅，让下面一干女生看得倾慕不已。

"我想说的是，世上有鬼，却是一种自然现象，而这鬼究竟是什么？从科学的角度来说，那更像是一组脑电波。在人死去的一瞬，人的脑部活动并没有完全停止，死时的一些情绪就会反射到空气中，形成我说的那组脑电波，它通常很微弱，像散发在空气中的水蒸气，太阳一出来，就会消失殆尽。但并不保证，没有很强的脑电波，强大到足以影响自身脑磁场较弱的一类人的思想和情绪，甚至产生短暂的幻觉，这就是我们通常所说的'见鬼了'。"

姜唯明说到这里停下来，目光扫视场上众人的反应。这是他一贯的讲座风格，讲到精彩处便会停下来让众人消化期待一下，再接着讲。当目光扫过一处时，他停了停，那里坐着个女孩，扎着马尾，一身简单的黑T恤，皮肤很白，一双眼灵动如水，算得上是个难得的美人，此时正冲他挥手。

姜唯明不动声色地将视线移开，却同时用手抬了抬鼻梁上的眼镜，掩饰扬起的嘴角，继续道："我们都知道人的脑电波分四种频率，与人的情绪、年龄和精神状态有关。我刚才所说的很强的脑电波一般是在什么情况下产生的呢，"他伸出修长的手，掰着手指数道，"暴毙、自杀、枉死……任何一种带着强烈情绪的死亡都可能产生强烈的脑电波。"

下面的人开始窃窃私语起来。

有人问道:"姜教授,那这样的强烈脑电波会一直留在那里吗?"

"不会。"姜唯明摇头,"我说过,那就像是散发在空气中的水蒸气,再重的水汽也总会被太阳晒得一点都不剩。"

"姜教授……"

又有人开始提问,听众席有好多人迫不及待地举手表示自己也有疑问,显然这样的讲座比通常的讲座要有意思得多。

姜唯明在回答提问时,瞥到刚才冲他挥手的女孩拿着手机跑出去了,过会儿又急急忙忙地跑回来,拿着包走了。

他眉头皱了皱,却只是皱了一下,抬首又开始回答问题。


姜璃本来在听老爹的讲座,说好要替他录影的,结果录到一半就被局长一个电话叫了过去,又有命案了。

十八楼。

"头儿,这里。"助手泉朵已经在那里等她,抱着台单反左拍拍右拍拍。

尸体已经被抬走,此时泉朵站的地方,什么都没有,连点血迹也看不到。

"死者的死因出来了吗?"姜璃漫不经心地看了一圈。她还没看过尸体,局长让她先来现场,但现场似乎并没有什么可疑之处。

一听问死因,泉朵神神秘秘地跑上来,小声道:"我前一刻刚得的消息,心肌梗死,貌似被吓死的。"

"吓死的?"姜璃那双黑白分明的眼睛看了泉朵一眼,"那也不是局长让我们组过来的理由啊。"

"问题是,这是同一个地方吓死的第三个人了。"泉朵说道。

"第三个?"姜璃总算有些兴趣,又仔细将现场看了一遍,最后停在那面被刷得雪白的墙上。那面墙并没有什么特别,就是跟另一面墙比起来要白了些。

"为什么比另一面白呢?"她自言自语。

泉朵也学着姜璃的模样将那面墙仔细看了一遍,然后道:"头儿,有什么古怪吗?"

这时正好旁边的一户人家有人出来，看到姜璃和穿着警服的泉朵，又缩了回去。姜璃反应快，高声道："请问一下。"

　　那户人将要关上的门又打开，是个消瘦的中年女人，黑眼圈很重，脸色苍白，灰白的头上别了个似乎是陶制的蝴蝶发夹，看上去已有些年头。如果不是白天，很容易以为是撞鬼了。她看着神采奕奕的姜璃，半天才道："有什么事啊？"声音很哑而且有气无力。

　　姜璃皱了皱眉，掏出证件给那女人看了一下，问道："我想请问一下，为什么只有那面墙看上去像新粉刷过？"

　　那女人往姜璃指的方向看了一眼，又迅速地收回视线，像是很害怕的样子，往屋里缩了几步才道："一年前有个人劫持了一家三口，后来在那面墙那里被击毙的。血，还……还有脑浆溅了一墙，所以……所以才……"她说到后面声音有些发抖，但姜璃已经知道为什么那面墙这么白。

　　"谢谢。"姜璃说了一句，眼见那女人就要关上门，又忽然叫道，"阿姨。"

　　那女人停下来，有些疑惑地看着姜璃。

　　姜璃看着女人苍白的脸，说道："这件事你应该是亲眼目睹的吧？之后没有做过心理辅导吗？"

　　女人一怔，低下头，半晌有些生硬地说道："我很好，不需要做什么心理辅导。"

　　"但你的脸色告诉我，你长期失眠，噩梦缠身。"

　　女人似乎生气了，没理姜璃，"砰"的一声，把门关了。

　　姜璃不以为意，看了那关上的门一会儿，又走回到现场，对着那面墙"面壁"。

　　"原来这个地方击毙过人啊，头儿是不是已经有线索了？看出名堂没有？是不是这墙有问题？"泉朵手不停地敲着墙，围着姜璃问了一大串问题。

　　姜璃白她一眼，说道："没有。"说着转身走了。

　　泉朵撇了撇嘴，快速地跟上去。

姜璃换上警服就去警局找局长。

唐年正在吃橘子，看到姜璃进来忙把嘴里的核吐掉，口齿不清地招呼姜璃坐。

"怎么样，现场有什么端倪？"唐年扔了个橘子给姜璃，自己又剥了一个，边吃边问。

姜璃体质容易上火，看到橘子不敢吃，眼看着唐年吃得津津有味，说道："没看出什么来，我等一会儿去调被击毙的那个罪犯的资料看一下，还有连同这次在内的三个死者的资料。"

"三个？"唐年一怔，摇头道，"不是三个，是两个，还有一个没死，只是受了很大的刺激，回家乡去了。"

"真的都是吓成这样的？"姜璃被唐年的吃相弄得忍不住，也开始剥橘子。

"心肌梗死，两个被害人都是年轻人，且没有心脏病病史，不可能无故犯病。这事有些蹊跷，前面两次都没查出什么，这次干脆直接从你这边走，你务必解决，不然指不定哪天还会死人。"

姜璃吃了口橘子，很甜。她将剩下的半个也塞进嘴里，站起来说："知道了。"然后从唐年桌上抓了几个塞进口袋，出去了。


被击毙的凶犯叫陈兴发，从照片上看是个胖子，很年轻，被击毙时二十六岁，没有病史，身体健康。

"头儿，这样看来，死者年轻健康，又是被击毙的，死时脑电波会很强，只是一年多还未散，就有点蹊跷了。"泉朵是姜唯明的学生，当然姜唯明教她的只是大学里的普通科目——心理学。但她却对姜唯明那套颠覆传统科学的理论感兴趣，几乎已经成了半个姜唯明，此时不由得开始分析起来。

姜璃不理她，继续边走边看着手里的资料。

泉朵不死心地在旁边不停地说话："头儿，见过资料室里那个新来的网管没有，一级帅。我去调资料时，资料室里的女人们全都围着他转呢。我也是惊鸿一瞥，那皮肤好得捏得出水似的……"

泉朵还想说，却忽然住嘴，看到前面解剖室的牌子，整个人蔫下来，停在门口说道："头儿，你自己进去吧，我在外面等着。"说着打了个冷战，裹紧衣服，一副打死也不会进去的模样。

　　姜璃笑了笑。这丫头刚来那会儿天不怕地不怕，结果第一次跟她跑解剖室就看到法医搬动尸体时自尸体口中流出尸水来，吓得发了一个星期的烧，以后就再也不敢进去了。

　　解剖室里的味道不怎么好闻，与其说不好闻，倒不如说充斥着死亡的味道。姜璃走进去，看到里面只有一个人，一个身材修长的男人，穿着白大褂，戴着口罩，正专心地用电锯替一具尸体开颅，姜璃进来也没听到。

　　姜璃不想打扰他，眼看着他将尸体的头盖骨切开，电锯切割头骨的声音和打开头盖骨大脑显现出来的样子，让人全身发寒。不知道泉朵看到会不会晕过去，应该不会只是发一个星期的烧那么简单了。

　　"黄法医。"等静下来，姜璃叫了一声。

　　那个男人抬起头，脸上戴着口罩，显然没发现屋里多了个活人，露在外面的一双眼细长而冷漠，将姜璃上下打量着，却没说话。

　　姜璃觉得他这样看着自己，就像打量着一具尸体，有些受不了地拿出证件，说道："我叫姜璃，唐局应该事先跟你讲过。"

　　男人根本没看姜璃的证件，能进到这里来，外面几个警卫肯定都确认后才放进来的。

　　他摘下手上的橡胶手套，露出修长的手指，再取下口罩，现出一张英俊得有些意外的脸，只是脸色过于苍白，没什么血色。他盯着姜璃道："我知道，就是那个神神道道小组的，听说你能看到鬼？"

　　他的声音冰冷，口气满是不屑，甚至很没礼貌。姜璃对此已经习惯了，她属于警察局一个很少有人知道的部门，组员只有她和泉朵，专门处理一些无法用常理解释的案件。而这种案件少之又少，一年也发生不了一件，所以她和泉朵是局里最闲的人，泉朵整天在局里各个部门混，她则每天坐在办公室里上网，或者干脆休假去旅游。

　　常理无法解释的，往往就跟鬼怪联系在一起，所以局里知道内情的称这个部门为神神道道小组。这世上虽然有很多人对鬼神敬畏不已，但鬼神到底存不存在至今无法考量，神神道道小组的存在是否有意义也让局里的一些人颇有微词，被人轻视便是理所当然的事。

眼前这个法医，用事实说话的人，绝对的无神论者，他这样的口气就变得再正常不过了。

"这世上有鬼吗？我看不见啊！"姜璃四两拨千斤地打哈哈，"黄法医，你是医生，还是法医，也信鬼啊，真不应该。"

男人没反驳，就这么冷冷地看着姜璃，半晌，转而说道："你是来看死者沈云娜的？在那里，做好心理准备，我解剖完还没来得及缝合。"他指了指那边用白布盖着的一具尸体。

姜璃"哦"了一声便朝那具尸体走了过去，掀开白布时，她深吸了口气，虽然她胆子很大，也见过一些尸体，但有时候还是要做一下心理准备。

沈云娜果然被开膛破肚，敞开的胸腔散发着阵阵血腥和尸体特有的气味，让人反胃。姜璃皱着眉，围着尸体上下左右地看了一圈，没有看出什么名堂来。

"怎么样，看到鬼了吗？"男人不知什么时候站在姜璃身后，猛然说了一句。

姜璃被吓了一跳，回过身来，看着男人好看却苍白的脸道："看到了，正趴在你背上舔你的脖子，是不是觉得脖子凉飕飕的？"

男人表情变了变，不自觉地用手摸了摸脖子，随即觉得失态，板着脸道："正好你在，来，帮我个忙。"

姜璃答得很爽快，却没想到是这个活儿。男人拿着缝合的针，让姜璃按住沈云娜外翻的皮肉，那一针一线缝得很细致，相当的慢条斯理。

"你能不能缝快点？"

"我要对死者负责，慢工出细活知道吗，万一我背上的鬼不满意，咬我一下怎么办？"

姜璃无语了，只好乖乖地替他按着那些翘起的皮肉。

等缝完，姜璃手都僵了。男人看了下自己的杰作，却叹了口气，道："原以为有人按着会缝合得更好看些，看来按不按没什么区别。"

"你……"

吃饭时，姜璃完全没胃口，让泉朵帮她要了全素的，扒了几口饭却还是没胃口。

泉朵边吃饭边在看死者的资料。

"头儿，我发现被吓死的两个人和那个被击毙的陈兴发，还有吓疯的陆坚，他们之间有三个共同特征。"泉朵翻着资料说。

"什么特征？"

"四个人出事时都是二十六岁，而且都是狮子座，都是 B 型血。"

"有关联吗？"

"有啊，这说明这四个人不管在年纪和性格上都是相似的，脑电波频率也肯定相似，所以受影响也很正常。"

"性格相似？"姜璃皱皱眉，"怎么推断出来的？"

"星座啊，都是狮子座，性格肯定相似。"

姜璃夹起一块花菜，觉得它有点像心脏处四通八达的血管，又放下了，听泉朵这么说，道："谬论！"

"星座学怎么就成谬论了，这也是经过国际权威人士做过研究得出的结论。你看我是双鱼座，多伶俐可爱；你是金牛座，坚决理智；姜伯伯是双子座的，注定花心；还有那个黄老邪，他是处女座，纠结难搞。"

"黄老邪？"姜伯伯指的是自己老爹姜璃是知道的，只是黄老邪是谁？

"就是你今天在解剖室里见到的法医，他叫黄眷，今年新调来的，听说有国外工作经验，资历吓人。上次向他打听沈云娜的验尸结果，像要他命似的，各种为难你，难搞得很。我本来还觉得他帅，现在算了，处女座，谁受得了。"泉朵滔滔不绝地说着。

姜璃这时在桌下狠狠踢了泉朵一脚。泉朵一愣，抬起头，正好看到黄眷端着餐盘在她的对面坐下，餐盘放下时"啪"的一声，上面的汤溅出好几滴来。

"呃……"泉朵噎了一下，故意不看黄眷，眼睛东瞅瞅西看看，望到远处的一桌人，一下子站起来，"是档案室那帮人，那个IT也在啊，我去打招呼。"说着，端着餐盘就走了。

姜璃被撂下了，循着泉朵的身影看去，果然看到她硬挤进一桌人中。档案室全是女的，此时桌上只有一个男人，应该就是那个IT，背对着姜璃坐着，无法评论他是不是像泉朵说的那样帅得天昏地暗，只是背影看着很高，偏瘦，其他就看不出什么端倪了。

她是不想把视线收回来的，因为太尴尬。但活生生的一个大男人坐在她对面，她只好收回视线，一眼就看到黄眷的餐盘里堆满了食物：鲫鱼、红烧肉、大排、南瓜、卷心菜，呃，还有几块炸得金黄的臭豆腐，饭也堆得像山一样。

"胃口不错，黄法医。"她打着哈哈，站起来也准备走。

"我不是处女座。"

"啊？"

"狮子座，正宗食肉动物。"

"这样哦。"

"还有。"

"……"

"二十六岁，B型血。"

姜璃要走的动作一下停住，看着黄眷。

"你父亲的著作我有拜读，心理学、生物学、化学、物理学都涉及了，很有说服力，但读下来还是有看科幻小说的感觉。"黄眷知道自己成功引起了姜璃的兴趣，不疾不徐地说道，"你看我星座、年纪、血型都和那三个人一样，敢不敢跟我再去一次凶案现场，与案发同一个时间点，看我会不会被脑电波影响。"

"敢不敢跟我再去一次凶案现场，与案发同一个时间点，看我会不会被脑电波影响。"黄眷又重复一遍。

姜璃此时端着餐盘站在那里，外面的阳光自窗外照进来，她穿着警服，显得英姿飒爽。相反，对面的男人，阳光在他身边不远的地方停住了。他就这么坐着，脸色依然苍白，立体的五官，让他有种近乎妖化的俊美，像电视里看到的吸血鬼，还好身上穿着警服，几丝正气透出来，让人觉得他是安全的。

"你不行。"姜璃说，"自我意识太强，智商太高，这类人的脑部活动剧烈，本身的磁场就非常强大，一般脑电波影响不到你。"

黄眷摸摸下巴，道："分析得不错，我智商确实挺高的，那就算了，谢谢夸奖。"他说完低下头来吃饭。

姜璃松了口气，转身离开。

"对了。"身后又是黄眷的声音。

姜璃不得不又停住。

"我二十七岁，处女座，O型血。"黄眷边吃边说，头也没抬。

姜璃傻眼，看了黄眷很久，心里失笑，这位先生的报复心是不是太强了，只是对象搞错了啊。

## 02  小镇上的案件

接下来几天的调查一筹莫展，这件案子没有以凶杀案结案。本来局里并没有什么压力，但死者的家属认为自己的女儿身体健康，没有心脏病史，不可能死于心肌梗死，带着一家老小一直在各局反映，希望给个合理的说法，所以局长那边连催了姜璃好几次。

天空下着雨，这几天天气转凉，昨天一天连降了好几度，接着就下雨，天气阴冷阴冷的。

姜璃和泉朵在那辆金杯车里颠了很久，总算到了市郊的这个村子。

村子靠山，村前有一条河，听说是长江的支流，从地形上看算是个风水宝地，所以姜璃和泉朵一下车就看到山朝南面河的一面密密麻麻的全是坟，有很多年前的，也有新坟，还有一处的山坡上有工人冒雨用机器把山体凿成阶梯状，看来是要修公墓。

泉朵看得头皮发麻，打着伞紧跟在姜璃身后，口中道："头儿，今天我们来得及回市里吗？我可不想待这里。"

姜璃对这些倒是不怎么介意，她是无神论者，受她父亲的影响，觉得世上再离奇的事也可以用科学来解释。倒是山上有几座看上去有些年头的墓，造型古朴，碑上的字也很有风骨，让她多看了几眼。

进了村，两人跟着派出所的老陈和小张沿着石街路走。

老陈是这一片的老公安，对这一带了如指掌，至于那个小张，是新来的实习生，对这个村称不上熟悉，本来派出所只安排老陈给姜璃她们带路，但姜璃看到小张，决定让他也跟着来。

穿过几条巷子，一行人总算到了陆坚家的院门口。

陆家的房子看上去有些年头了，墙上的石灰斑驳，屋顶上长满了一种叫"瓦松"的植物。院门开着，几只鸡在院中来回地跑，一个消瘦的青年，坐在屋檐下，手里端着一碗谷子，半倾着，有好多掉在地上，好几只鸡跑上来吃，青年似乎毫无感觉，抬头望着天，一个人喃喃自语。

"他就是陆坚了，本来好好一个孩子，大学毕业就留在市里工作，全家人都等着他光耀门楣呢，现在却成了这样子，可惜了。"老陈叹了口气，人进了院子里，口中喊道，"陆向明在家吗？"

屋里半天没人应，那陆坚看到有生人来有些紧张，但口中还是答道："我……我爸上山搬石头去了。"

老陈"哦"了一声，回头对姜璃道："村里这段时间在山上辟了一块地做墓园，他爸肯定去那里了。小姜，要不我让小张去喊一声？唉，五十几岁的人了，还去搬石头，作孽哦。"老陈看来是个很有同情心的人，到这时已经发了两次感慨了。

姜璃摆摆手，看着那个因为紧张而死死抓着碗的青年，一大碗谷子全撒在地上了。看来他没有像档案里的精神诊断书形容的那么严重，应该是在恢复了。她本来是决定问几个有关案子的问题，毕竟千里迢迢来的目的就是这个，但此时又改了主意，不能再多刺激他，不然这稍微的一点恢复就成了泡影了。

她心里掂量了一下，对身旁一直跟着的小张道："你把身上的警服脱了，就穿着里面的白衬衫走进去，但别走太近，也不用说话，板着脸就行。"

小张不明所以，看看老陈。老陈也不明白姜璃想干什么，只是摆出领导的派头，道："愣着干吗，照做。"

小张这才动手开始脱身上的警服，依着姜璃的话走进院里去。

小张出现在陆坚的视线中，照姜璃吩咐的没有走得很近，板着一张脸瞪着陆坚。奇怪的事发生了，本来还算平静的陆坚忽然整个人发起抖来，尖叫一声，扔了碗逃回屋里，口中不住地叫着："鬼，鬼，鬼啊！"

"好了，快当着他的面把警服穿上。"身后的姜璃喊道。

小张本来被陆坚的反应吓住了，听到姜璃的声音赶忙把警服穿上。姜璃走进去，拉着小张远远地对陆坚摆出最亲切的表情，道："不是鬼，是警察，看到没有，警察。小张，快行个警礼。"

小张慌忙敬了个警礼。

也许警服本来就给人一种安全感，陆坚看了小张一会儿，不再叫了，却怎么也不敢出门。

"可以了，我们走吧。"姜璃吁了口气，心里希望这样的刺激不会太重。

"可以了？可我们什么都还没问啊？"老陈不明所以。

"想问的，我都知道了。"姜璃不怎么好跟老陈解释，所以干脆不解释，"走吧。"

老陈满腹狐疑，但毕竟是市里来的同志，也不好说什么，只好跟着走了。

泉朵自始至终一直在旁边看着，此时跟姜璃躲在一把伞里就开始嘀咕："头儿，你果然厉害，不动声色啊，就完成了我们来此的目的。"她说完忍不住回头看了一眼还是满脸莫名的小张。

"怪不得头儿要选这个胖子，胖子的五官果然没有瘦子的那么容易判别，刚才小张穿着白衬衫板着脸的样子，还真跟那个一年前被击毙的陈兴发有些像，这么说……这么说陆坚当时很可能是看到了死去的陈兴发才被吓疯的，不然看到胖子不可能有这么大反应。他是在陈兴发死后的七个月时出的事，是第二个出事的人，这跟姜伯伯脑电波如水蒸气很快消散的理论相左啊。"泉朵依然滔滔不绝地分析。

姜璃正想让她闭嘴，猛然听到"轰"的一声，几个人猛然顿住脚步。

"墓园的方向。"小张反应最快。

"不好，肯定是山体滑坡了。"老陈说着也不管姜璃她们，和小张两人往墓园的方向奔去。


山上有好几块石头滚了下来，将姜璃他们来时的山道都挡住了，幸亏没有人员伤亡，只是有一块石头砸坏了唯一的一辆挖掘机。

"叫你们下雨天不要施工，会引起山体滑坡的，就是不听，现在怎么样？真是想钱想疯了。"有一个戴着安全帽的中年人在那边对着几个工人嚷嚷。

几个工人低着头，看着被砸坏的挖掘机不知道如何是好。

"完了，山道被石头挡住了，我们要怎么回去啊？"泉朵在旁边也叫起来，"我可不想待在这里。"

姜璃没说话，挡在路上的石头都挺大的，现在挖掘机也砸坏了，靠人力的话看来一时半会儿清理不干净。

"老陆，你们别吵了，先离开这里再说，万一再来一次，可保不准像这次这么幸运。"老陈在下面喊。这里太危险，现在还下着雨，万一再有大石头滚下来可不好了。

被叫老陆的就是那个指责工人雨天擅自施工的中年人。老陆听到有人叫他，回头去看，就看到姜璃他们，愣了愣，沿着山坡跑下来。

"老陈，你怎么来了？"老陆四十多岁的年纪，皮肤黝黑，人看上去挺精干的，他眼看着一下来了四个警察，有点发蒙，慌忙道，"是不是因为前两天盗墓的事，我正准备来报案呢。怎么，你们知道得这么快？"

老陈一怔，回头看看姜璃。

"我们先离开这里再说。"姜璃道,"让这些工人也撤到安全的地方。"

雨还是一直下个不停,天气阴冷,让人越发难受。

那个叫老陆的中年人,原来是这里的村长,全名叫陆新春,这里整村的人都姓陆,村子的名字却叫三清村。

陆新春的家里相比其他村民家要像样些,前两年新盖的两层楼房,宽敞明亮。此时几个人就坐在陆新春家的中厅里,陆新春的老婆给大家泡了热茶,姜璃连喝了几口,这才觉得人舒服了很多。

"原来是去向明家了。"陆新春为自己刚才的嘴快有些后悔,吸了口烟,"其实我刚才说的那事也不算什么大事。"

老陈却一瞪眼道:"有案子就快说,你还打算包庇不成?"

陆新春被老陈一瞪,表情一苦,道:"唉,还不就是这个新建的墓地惹来的事。"他说着看了眼在厨房里忙活的老婆,道,"是这样的,我的妻弟一直在外面搞房地产生意,前段时间他看中了我们这里依山傍水的好风水,也不知他从哪里搞来的批文,反正这墓园就修起来了。我听说这墓园修好能给我们村一大笔补偿,等这个墓园建成,每年来这里扫墓也可以让这个闭塞的小村繁荣起来,想想是好事,就动员村里的人迁坟的迁坟,去帮忙的帮忙。可没想到,那批来施工的人不老实。"

"怎么不老实?"一旁的老陈问。

"他们那墓园选址是挑坟地不多的那一面,这一面全是我们村里人的先人祖宗,是不动的。"村长自屋里指了指向外就能看到的山坡,上面密密麻麻的全是坟头,"其中有几座坟已经很有些年头了,外观也比一般的坟要大些,那是在有这个村子前就已经在那里了,听说是三个道士的坟。"

"三个道士?"一直沉浸在不能回家伤感中的泉朵听到"道士"这两个字一下来了精神,什么古墓啊、道士的,听上去多神秘啊。

"是的,这里之所以叫三清村,是因为这里最早有个道观,名字就叫三清观。我也是多嘴,自吹我们村自明朝就开始了,让那施工队的一个人起了歹心,来了不多几日,那三座坟里的一座就在晚上时被偷偷挖开了。"

"然后呢？"泉朵像听故事似的。

"然而里面什么也没有，除了副棺材就只有一个黑色的坛子，挖坟那小子疯了，一直絮絮叨叨说，看到了白胡子的老神仙，这不，前天才把他送回去。"

"也疯了？"泉朵愣了愣，回头看看姜璃。

姜璃道："能带我去那个墓看看吗？"

陆新春迟疑了下，终于点点头，道："好。"

山路很难走，尤其下了雨后，姜璃和泉朵两个小姑娘都是在城里长大的，哪里走过这种山路，脚上的皮鞋早就一片泥泞了，本来看着很近的那几座墓，此时怎么走也走不到。

泉朵胆小，却又好奇心重，一边吓得抓着姜璃的衣角，一边又偷偷地看那些墓，导致滑倒了好几次，都被姜璃和小张拉起来，此时全身是泥，跟个泥猴子似的，姜璃看着她直笑。

好不容易到了那三座成三角形排列的道士墓，姜璃认出来，正是她进村时看到的那几座碑文字体颇有风骨的墓。

其中一座果然有挖开的痕迹，此时用新土填上了。姜璃看着墓碑上的字：紫枫道人。那字非常漂亮，显然出自名家手笔，姜唯明有段时间收藏字画，姜璃也受了影响，此时要不是不方便，她真想拓下来带回去。

姜璃在这三座墓前转了一会儿，看不出什么，往后退回时脚下不小心踩到一块坚硬的东西。她以为是块石头，低头去看，却看到一块黑色的东西，似乎是某个器物上的残片。

她捡起来，那残片乌黑发亮，看不出是瓷还是陶，从缺口看，是从器物上刚掉下来的。

"这个……"这时村长走上来，指着那残片道，"这个应该是从墓里那个坛子上掉下来的。上次坛子被那个盗墓的弄碎了，我吩咐村里人把碎片收集起来埋回去，没想到落了一块。"

姜璃点点头，猛然将那块残片包在掌心，闭上眼，却只闭了半秒，又迅速睁开，随意地抛在地上，道："村长，也没什么看头了，下去吧。"说着带头走向下山的路。

几个人只好跟上去，泉朵走在最后，她看看前面几个人跟着走了，迅速地蹲下来，用纸巾将那块残片包住，放进口袋里。

人肯定是走不了了，村长于是安排几个人住在他家里，两层楼房，有的是地方。村长的儿子在市里读大学，家里只有他们夫妻俩，村长老婆把家里的被子都拿了出来，两张床一张给姜璃和泉朵，一张给老陈和小张，村长夫妻就睡沙发。

老陈和小张有些过意不去，几个人推托了一下，最后还是村长夫妻睡沙发。

晚饭是地道的农家菜，村长老婆还特地杀了只鸡，整只鸡和春天时腌的笋干一起炖汤，香得不得了。姜璃和泉朵还没有吃过这么新鲜的美味，又加上累了一天确实饿了，开始还有些客气，后面村长老婆一个劲地夹菜，便也不客气地狼吞虎咽各自吃了两碗饭，又喝了好几碗的鸡汤，最后抱着肚子动弹不得。

村长看得直笑，问两个女孩多大年纪，有没有男朋友之类的话，两人都爽快地答了。不造作的性格让这顿饭吃得很是开心，连本来对姜璃和泉朵市局警花的身份有些拘谨的老陈和小张也跟着放松下来。

农村人都睡得挺早，吃完饭，看了会儿电视，又聊了会儿天，这就准备睡了。姜璃和泉朵平时哪有这么早睡，晚饭又吃得太饱，所以躲在被窝里聊天。

因为是两个女孩子，所以单独住一间，泉朵不习惯新被子上面樟脑丸的味道，连打了好几个喷嚏，带着鼻音在那边乱哼哼。姜璃则在台灯下看那块泉朵捡回来的残片。

"怎么样，头儿？"泉朵也凑上来看，"你白天时感觉到了什么？"

"很不好的感觉，有道白色的影子。"

"白色的影子？"

"嗯,我第一次感觉到这种东西,得带回去给我爸看看。"

"头儿,我有个想法。"

"说。"

"陆坚看到那个胖子,所以吓疯了。那个盗墓贼看到一个白胡子老头儿,也吓疯了。头儿,你说那古墓里,那个死去道士的脑电波是不是还在?但是,这不科学啊,哪有几百年不散的脑电波?"

"我觉得问题出在那个坛子上。"姜璃摆弄着那块残片,忽然将残片握在掌心,闭上眼睛。

四周顿时一黑,然后如白天所感受到的一般,一个白色的影子自眼前闪过。

"紫枫,你又偷喝酒了,快起来。"一盆冷水猛地泼下来,姜璃一下子醒了,看看一身的水,她有些恼怒,抬头看是谁泼自己水。

两个年轻的道士一脸无奈:"紫枫,你应该戒戒你的酒瘾了。"

姜璃疑惑地看着眼前的两个人,怎么会是道士。紫枫?他们是在对自己说话吗?

紫枫?紫枫道人?那不就是自己白天时在墓碑上看到的名字吗?怎么回事?

她这才发现自己身上穿着道袍,与眼前两个道士的衣服一样,而她并不在村长家的床上睡觉,而是躺在一块大青石上。

"这是哪里?"她不由得问,发出的声音却是年轻男人的声音。

真是见鬼了!果然是日有所思夜有所梦,她猛然往自己手臂上掐了一下,不疼。

原来是梦。

她这才放心,却听两位道士中的一位道:"紫枫,你真是醉糊涂了,连身在哪里都不知道,这是三清观,我们的道观啊。"

她含糊地应了一声。

另一个上前来拉她:"我们三人中数你最懒,走了,快去换身衣服,再过一个时辰,琅琊庄的苏公子要来拿他的仙丹,我们可不能怠慢了。"

姜璃根本不知道他们在说什么，但反正是个梦，只觉得有趣，就跟去换衣服了。换好衣服，她看着镜中的自己完全是个年轻男人的样子，长得称不上好看，但颇有些仙风道骨。难道那个古墓中的紫枫，生前就是这个样子？她不由得看着镜子发呆，直到外面两个师兄在催。

　　此时的三清观前停了顶奢华的轿子，轿子后跟了两队人，浩浩荡荡的一直排到石道尽头。轿子通体玄黑，比姜璃在电视上见过的轿子都要大。

　　"琅琊庄苏公子到。"轿子前有人唤了一声，同时掀开轿帘。

　　姜璃好奇地往轿子里看，旁边的师兄拍了下她的脑袋，她只好像其他两个师兄那样低头看地，目不斜视。

　　有人下来，向他们走近，身上散发出淡淡的香味，并不浓却绵长，清冽如水，很好闻，比起现在的香水要清雅很多。

　　"苏公子，请里面坐。"大师兄招呼道。

　　"嗯。"很轻的一声，有些低沉，却很悦耳。

　　姜璃这才抬头去看，一个二十多岁的青年，比自己现在紫枫的身体足足高了半个头，清瘦，英俊，眉心一颗细如芝麻的血红小痣，神情清冷，看上去很难让人亲近。他显然感觉到姜璃在看他，眉一皱，却并不看姜璃，而是进了观去。

　　几人在观中专门会客的厅中坐定。

　　"丹药呢？"那位苏公子直截了当地问。

　　"这里。"大师兄自怀中拿出一个白色的瓷瓶递给他。

　　苏公子打开闻了闻，又倒了几颗在掌心看了看颜色，那是跟华华丹一般大小的绯色药丸，也不知有什么效用。苏公子看了半天，似乎是满意了，把那个瓷瓶放进袖中，然后冲自己的随从使了个眼色。

　　随从命人扛进来一个箱子，打开，里面是一整箱黑色的土。

　　"你们要的陶土，我已给你们了。"苏公子说了一句，人已经站起来，半句话也不多说，"告辞。"说完竟然出去了。

　　那苏公子如风一样来，又如风一样去了。

　　"师兄，你看到他的脸色没有，这应该是我们最后一次见他了。"二师兄看着那浩浩荡荡的队伍远去，说道。

"这确实是治心疾的药，但不可多服，这瓶服完便是他丧命之时。苏公子，你可不要怪我们，怪就怪你的弟弟容不下你。"大师兄叹着气，"如果不照做，全观人都活不了。"

姜璃听得眉头皱了起来，想到什么，又回头看了眼厅里那箱黑色的陶土。

她想走回去看清楚那箱陶土，刚走了一步，忽然觉得眼前一花。

"头儿，头儿，醒了。"有人在拍她的脸。

"陶土。"她含糊地应了一声。

"什么陶什么？醒了，头儿。"唤她的声音凑近她耳边吼了一下。

她一惊，睁开眼，泉朵的脸就在她脸一寸的地方。

"作死啊，"姜璃推开泉朵的脸，又有些混沌地盯了她几秒，"几点了？"

"快九点了。"

"完了。"她一下坐起来，在别人家里住，怎么可以这么晚起？

她快速地穿衣服，扣扣子时又停下来："那块残片你收着了吗？"

"还残片呢，昨天你握在手里，闭上眼睛，我以为你是又想探探那块东西到底是什么，没想到半天没动静，仔细一看，竟然睡着了。头儿，你太不应该了，"泉朵摇着头，"简直浪费我的感情。"

姜璃不理她的牢骚，只是道："走吧，下楼去。"


果然农村人都起得早，村长夫妻早就吃完早饭了。老陈他们也很早就起了，现在跟着村长去墓园那边看情况了，只是村长老婆把早饭热了再热，弄得姜璃很不好意思。

"不要紧，你们城里的女孩子不常来农村，昨天一定是累了，多睡一会儿也是正常。来，喝粥，我热过了。"说着，她笑眯眯地给两个女孩子盛粥。

粥是白米熬的，很稠，虽然热过几次，但不影响口感。村长老婆又煎了几个鸡蛋，配上自家腌的咸菜和肉，还有今年尝试着种的紫薯，姜璃和泉朵一顿饭吃下来又是撑到不行。

雨已经停了，姜璃和泉朵也往墓地的方向去。施工队那边又调来了一辆挖掘机，此时正在搬开挡在路上的石块，看这样的进展，中饭前应该可以清理干净。

"看来今天可以回家了。"泉朵在旁边欣喜地说道。

老陈看到两个女孩子，扶着安全帽走上来："你们还是在村长家待着，这里随时会有碎石滚下来，不安全，等清理完了，我再来叫你们。"

姜璃也不逞能，点点头，拉着泉朵走了。

她们回的却不是村长家，而是沿着山路，又爬去了昨天去过的那三座道士墓。

山路依然难走，但没有昨天那么滑，虽然是大白天，但山道上时不时出现的坟把泉朵吓得不轻。毕竟昨天是五个人走的，现在只有她和姜璃，多少瘆得慌。

姜璃倒不在乎这些，她只是想着昨天做的那个梦。虽然清楚那是个梦，却异常真实，就像那段情境是真的发生过的，而她借着那个叫紫枫的道人的身体旁观了一切。

"真古怪。"好不容易爬到那三座墓前，她不由得说了一句。

泉朵以为姜璃在说坟有古怪，好奇又害怕地扯着姜璃的衣角，道："哪里古怪？"

姜璃不过是说那个梦古怪，摇摇头道："没什么。"人已经直接凑到紫枫道人那块墓碑几寸的地方细看，看了半天，叹气道，"没有墓志铭啊。"

"一个道士，哪儿来的墓志铭？"泉朵在旁边道。

"也是，"姜璃把头缩回来，看来这里是再看不出什么端倪了。她站在墓旁，自高处远眺不远处正在清路的挖掘机，"清了路就回市里。"回去后把那块黑色残片给自家老爹看看。

到下午，路果然被清理出来，姜璃他们又很不好意思地在村长家吃了中饭，这才坐车回去。

路上是小张开的车，姜璃和泉朵坐在后排。姜璃一直在摆弄自己的手机，刚才在三清村时信号很差，车出村开了一个多小时，信号才满格。她上了百度搜"三清村"，结果只有重名的，并没有她刚刚离开的那个三清村的信息，她又搜"琅琊庄"，出来的全是跟小说有关的信息。

算了，别再纠结那个梦了。她放下手机，忽然又想到什么，冲前座的老陈说道："陈队，这个地方有县志吗？"

前座的老陈一愣："县志？这可就不知道了，你要看县志做什么？"

"哦，了解一下那个陆坚的生活环境。你知道，现在分析凶手和被害人的心理也是我们新一代警察必须要认真对待的课题。"她信口胡诌，顺便扣了顶大帽子。

果然，老陈一听马上就一副颇为赞同的样子，回头问旁边的小张道："你回去问问哪里可以看县志，有的话给小姜寄一份过去。"

小张赶忙应了，没看到姜璃旁边的泉朵一直在偷笑。


回了市区，天已经全黑了，姜璃和泉朵告别回家去。

姜璃和父亲姜唯明住在同一个小区，却是不同的单元。姜唯明在姜璃眼里就是朵活到老开到老的桃花，快五十的人了女朋友没断过，母亲受不了父亲的风流，很早就和父亲离婚，嫁到国外去了。姜唯明一个人把姜璃带大，对姜璃的教育是放任型的，喜欢干吗就干吗，绝不强迫。也幸亏姜璃根正苗红，没长歪不说，还自己考了公务员，做了警察。而父女两人之所以分开住，是因为各自需要空间，一个受不了一直有不同的阿姨往家里跑，一个则嫌弃这个已经成年的超级电灯泡。

姜唯明住的单元钥匙姜璃是肯定有的，但她还是像往常一样按门铃，谁知道开门进去会不会看到父亲大人在和某位阿姨亲热。

门马上就开了，姜唯明系着围裙，手里还拿着个锅，锅里是他最拿手的糖醋排骨，糖醋的酸甜味飘了一屋子，姜璃不自觉地咽了咽口水。

"来得正好，饭吃了没，我做了好几个菜。"姜唯明没有像平常那样戴眼镜，儒雅之气淡了几分，但看上去年轻了些，也帅气了些。

姜璃直接从锅里抓了块塞嘴里，用力嚼着，道："没阿姨在吧？"

姜唯明瞪她一眼，道："哪有这么多阿姨？瞧你这样子，女孩子要斯文秀气些。"

姜璃不理他，脱了鞋进门，道："没阿姨就快开饭，等一下有个东西给你看。"说着自动自发地在桌前坐好了。

姜唯明叹了口气，只怪自己当年放任得有些过，这女儿虽然长成了个大美人，可惜太男孩气了点，还当了警察，跟一帮男人混在一起，以后会不会嫁不出去？

他烦恼地进厨房盛饭，末了又叹了口气。

姜家的规矩，食不言，姜璃这规矩早就破了，只有跟父亲吃饭时才会注意这些，所以她吃完等姜唯明整理桌子时，才说道："爸，我的能力有了点变化。"

姜唯明动作一滞，道："什么变化？"

"这次出差时我得到了一件东西，看不到材质和时间，却看到了人。"

"人？"

"其实也算不上，只是一道影子。"

姜唯明终于放下手中的碗，回头看她："说清楚些。"

姜璃从小就有一项特殊能力，就是不管拿什么东西，都能看出这件东西的材质和制造时间。姜唯明有一段时间喜欢收集古董，一次从古董贩那里淘来一件号称西汉末年的铜器，得意地拿回家。谁知当时只有六岁的姜璃摸了一下那件铜器，道："清末的啊，爸爸你是不是弄错了？"

要知道只有六岁的姜璃懂得的历史知识少之又少，根本不可能摸一下铜器就能看出时间来。姜唯明当然不可能理会她，直到后来一位考古界的老教授到他家来，仔细看过铜器后，确认是清末的仿品。

当时姜唯明只当巧合，但留了心眼让姜璃去看家中的其他藏品，发现姜璃可以确切地说出制造时间，制作的材料、地点，甚至工匠的名字都能说出来。老教授用放大镜看上大半天的东西，她只要放在手心，闭眼感受一下就知道。

姜唯明是搞科学的，女儿的这项能力可以说颠覆了他的科学观，他没办法解释，却又没办法否认这项能力，所以他之后的研究才开始朝正规科学家所不齿的方向发展，比如研究鬼的存在和那些无法解释的灵异事件。

姜璃将三清村那三座道士墓的事情说了一遍，只是没说那个梦，毕竟这点连她自己都觉得是日有所思造成，根本没必要拿出来讲。

"这就是那块残片。"说完，姜璃把在道士墓边泉朵捡回来的那块残片递给姜唯明。

姜唯明戴上眼镜在灯下细看，半天都不说话。

姜璃只好自己整理桌子，跑去厨房洗碗，等跑出来时，看见父亲拿着放大镜还在看。

"看出什么了吗？"她站在父亲身旁道。

姜唯明眼睛盯着那块残片，表情有些诡异，道："过几天给你消息。"


### 03　吃素的男人

姜璃一上班就把这次出差去三清村的经过写成了报告，这是程序，虽然有些烦，但重新整理一遍也是有好处的，有助于理清思路。

她写完盯着眼前的文档发呆，那个陆坚对胖子有反应，而且大叫有鬼，是不是说明他是看到被击毙的陈兴发才被吓疯的呢？但照老爹的理论来说，如果那是一组脑电波，早该消失不见了，就算没消失也应该非常弱的，怎么可能去影响一个健康的年轻人的脑磁场，让他产生幻觉？

难道老爹的理论是错的，还是这世上根本就有鬼？

她想着，忽然眼前的电脑屏幕闪了闪，直接蓝屏了，最后干脆黑了。

什么情况？她忙不迭地去按电源，无奈电脑什么反应都没有，要不要这样，刚才的报告她还没存呢。

她欲哭无泪地瞪着电脑，虽然早知道分给她们两人小组的电脑是最差的，但也不能出现忽然坏掉这种要人命的节奏吧？

"头儿，你这是什么表情？"泉朵自外面蹦跶进来，看到姜璃一副死了爹的表情，啊呸，不能诅咒姜伯伯。

"今天一上午的劳动白做了，这台电脑终于丧心病狂地坏了。"姜璃对着电脑机箱踢了一脚。

泉朵的眼睛不知为何亮了亮，蹦到姜璃面前，道："放心，头儿，这种事交给小的我，马上叫人来帮你解决。"说着又奔出去了。

怎么这么狗腿？姜璃看着泉朵奔出去，有些反应不过来，而同时桌上的电话响了。姜璃接起来，是局长让她上去一趟，看来是要问她三清村一行的情况。姜璃再次看了眼那台电脑，叹了口气，看来只有先口头报告一下了。

汇报完回来，已经快过吃中饭的时间了，也不知道泉朵有没有给她打饭回来。

办公室里没人，应该是吃饭还没回来，姜璃犹豫着要不要去食堂，还是直接打电话给泉朵让她带饭回来。

手机在抽屉里，她走到自己的办公桌前，还没打开抽屉，就看到一个人蹲在桌底下，背对着姜璃。

"什么人？"她反应极快，一看那身形肯定不是泉朵，也没穿警服，一脚就朝那人背上踢去，不会是外来的不法分子吧？

那人直接被踹得往前跌，头撞在桌子上，一屁股坐地上，姜璃不等他反应，蹲下来擒住那人的手臂，反手背在身后，让他动弹不得。

那人没有挣扎，任姜璃将他制住，口中道："自己人。"

自己人？姜璃一怔，道："证件呢？"

"桌上制服的口袋里。"

姜璃看过去，这才看到桌上有一件警察制服，呃，原来是脱了，看来也不用看证件了。姜璃手一松，把那人拉起来，道："不好意思，你没穿警服，我以为是什么不法分子。"

那人缓缓地自桌底下爬出来，一站起来足足比姜璃高了大半个头，他慢条斯理地拍了拍身上的灰，道："桌底下有点脏，所以脱了警服。"

他是背对着姜璃站的，蹲下来又拍了拍裤管上的灰，道："你的电脑我看过了，有些硬件要换，本来存在电脑里的东西没问题，都还在，但你上午没存的东西恐怕没办法修复了。"

原来是来帮她修电脑的。姜璃看看自己杂乱的桌子，好像是容易让人产生脏的错觉，她有些不好意思地将桌上一罐已经喝光的牛奶扔进垃圾桶，道："吃饭没有，要不要一起去吃？"

"不用，同事会帮我带回来。"那人应了一声，拿起桌上的警服，回头道。

是个看上去二十几岁的男人，背着光，身后的阳光照在他的头发上，洒下一片金黄色，皮肤非常好，就像泉朵形容的那样，吹弹可破。人介于漂亮与英俊之间，尤其眉心那颗芝麻大小的血红小痣，有股阴柔却独特的气质。

姜璃像是被施了定身术，愣在那里，盯着那男人。她是当警察的，辨别能力本来就比别人强，如果说只看外貌她可能一时想不起来，但看到那颗血红小痣时，她已经惊讶得张大了嘴巴，人不知为何竟然有些恍惚起来。

琅琊庄，苏公子，那个在梦中见过的男人。

男人不经意地看了姜璃一眼，看她张大了嘴，一副吃惊的模样，皱了皱眉，道："走了。"说着迈开长腿就要走。

"等一下，还是把证件给我看看。"姜璃跑上去拦在男人面前。

男人的眉皱得更深，看了姜璃一会儿，才把自己的证件给她看。

易兰泽。

不姓苏。

她盯着证件上的照片很久，才递还给男人，道："不好意思。"

易兰泽放回证件，却没有走，同时冲姜璃伸出手来。

姜璃一怔："什么？"

"你的证件，既然警服不能说明身份，那怎么知道你是不是不法分子？"

姜璃当场被噎住，瞪着易兰泽，随即失笑。但对面的易兰泽一点笑的意思也没有，板着脸，手还伸在那里，她只好掏出证件给他。

026
我的男友
来自明朝

易兰泽看了一眼，又仔细拿照片跟眼前的姜璃对比了半天，才把证件还给她，道："姜璃，不好意思。"说完，转身就走了。

姜璃好半晌都愣在那里，现在的男人怎么都这么会记仇呢？她低下头，又想到那个梦。她曾经看过有关梦的一些说法，比如梦中绝不会出现你在现实中从未见过的人，梦到的肯定是你见过，哪怕只有一面之缘的。

那么那个苏公子呢？难道是她曾经无意间见过易兰泽，只是自己也不记得了？

桌上的电话又响了起来，是泉朵打来的，她在那头道："头儿，我在档案室，帮你带了饭，小茴还从家里带了腌肉过来，香着呢，你过来一起吃啊。"

姜璃也是吃货，听到有腌肉，就想也不想地答应了。跑出办公室时，她才想到那个易兰泽肯定也在那里，犹豫了一下，想想还是去了，一场误会而已。


档案室里围了十几个人，有男有女，几个男的都是隔壁部门今天正好坐办公室的警员，看到姜璃过来，眼睛都亮了亮，这警局里谁不知道姜璃这个大美人。

泉朵朝姜璃招招手，姜璃坐过去，果然看到易兰泽也在，就坐在泉朵的另一边，正安安静静地吃饭，饭盒里全是素的，对桌上香喷喷的腌肉看也不看一眼。

"头儿，易兰泽说电脑可以修好，怎么样？"后面半句泉朵小声说道，"我说得没错吧，帅不帅？"

姜璃边吃着饭边点头："嗯。"

泉朵于是冒着星星眼继续道："我问过了，没有女朋友，你说我追他好不好？"

姜璃点头："好。"说话间夹了一块很不错的腌肉，夹精夹肥的，她看了一眼一旁的易兰泽，想了想，站起来把肉放进他的饭盒，心想自己还是先道个歉吧，还指望他修电脑呢。

"刚才是我的错，我借花献佛，对不起啊。"

那头易兰泽的动作一顿，盯着饭盒里的肉，放下筷子叹气道："你夹的时候不问问别人喜不喜欢吃吗？"

他的声音有点大，旁边的人都静下来，一旁的泉朵轻声道："这货吃素的，头儿。"

吃素啊？姜璃有些尴尬，她哪知道一个二十几岁的大男人竟然吃素，又不是和尚。周围的人都看着她，她只好把那块肉又从易兰泽的饭盒里夹回来，想了想，又把饭盒拿过来，把一些沾了肉油的饭粒全都拨进自己的饭盒里，这才满意地还回去了。

这样，可以了吧？

于是，更多人看着她了，包括易兰泽。

"其实，我是吃完了。"以前看泉朵也这样干过啊，兄弟姐妹似的打成一片，不分你我，为什么到自己就冷场了呢？她有些可惜地看着自己饭盒里的饭菜，坚持把那块腌肉塞进嘴里，才站起来把饭盒拿出去扔。

走出档案室，她才深深地呼了口气，在那个易兰泽面前自己似乎一直在做傻事。

她扔了饭盒转过身，看到易兰泽拿着没吃完的盒饭出来扔，眼睛对上姜璃时自动转开，果然是嫌弃她。

姜璃也不跟他搭话，看他扔掉了盒饭后自口袋里摸出一根棒棒糖来吃，也没有要跟她说话的意思，于是转身回自己办公室去。

"我接受你的道歉。"身后有人说。

姜璃回头，易兰泽将棒棒糖拿在手里，唇上沾着被含化的糖水，晶亮晶亮的，以一种高高在上的姿态看着她，那一刻的神情与那位苏公子重合在一起，让姜璃看得又是一阵恍惚。

见鬼了，她在心里说，点点头，走了。

外面下着雨，楼下停了好几辆警车，又是那幢上次吓死过人的居民楼。

黄眷是半夜里被一个电话从床上叫出来的，冒着雨赶过来，全身湿漉漉的，他真不喜欢这种感觉。

雨水冲走了案发现场的大部分痕迹，血水混着雨水流了一地，他不由得又叹了口气，他真恨下雨，什么痕迹都冲没了。

远远地，他看到一个小小的身影穿着雨衣在到处看，最后停在盖着塑胶布的尸体前，掀开看了一眼，口中道："可惜，可惜。"

"谁让你乱碰尸体。"他走上去一把拍开那只抓着塑胶布的手，瞪了那人一眼，这才看清，是神神道道小组的姜璃。

他轻笑，道："你来干什么？"

姜璃也是半夜被叫出来的，看到黄眷，道："查看现场啊。"

"省省吧，上次的案子都没结果，这桩跳楼案难道又是你负责？"

姜璃站起来道："同一幢楼，还都是十八楼，你说算不算一桩案子？"

"还是十八楼？"黄眷听到也是一怔，看了眼地上的尸体。是个女人，头已经变形了，刚才一地的血就是从头上的伤口流出来的，"难道这个是被吓得精神失常跳楼了？"

姜璃耸耸肩，道："谁知道？这不是你的责任吗？"


姜璃看到验尸报告上的照片才算知道死者的本来样子，陈文英，四十二岁。即使在照片上也是一副病态，长期抑郁，有轻生想法已经不是第一次，可以被定为自杀。

"是不是面熟啊？"泉朵看着死者照片说。

姜璃道："上次的案子给我们开门的那个中年女人，我当时还问过她几句话。"

"哦，对。"泉朵想起来了，有些惋惜地说道，"上次就觉得她精神状态不对，早点劝她做治疗就好了。"

姜璃不置可否，看着那张照片想了一会儿，又忽然站起来，往外走。

"头儿，去哪儿？"泉朵跟上去。

"解剖室。"姜璃道。

泉朵当场刹住，还是不跟去了吧。

解剖室里，黄眷没在摆弄那些尸体，而是有人正在帮他弄电脑。

"现在再看一下，应该可以上网了。"那人背对着她，与黄眷一般高，姜璃看也不用看就知道，那人是易兰泽。

"找我什么事？"黄眷先看到姜璃，皱了下眉，道，"验尸报告不是已经给你了。"

"还有个事想问你。"姜璃眼看着易兰泽将地上多余的网线收起来，"死者陈文英的遗物里有没有一个蝴蝶形状、样式非常老的发夹？"

黄眷看姜璃问得认真，便拿出旁边资料夹里的一个文件仔细看了看："证物清单里没有，跟这件自杀案有什么关系吗？"

姜璃其实也只是心里有个想法而已，道："可能有关，可能无关吧，走了。"说着出了解剖室。

黄眷看着她的背影，自言自语道："神神道道小组，就是神神道道。"说完回身拍拍易兰泽的肩道，"兰泽，等一下中饭一起去外面吃。"

易兰泽躲开那只手，道："刚才你解剖了尸体洗手了吗？"

"不是戴了橡胶手套，有什么关系？"黄眷看着自己修长白净的手。

"那是你觉得没关系，走了。"易兰泽也走了出去。

"不一起吃吗？"黄眷问。

"不了，我下午请假有事。"


姜璃吃了中饭，和泉朵一起直奔案发现场。

"蝴蝶发夹啊？"泉朵想了想，"没注意，当时死者有戴着吗？"

"很老很旧，看上去像是古董，和那女人很不搭，但她还是戴着，显然是很喜欢。按照通常自杀者的心理，死前肯定是要带着自己喜欢的东西，没道理不见了。"

"会不会从楼上跳下来时掉在哪里了？"

"有可能，所以我们回去看看。"

两人下了车，直接去十八楼。

陈文英家的门紧闭着，姜璃敲了几下门，有个十几岁的少年出来开门，

030

我的男友
来自明朝

看到姜璃身上的警服，没什么好脸色，道："不是该问的都问了吗？你们还有什么事？"

"想再看一下现场。"姜璃道。

少年只好让出门，把两人带到陈文英生前的房间，房间昏暗，那个陈文英一跃而下的窗子现在拉着窗帘。姜璃到处看了看，最后视线停在窗边的梳妆台上，除了几瓶药，并没有什么东西。

"有个问题问你。"姜璃回身对少年道，"你母亲生前是不是有个蝴蝶形状的发夹，现在在哪儿？"

少年一怔，眼神游移了一下，道："这个跟我母亲的死有关吗？她不是自杀？"

"有疑点，如果你知道，请如实回答。"

少年迟疑了一下，恨恨道："被我爸抢走，卖了。"

"卖了？"

"嗯，上个月的事，我爸赌输了回家来闹，让我妈卖房子，我妈不肯就抢了那个发夹去卖，听说是我妈家祖传的，很有些价值。"

所以那个发夹不在死者的头上就合理了。姜璃有些失望，本来觉得是疑点，现在看来没什么关系，她也不知道为什么要纠结在那个发夹上，那天向陈文英询问，一眼就看到了那个发夹，现在陈文英死了，一下子想到的也是那个发夹。

两人出了陈文英房间，正要走，就看到门开了，一个男人走进来，看到姜璃和泉朵愣了愣，却不说什么，跑进陈文英的房间去了，不一会儿，里面传来翻找东西的声音。

两人不自觉地跟去看，那个男人正在翻箱倒柜地乱找，口中道："房产证呢？你妈肯定跟你说过放哪里，快给老子拿出来。"

少年在一旁冷冷地看着，不答话。

找了一会儿，男人没找到，上去就揪住少年的头发，按在桌上，道："快把房产证给老子。"

姜璃看得一把火上来，哪有这样的父亲，上去就把男人扯开。

男人甩开姜璃，还想再冲上去，被姜璃制住，反过来按在桌上，任男人怎么挣扎也挣脱不开。

男人于是大骂："警察了不起啊，警察就可以管人家的家事？警察打人啊，警察打人。"男人耍泼，在那边乱叫乱踢。

"你动手打人难道我们无权管你吗？"

"我打我儿子也犯法啊？"

"打人就是不对，如果你再敢动手，我可以请你去警局吃几天牢饭。"姜璃不疾不徐地说道，"对了，你对你儿子都这样，你妻子跳楼的那天，是不是也是受你威胁，看来得带你去局里问问话。"

"你别胡说，那女人的死跟我一点关系都没有。"男人争辩，听到要去局里，语气已经弱了几分，也不敢再挣扎，"那女人死的那天我根本不在家，抓人是要证据的。"

一旁的泉朵偷笑，头儿就是头儿，帅得嘞。她怕男人看到她在笑，捂着嘴低下头去。地上的杂物散了一地，她脚边有一本相册，里面插着几张照片，她不经意地看了一眼，然后在一张照片上停住了，表情变了变，蹲下来捡起那本相册。

"头儿，来看。"泉朵盯着照片，冲姜璃道。

姜璃看泉朵表情不对，松开男人，走上去看。

"这张照片，快看那是谁？"泉朵指着其中的一张照片。

姜璃看过去，只一会儿，人也愣住了。

那是一个年轻男人与陈文英的合影，而那个年轻男人竟然是一年前被击毙的陈兴发，那个胖子。

"他是谁？"姜璃指着陈兴发问一旁正抚摸着发红手腕的男人。

男人看了一眼，道："那女人的弟弟，还有谁？"

"陈文英的弟弟？"

"对，就是一年前死在我们家门口不远的那个人，一年前他犯了案躲在我家，被对面的那户人看到了，报了警。警察找过来，他劫持那户人，最后被击毙，真晦气，现在家里又死了个人，这房子想卖好价钱都卖不掉了。"

男人喋喋不休地抱怨着。

陈兴发、陈文英，果然都是姓陈的，不算巧合，只是自己没了解案情。不过这样的巧合，似乎让与前面三起案子无关的跳楼案又显得没那么单纯了。

"那个蝴蝶发夹，你卖了吗？"不知为何，姜璃又问起了那个发夹的事。

男人一怔："什么发夹？"

"从你老婆身上抢走的。"

"我什么时候抢过她的发夹？"男人道，忽然想到什么，凶狠地瞪着一旁的少年，"是不是你胡说八道？"

少年脸上现出惊慌之色，没有说话。

男人上去又想打少年，少年向后退了一步，道："你一直赌钱，我妈又生病，你们连生活费都不给我，她跳下去的时候我在场，我想抓住她的，但没抓住，只是抓住了那个发夹。我需要钱，就把它放在网上卖。"

"那发夹呢？"姜璃问。

"被我卖了，就在你们来这里的前一刻，有人上门高价买走了。"

"你这小子，快把钱给我。"男人扑上去，少年慌忙躲在姜璃身后。

姜璃看着这父子两人，心里叹了口气，她做警察工作，听到看到这样的家庭特别多，不是以她的能力能解决的。于是，她又吓了那男人几句，等那男人悻悻地离开，才和泉朵离开，她知道等她们走了，男人必定还会回来，但她真的帮不了任何忙，只能下楼时让泉朵跟这小区的居委会知会一声，多关心一下这家的问题。

"会不会是自己的弟弟死了，气不过，所以扮鬼来吓人？"回去的路上，泉朵分析说，"通常人当然不会，但这女人有抑郁症，精神有问题。"

"那她为什么忽然自杀？"

"抑郁症啊，患这种病的人自杀率非常之高。"

"这样的说法也不是说不通，也可以认为陈文英不想卖房子，所以扮鬼让这一层的房子卖不出去，从而阻止她丈夫想卖房的打算。"姜璃打了个哈欠，"总之这家人还是有疑点可以掏，得通知局长，派人把陈文英的房间仔细搜查一遍。"

姜璃说着，脑中又无端想到那个发夹,怎么这么巧,前一脚给人买走了?

两人缓缓地出了小区,有人自身后的树丛中走了出来,高瘦而英俊,一只手自口袋里掏了掏,掏出一个用透明塑料袋装着的东西,拿出来是一个古朴的蝴蝶形状的发夹。

"我找你很久了,原来你在这里。"

他对着那发夹自言自语,脸上现出温柔的神色,眉心一颗芝麻大小的血痣鲜红欲滴。


## 04　拧巴的约会

都是女人的办公室,最大的问题就是没有男人换水。一大桶的水不是说换就换的,泉朵肯定是搬不动,姜璃练过格斗和擒拿当然没有什么问题,但泉朵觉得身为女人,就算搬得动,也要找个男人来搬。

所以没水时,泉朵经常跑去隔壁的大办公室让男同胞来换,但最近几天,她开始跳过那间大办公室,跑到档案室叫易兰泽换水。

虽然舍近求远了,但身为男人,易兰泽当然不好说什么。就在刚才泉朵瞪大眼将桶里剩下的水全部喝完后,又屁颠屁颠地跑去请易兰泽了。

至于吗?看着泉朵的背影,姜璃心里想,这浩浩荡荡的追男行动怎么就停留在换水这种小事上呢?还逼着她拼命喝水,让她一天中上厕所的次数明显增多。

能不能有点进展啊?这样想着,她同时将电脑里刚写完的报告发出去,并提出对陈文英家进行搜查的请求。希望能搜到点东西吧,毕竟脑电波犯案的可能性太低,往人为作案上靠更可行些。

这头刚发完邮件,易兰泽已经来了,脸上多少有些无奈之色,但也没说什么，自发自觉地跑到饮水机旁换水。

姜璃看得直笑，却听泉朵站在易兰泽身后，似乎踌躇了一下，才故作轻松地说道："那个易兰泽，明天休息，请你看电影可好？"

"看电影？"易兰泽将水换好，愣了一下，看向泉朵。

"是啊，感谢你这阵子帮我们换水，哈哈哈……"泉朵傻笑了几声，举着手机道："我都团好了，最近有部好莱坞的大片正好上档，讲外星人的，叫什么来着。"泉朵翻着手机查。

易兰泽面无表情："这种没营养的片子我不看。"

"那你喜欢看什么，最近片子挺多的，喜剧片？爱情片？还是恐怖片？"

易兰泽硬邦邦地说道："我不喜欢看电影。"

"啊？"泉朵愣在那里，虽然知道易兰泽寡言少语，但平时人不错，没想到这么难约。但口都开了，她花了多大的勇气啊，于是咬咬牙又大笑几声，"哈哈哈，那就不看电影，反正团的，什么时候看都可以，要不我请你吃饭？"

易兰泽道："我吃素，去外面吃饭不适合我。"

呃，泉朵的笑容僵在脸上，不知道该说什么好了，这明显是拒绝，但也不用拒绝得这么直接吧。

姜璃在旁边看得怪难受的，刚才听泉朵开口约易兰泽本来是想走开的，但还没来得及走，这男人就冷冰冰地将泉朵堵得一句话也说不出来。

这时候她还不站出来还算姐妹吗？

"算了吧，泉朵，本来想三个人看电影挺热闹的，易兰泽不去，我们就两个人看吧，至于换水这种事，你下次也别麻烦人家了，姐我力气大，扛得动的。"刚才泉朵没有说几个人去，所以现在姜璃故意强调是三个人，意思是易兰泽你别想歪了，就是感谢你一下才请你看电影的，三个人一起看。

泉朵收到姜璃的好意，感激地朝姜璃眨了眨眼，但毕竟不开心，垂头丧气地说道："麻烦你换水了，易兰泽，谢谢。"

易兰泽点点头，抬头不经意地看了姜璃一眼。

姜璃表情似笑非笑，他眉头皱了一下，又看看一旁泉朵委屈的表情，似乎思考了一下，才轻叹了口气，道："明天……明天市博物馆会展示一批明代的古董，我可以拿到票，你们要不要去？"他的样子不太情愿，对着泉朵和姜璃道。

你就这么勉强啊？姜璃本来想说不用，但泉朵比她快一步，嚷着道："好啊好啊，我最喜欢看古代的东西，等一下我再找找看博物馆周围有没有吃素菜的地方，看完展会可以去。"

这个见色就没人性的小妞，姜璃在心里骂，但看泉朵那开心的样子也不好说什么。

易兰泽走后，泉朵果然就跑去查素菜馆了。姜璃撑着下巴，看着她直摇头，口中道："明天你们去，我就不去了。"

"不行，你得去。"泉朵忙道。

"为什么？不是正好两人世界，我给你制造机会呢。"

"说好三个人，你不去不是骗他吗？何况……"小妞子忸怩了一下，道，"第一次我有点紧张，你就当陪我。"

"那素菜馆你请。"听说素菜什么的很贵的。

"好，成交。"泉朵答得爽快。

果然见色就没人性，平时让请杯奶茶也小气得很的人。


第二天，三个人约好在博物馆门口见，当警察的人其实没有固定的假期，也幸亏姜璃这个小组的人闲得很，而做IT的相对比经常出外勤的警察上班时间要有规律得多。

天气已经有些冷的趋势了，泉朵出现时却穿了条连衣裙，头发也是做过的样子，化了妆。她平时有些婴儿肥，现在看起来，可爱又漂亮，讨喜得很。

姜璃第一个到，她住的地方离博物馆不远，所以当晨跑一样跑过来的，到时时间还早，就买了早饭在旁边的绿地里闲逛。她不穿警服时一般穿运动装比较多，今天也是一样，T恤外套了件天蓝色的卫衣，下身是一条浅色偏白的薄型牛仔裤，脚上是比卫衣颜色略深的球鞋，头发随意地扎成了马尾，看上去青春又活力。

与泉朵会合时，泉朵没吃早饭，说是只顾着化妆，出门晚了，怕迟到，所以没来得及吃。姜璃把多出来的面包给她，她指着唇上的唇彩道："吃掉再补就不完美了。"

姜璃听得直翻白眼，也不管她，看了下时间差不多了，抬头看易兰泽到了没有，却看到一个高瘦的身影已经朝她们走来，不是易兰泽是谁？

易兰泽穿着白色衬衫，黑色长裤，并没有特意打扮，但因为人高，身型瘦长，所以即使这样穿也很有型。而在白色衬衫的映衬下，眉心的那颗鲜红血痣更显得妖异，整个人有种非现代人的幻觉，她不由得又想到那个出现在梦里的苏公子。

易兰泽走上来，没有多言，甚至没有多看姜璃和泉朵，只道："进去吧。"

三个人进了博物馆就直接去那个明代专题馆，人很多，泉朵一直黏着易兰泽指着展品问东问西，姜璃则渐渐地离他们越来越远，最后干脆一个人自顾自地看。

明代的展品其实远没有汉代或更早以前的来得有价值，也没有唐宋两代充满文化底蕴，但一个朝代有一个朝代的特色，尤其这一批堪称精美。

姜璃因为受姜唯明的影响，所以有一些辨识能力，再加上她可以感应一件物品的材质和年代，虽然现在她不能碰，但只是用眼睛看，也比一般人要有眼光得多。

她看了一圈，最后停在一个摆在厅正中央的展柜前，那是一套官家夫人的梳妆盒，榆木盒身，很普通的材质，但古朴大气，里面有几根发簪、一朵金步摇，还有好几件珠花和耳环。因为岁月洗礼，色泽已经暗淡，也没有像其他展柜里的展品那样或珠或宝，看上去漂亮又隆重，眼前的几个就是素雅，甚至有些寒酸。

也许因为这样，所以看展的人并没有太注意这个展柜，纷纷拥到看上去价值连城的那些展品前，拍照的拍照，惊叹的惊叹。

"小姑娘，看了这么久了，看出什么门道来？"旁边站着的一个中年警卫问姜璃。

姜璃摇摇头，道："就是瞎看，我不太懂的。"

　　"那你怎么不去看那些漂亮的，却在这里看了这么久？"博物馆里那些警卫因为长年在展品前，虽然是警卫身份，但对展品的了解其实不比那些专业讲解师少。他们平时沉默地站在旁边担当警卫工作，其实挺想露一手的，现在这个警卫的表情就是：快来问我啊，让叔叔告诉你。

　　姜璃笑笑道："看这些东西讲缘分，我觉得它们顺眼就多看几眼。"

　　中年警卫点点头，道："你眼光不错，小姑娘，这展柜里的东西恰恰是这个展厅最值钱的。那些人不识货，看到大件的、漂亮的就以为是最好的，这里的一件就抵那边的好几件。不过，"他停了一下，道，"不过这套东西虽然好，就是有些遗憾。"

　　"什么遗憾？"

　　"你看那只耳环，是这里面最值钱的，可惜只有一只，另一只不知去向。"警卫说着指了指放在梳妆盒角落里的那只孤零零的耳环，金丝交错盘成一朵莲花，上面镶着宝石，同样低调。

　　"不知去向是什么意思？"

　　"就是没有了，找不到了，可能出土时就只有一只，盗墓什么的，谁知道呢。"

　　姜璃皱了皱眉，盗墓的话为什么只少一只耳环？她不由得盯着那只耳环细看，自那耳环上透出一丝淡淡的光晕，温柔且带着一丝暖意，与一般古董只会散发出冷光不一样。那警卫说得没错，是件好东西。

　　用这套首饰的会是什么样的女子呢？不爱奢华，这般低调，审美倒是与自己有点像。想到这里，她不由得笑起来，拿出手机准备拍下，却自前面玻璃的倒影上看到自己身后站着个人，很高，身形像是……

　　她回头，果然看到易兰泽就站在她身后，眼睛也盯着那个梳妆盒，表情说不出是什么情绪，看在姜璃眼里竟是有一股莫名的温柔，她不由得一愣，等再看时却什么情绪也没有了。

　　"泉朵呢？"她想到应该还有个缠着他的泉朵。

　　"这里空调太冷，她受不了，外面坐着呢。"他的视线定在梳妆盒上没有移开。

"你也喜欢这套东西？"姜璃不由得问道。

易兰泽这才看她一眼，道："我是搞IT的，不懂这些，瞎看。"

"那你专门弄门票进来看是为什么？"

易兰泽面无表情："我不懂，但喜欢瞎看。"

姜璃觉得这人实在是惹人厌，懒得跟他再说，举着手机准备拍完照就走。

"你喜欢这套？"身后的人却问道。

姜璃道："我也瞎看。"

"这套最丑，你怎么不去拍那些漂亮的？"

"我喜欢丑的。"

身后人竟然笑出声。姜璃惊讶地回头去看，易兰泽果然在笑，本来死板的脸肌肉上扬，灿若星辰，竟有种夺人心魄的力量。姜璃呆了呆，道："你笑什么？"

易兰泽看向她："因为有人说过一样的话。"说完，脸上的笑容竟然同时又消失了，再不说什么，转身走开了。

莫名其妙啊，姜璃心里道，这人是不是太奇怪，泉朵真想跟这样的人交往吗？


因为进去得早，所以到中饭时间过去一点点，三个人就看完展出来了。泉朵可以说是饥寒交迫，早饭没吃还冻得够呛。姜璃把卫衣给她穿，她却又嫌弃跟她的连衣裙不搭，直接拒绝了。姜璃还准备把早上的面包给她，但看这架势是饿死也不会吃的。

算了。

博物馆旁边果然有一家吃素菜的店，生意竟然很不错，三个人找了个靠窗的位置坐下来，泉朵拿到菜单就狗腿地把菜单递给易兰泽。

"想吃什么就直接点，我请客。"

易兰泽把菜单推回去，道："反正都是素菜，我都行，你看着点吧。"

泉朵"哦"了一声，开始翻菜单，时不时地还在问易兰泽这个行不行，那个行不行，得到的回答统一是：随便。

姜璃就这样被晾在一边，是不是可以离开让两个人独处了呢？她这样思考着。

一连点了好几个菜，泉朵才有良心地问姜璃想吃什么。

姜璃看菜单上的价格不便宜，便道："就你刚才选的几个，够吃了。"

泉朵点好了菜，于是等菜，然后都沉默，气氛尴尬。

泉朵在桌底下踢姜璃，姜璃心里叫苦，是你的约会啊，怎么让自己说话呢？

"那个易兰泽，今天的展品中，哪件东西最入你的眼？"姜璃没话找话。

易兰泽喝了口茶，道："梳妆盒。"

姜璃心里一动："梳妆盒里的哪一样？"

"耳环。"

"不是说那套最丑吗？"

"我也喜欢丑的。"易兰泽抬眼，看着姜璃，明眸泛起如水的色泽，透亮。

姜璃失笑："我看上面的展品说明，是明代某位官太太喜爱的物品，那官太太看来审美跟我们相似。"

"不是官太太。"

"嗯？"

"不是当官人的太太，是普通人家的夫人。那些东西虽然没有其他展品那么奢华，但每一件都是纯金打制，上面用的宝石也是当时最好最透的，请了最好的工匠镶上去，其他那些都是俗品，这梳妆盒里的东西才是宝贝。"

易兰泽第一次说这么多话，自己也没发现，眼神变得遥远，回想着什么。

姜璃看着他的表情，道："旁边的展品说明上好像没有写这些。"

易兰泽转动了下手中的白瓷杯："我来看之前自己在网上查的资料。"

也对，姜璃本来觉得好奇，为何易兰泽说到那个梳妆盒如数家珍，但他所说的意思其实与那警卫大叔说的并没有什么出入，除了不是官太太，但是不是官太太谁知道呢？反正是有钱人家的太太就是了。

似乎，又没什么话好说了，但旁边的泉朵总算大着胆子开口了。

"易兰泽，你平时休息在家喜欢干什么？"

"做饭，打扫。"

"你长这么帅，为什么没交个女朋友？"

"不需要。"

"那有养宠物吗？狗啊猫的。"

"猫狗太不经养了，养几年就死，倒是养过乌龟，但它比我想象的命短，去年也死了。"

泉朵的脸色有些不太好看，她是最喜欢宠物的，这人该不会是宠物杀手吧，经他手的都养死？

只聊了几句，转眼又冷场，但还好有菜上来了，不是素火腿，就是素鸭，咬上去都是豆制品做的，虽然不是荤菜，但很油腻，姜璃不怎么爱吃，她更喜欢吃大鱼大肉，肉香扑鼻，咬上去很有满足感。

"好不好吃？"泉朵吃了几口，问易兰泽。

易兰泽只说了四个字："哗众取宠。"

"什么意思？"

"就是利用素菜这个噱头招揽客人，但其实真的不咋的。"姜璃嚼着有点硬的菜头。

"这样吗？"泉朵看易兰泽。

易兰泽点点头。

泉朵失落地垂下头。

"但这个汤还可以。"姜璃马上安慰了一句。

"汤里放了点鸡汁。"易兰泽说。

"你没喝怎么知道？"姜璃反问。

"闻出来的。"

"怎么搞的，不是只做素菜吗？怎么会放鸡汁？"泉朵跳起来，"我要让他们免单。"说着忘了这次是要跟易兰泽约会的，拿着账单就跑去柜台了。

姜璃拦也拦不住，只好随她去。

面前的易兰泽除了那个汤，其他菜还在波澜不惊地吃着。

"不是不好吃？"

"我不喜欢浪费，"他手指修长而瘦，拿着筷子夹起一块豆干，"知道从古至今有多少人因为饥荒饿死吗？你们应该感谢能生活在这个丰衣足食的年代。"

"我们？"

"这个还行，吃吃看。"易兰泽不理会她，将一盆用香油拌过的荠菜放到她面前。

此时泉朵已经拿了单子跑回来，一屁股坐下，道："搞定。"

"汤免单？"

"哪会这么便宜他们？"泉朵瞪大眼，"当然是所有菜免单。"

姜璃朝她竖了竖大拇指，开始吃拌荠菜。

三个人吃完饭，没付账，大摇大摆地走了。

跑出去泉朵深吸了口气，叫道："决定了，去吃炸鸡排。对了，头儿，我冷，外套借我穿。"

姜璃傻眼，这妞怎么忽然豪放了，把卫衣脱给她，轻声问道："你怎么回事？"

泉朵道："因为忽然发现我跟他一点也不合适，跟他相处只有两个字，"她同时比画出两根手指，"拧巴。"

姜璃喷笑，你丫头想通得还真快，不由得回首看易兰泽。易兰泽站得笔直，看着博物馆的方向，若有所思，似乎意识到有人在看他，回过头来，目光与姜璃对视，然后道："你们去吃吧，我先回去了。"说着冲那边的泉朵点点头，走了。

直到易兰泽走远，泉朵才大大吁了口气，叹道："帅是帅，但也太难相处了吧？挑剔，没幽默感，连聊天也很难聊，我刚才想，如果我真追到他了，估计会活得很辛苦。"

"我却觉得他是个有故事的人，似乎还挺神秘的。"

"有吗？"泉朵往易兰泽离开的方向拼命看。

## 05 盘丝耳环

　　姜璃和泉朵逛到很晚才分手，姜璃本来准备直接回家，但想到姜唯明这几天去外地讲座，家里的变色龙托她照顾，又赶去了姜唯明的住所。

　　给变色龙喂了几只蟋蟀，那货在玻璃箱里鼓着眼睛看她，她逗了它几下，看它理也不理，便放弃了。她忽然想到上次让姜唯明研究的那块残片不知道怎么样了，看来也只有等姜唯明回来后再问他。

　　懒得再跑回去睡，姜璃洗了个澡，准备就在这里睡了。虽然她搬了出去，但她以前的卧房姜唯明一直留着，生日买的玩偶、学校的奖状都还在，跟她搬出去前一样。

　　姜璃也不是完全不回来住，有时在这里蹭饭，懒了就不回去了，所以被子什么的都是干净的。但今天躺在床上，她竟然失眠了，想到晚上嘴馋和泉朵喝了咖啡，导致现在一点睡意都没有。

　　她干脆又爬起来，从阳台拿了拖把开始打扫卫生，她以前试过，一失眠就打扫卫生，等打扫累了，一倒床上就能睡着，至于看电视、看英文字典，对她是没有用的。

　　将客厅卧室拖了一遍，她又跑去姜唯明的书房。书房一如平常一样的乱，姜唯明是典型双子座的性格，感情方面花心，连爱好方面也时常变，比如有一阵喜欢收集古董，玩一阵又去学书法，没有学几天又开始学古琴，总是买一堆贵得要死的东西回来，最后因为爱好的转变被束之高阁。

　　书房里摆的全是这些东西，乱七八糟到处放。姜璃打开书架下的柜子，准备把这些"爱好牺牲品"收起来，发现柜子里早就堆满了，是姜唯明早些年收集的古董，有真有假，有上品也有赝品。姜璃当时还小，也不太记得姜唯明到底收集了些什么，而姜唯明也从不仗着姜璃有特殊能力让她分辨真假，当她是摇钱树，反而从知道她有这个能力后，就再也不收集古董了。用他的话来说：人总有贪欲，他也有，所以在这个贪欲只是萌芽前，先扼杀掉，反正他绝不会利用自己的女儿。

想到这里，姜璃笑了笑，反正睡不着，就一样样地拿出来看，正好看看哪些是真，哪些是假，她也不会告诉姜唯明，还是会一样样地放回去，就当好玩。

瓷器居多，当然赝品居多，有个八宝紫金玉碗是真的，还有几个酒盏也是真品。她一样样地往外拿，最后看到柜子的角落里放了个红木的小盒子，应该是件首饰，她拿出来打开看，人当即就愣住了。

是一只耳环，金丝盘成莲花，上面镶着宝石。姜璃的心跳莫名加快，拿着红木盒子又跑回自己的卧室，从床头柜上拿起手机调出今天在博物馆拍的那只梳妆盒的照片，放大了与手中红木盒子里的这只耳环对比。

一模一样。

难道少了一只是很久以前被自家老爹买回来了，一直尘封在书架下面的柜子里？是不是太巧了？还是只是仿品？

她小心地将那只耳环自红木盒子里拿出来，放在手心闭上眼。

是真是假，一辨就知道了。

眼前猛然一黑。

耳边传来锣鼓唢呐声，吹吹打打的。

是哪里死了人吗？但是曲调却是喜气的。

身子一直在晃，如同处在一个晃动的空间，她想，她可能是睡着了，被晃得头昏脑涨不得不醒过来。

睁开眼，情况有些不对，她定了定神，手迅速地掀开头上的布。

红盖头？

她在轿子里？

开什么玩笑？

吹吹打打未停，她不死心地掀开轿子旁边的帘子看，还没掀开，外面就有一只手将帘子拉回去了。

一定又是做梦了，她心里想，因为她根本就在打扫卫生整理房间，怎么可能在轿子里，还盖着红盖头？

　　她伸手想对着手咬一口，毫无意外地看到那只手不是自己的，就如同上次她莫名地成了紫枫道人一样。

　　她咬了一口，不疼。

　　是梦。

　　不过，是不是有些古怪，她以前从来不做这样的梦的，而且太真实。

　　她来不及细想，只觉得轿子更用力地晃了一下，落地了。吹打声更厉害，伴着鞭炮声，然后轿子猛地前倾，轿门被撞开了，她也不知道哪儿来的反应，竟然将红盖头又盖上了。

　　然后有一只手伸过来牵她，再接着她就被那只手的主人背在了背上。

　　她稀里糊涂的，一边想着要不配合算了，一边想着大呼一声：你们到底是什么情况？

　　最后还是配合了，她想，反正是梦，且看看到底会发生什么。

　　于是，她被牵来引去顺从地参与了一次古代的隆重婚礼，导致她有些想知道与她在梦里成亲的老公到底长什么样子。听说是永远看不清脸的，因为她以前也听朋友说做过类似的梦，比如她梦中忽然有了个男朋友，两人相亲相爱，却怎么也瞧不清对方的脸。

　　最后她被送进了洞房，她盖着盖头看不到，但似乎听到一个老婆子的声音，说了几句吉祥话，然后凑近她又说了几句洞房注意事项，多少有些少儿不宜。旁边有窃笑声，被老婆子吼住了，她在盖头下倒是听得脸不红心不跳，心里只是想着，难道这次做的是个春梦？

　　终于那群人也走了，房里安静下来，她才掀开盖头，只看到一对龙凤烛闪着，她在一间完全古风的房间里，到处是喜气的红色。

　　上次是变成男人紫枫，这次是个女人，她有些好奇自己在梦中长什么样，于是直接就走到了梳妆台前。

　　镜子不似现代的那么清楚，但可以看到一张只有巴掌大小完全陌生的脸，很年轻、很美丽。她盯着，不由得想，上次是紫枫，这次是这个女人，为什么梦中的自己不是自己呢？而且梦有这么真实吗？

她盯住镜中的自己，猛然间又愣了下，不对，她用手抓住在她耳朵上晃动的耳环。

金丝盘成莲花形状，镶着宝石，这不是在博物馆和家里看到的那只耳环吗？她慌忙地取下一只放在手中看，没错，一模一样，不过是成对的，全新的。

果然是日有所思，夜有所梦吗？

她下意识地看向摆在梳妆台上的梳妆盒，榆木盒子，跟博物馆看到的也是一模一样，唯一不同的就是，它也是新的。

难道她在梦中成了那个官太太？

正惊讶，猛然听到外面有声音传来，她吓了一跳，又跳回床上，用盖头将自己盖住，且看看后续发展再说。

门"吱呀"一声被打开又关上，她正襟危坐，侧耳听着那脚步声向自己走近。

直到脚步声在她身前止住，头上同时一轻，是盖头被挑开，一个高瘦的身影站在她的眼前，她不由得抬头去看，那人也低头看着她，背着光，看不太清楚脸，只知道他脸上并没有什么喜悦之色。

她定定地看着那人，只觉得面熟，见那人回身将手中的秤杆放下，龙凤烛的光自他侧面照过，她这才看清，顿时大吃一惊。

那人眉心那颗血痣红得滴血，不是易兰泽是谁？

不对，不是易兰泽，是梦中在三清观看到的那个苏公子。

她脑中混乱，人一下子站起来，如果这是苏公子，那眼前的还是梦境吗？哪有几天前的一场梦与现在的梦境连在一起的？像一部连续剧竟然连着放下去了。

那苏公子见眼前的新娘子毫无忌讳地盯着他，眉头不由得一皱，要放未放的秤杆抬手对着她一侧的肩就是一下。

竟然有痛感，而且力道不小，她惊了惊，不是梦吗？哪儿来的痛感？

正暗自觉得奇怪，却听苏公子清冷的声音道："《女戒》没有教过你吗？

丈夫为天，为妻者应有妇德，低眉顺眼，哪像你这般直视于我？"

她仍处在惊讶中，听到他的话哭笑不得，《女戒》？这苏公子比易兰泽还要古怪，现在的情况如果不是梦那又是什么？她忽然想到那块黑色残片，当时拿在手里，梦中自己就成了残片的主人紫枫道人。而这次，她拿的是那只耳环，她就成了耳环的主人官家夫人。难道是自己的能力又长进了，可以看到这个器物主人的生活片段？

她自顾自地乱想，那边苏公子看她发愣，也不管她到底想什么，倒了两杯酒过来，往她手里硬塞了一杯，硬邦邦地说道："交杯酒。"说着挽着她的手臂把自己手里的酒喝下去了。

她还愣在那里，猛然听苏公子喝了一声，抬起头见他瞪了她一眼，道："喝酒！"

她回过神，心想，眼下也不是考虑这些的时候，慌忙一仰头把酒喝掉，然后笑着道："可以了吗？"

苏公子不说话，"哼"了一声，张开手臂，直挺挺地站在她面前，她以为他想抱她，吓了一跳，但看他这样站住不动，疑惑道："怎么了？"

"宽衣。"

"啊？"

"给我宽衣。"

红烛下，那个男人一身红衣，双臂大张，一张脸虽英俊却苍白，眉心红痣妖异而惑人，就这么冷冷地看着她。

宽衣？如果她没理解错的话就是脱衣服的意思吗？交杯酒喝完，宽衣是要洞房？她只觉得脸上发热，而同时肩上又挨了一下，苏公子举着秤杆仗着身高，居高临下地看着她："还不快帮我宽衣。"

她心里叹了口气，宽就宽吧，但如果再敢打她一下，她一定翻脸。

古人的衣着她实在不太了解，她大体看了一下结构，大概能明白，要先解腰带，于是开始动手。

苏公子身上有股淡淡的香味，清冽而让人回味，这味道在她上次是紫枫道人时曾经闻到过。此时靠近苏公子，那股味道更浓了些，说实话很好闻，她不由得深吸了口气，抬头时见苏大公子正垂眸冷冷地看着她。

"真不庄重。"他嫌弃地冷冷说了一句。

好吧，我不庄重。她不跟他计较，专心解腰带，好不容易将那件喜气的大红袍脱下，里面是一件月白色儒衫，让他刚才有些迫人的气势顿时柔和了几分。领口的地方因为刚才脱外袍而被扯开了几分，可以看到里面苏公子如玉般温润的皮肤，人因为瘦，那一对锁骨分明，竟然非常勾人。

真是不错的一副皮囊，她这样想，见苏公子已经垂下张开的手臂，显然是没有意思让她脱里面的衣服，往床沿上一坐，对着她道："倒杯水来。"

她慢吞吞地去倒了水回来，递给他，他没接，而是自怀中取出一个瓷瓶来，打开瓶盖往手掌心倒了几颗绯色的药丸。

她看得眼熟，猛然想起是上次自三清观求来的药，她还记得当时另一个道士待他走后说了什么，这一瓶药是要他命的。

那厢的苏公子慢条斯理地点完药丸的数量，正准备往嘴里放，她看得心里一紧，有没有搞错，她是做警察的，怎么可能看着凶杀案在她面前发生，所以几乎是没多想，抬手就将那只手里的药全部拍在地上。

"你做什么？"苏公子绝没想到她会这么做，惊讶地看着她。

她理都不理他，抢过他另一只手里的瓷瓶全部倒进自己手中的水杯中，药丸着水化开，变成一汪血红色的水，她随手一倒，倒了一地。

"你、你！"苏大公子气得脸都白了，手指指着她说不出话来。

"如果你想活命就不要吃这些东西。"她不管他此时脸上的表情，冷静道。

"你、你！"苏大公子的脸色越发白，本来指着她的手改为抚着胸口，忽然喉间发出"咯咯咯"的几记抽气声，人就直挺挺地倒在床上。

她吓了一跳，跑上去看，苏公子已经晕了过去，脸死白死白的，完了，会不会给气死了，凑上去探他鼻息，只有进的气，没有出的气，再听胸口的心跳，一片紊乱。

她这才想起，这药当时说是要用来治疗心疾的。

这回是心脏病发了。

她当即把苏公子放平，撤去他头下的枕头，看了下床的软硬度，幸亏古代没有席梦思，不然还得把他搬到硬邦邦的地上，双手解开苏公子的衣服，对着苏公子的胸口开始按压，按了几下，又用一只手扶着他的下巴，另一只手捏住他的鼻子，做人工呼吸。

　　可别死了，她的本意是想救他性命，可最后被她气死了算怎么回事？

　　也幸亏她学过一系列的急救方法，手法有效而准确，只一会儿苏大公子就幽幽地醒来，一双眼看着她整张脸凑近，对着他的嘴一阵猛吹，本来苍白的脸瞬间"噌"的一下红了。

　　"你、你！"他好不容易推开她，缩进床角，一只手紧紧抓住自己的衣领，另一只手护着自己的嘴，脸涨得通红，连脖子也变成了粉红色，双眸含水地瞪着她，半晌才把后面的话说出来，道，"你、太不庄重了。"

　　她跪坐在那里，"噗"的一下笑起来，这位可比易兰泽可爱多了。见他脸上变幻莫测，怕他心脏病再发，她忙下床去，正色道："我是救你呢，快别缩在那里，躺好顺顺气，我再去帮你倒杯水。"

　　见他不动，她只好先去倒水，回来时这位苏公子已经用被子将自己紧紧裹住，脸还是红着，防备地看着她。

　　她强忍住笑，把水递给他，他没有接，而是想到刚才她拍掉他药的事，哼了哼，道："你知道这药多难得吗？为何要把它们全部毁掉？"

　　她把水硬塞给他，道："有些事解释给你听，你也不会相信，反正你要相信我，我不会害你的。"

　　他古怪地看着她，半晌喃喃道："林家怎么教出你这样不庄重的女儿？"

　　林家的女儿？是指她吧？她有心逗他，又爬上床去，道："我现在是你妻子，做出这些举动有什么不对吗？"

　　他下意识地往旁边躲了躲，怒道："再不庄重，小心我休了你。"

　　她笑道："那洞房还洞不洞？"

　　他脸当即又红了，声音都变调了，道："你这女子真的色胆包天，洞房花烛何等神圣，哪是像你这般不知羞耻如此随便？"

　　"哈哈哈！"她当即忍不住笑出声来，这个苏大公子实在太好玩，与唐僧有得一拼。

她这般大笑，在苏公子眼中如同得了疯疾，脸上顿时现出厌恶之色，将她狠狠一推，跳下床去，拿起那件大红喜袍急急穿上，冲到门口，大喝道："屏开，你给我进来。"

本来洞房花烛，佣人们早就识相地躲远了。屏开听到主子叫，从很远跑过来，见到苏公子的表情，大吃一惊，主子一向慢条斯理、有条不紊，还是第一次见他这样子，慌忙问道："主子，怎么了？"

苏公子指着里面的新娘，道："这林家的女儿是个疯子，我要退婚，我要休了她。"

屏开更惊，往四周看了看，道："主子，你轻点，林家送亲的队伍还没走呢。"

"这样更好，正好直接把这个疯女人带回去，我苏鎏绝不会娶这样的女人。"

屏开听了非同小可，不由得往屋里看了一眼，看到新娘坐在床沿上，正看着他们这边，很正常，很美啊。他眼珠转了转，凑近苏公子不知说了什么。不一会儿，苏公子垂下手，回头狠狠地瞪了屋里的新娘一眼，却没有再要求退婚，而是对着屏开道："帮我在书房里铺好床，这新房我是绝不会再进去了。"

屏开为难了一下，看主子表情坚决，应了一声，走开了。

于是苏公子就直挺挺地站在门外不肯进来，她看着还是只觉得好笑，心里想，这样的局面是耳环的主人本来就发生的呢？还是因为她的存在才让一切变得那么糟？还有那个苏公子，对，他刚才自称苏鎏，他是本来就命不该绝，还是自己救了他，他才暂时逃过一死？

苏鎏过了一会儿甩手而去，睡书房去了，她落得清静地躺回床上。


"那就是青藏高……原。"尖锐到直冲耳膜的女高音，让姜璃整个人自床上弹坐起来。

百页窗、毛绒玩具、奖状，姜璃迷迷糊糊地看着，然后一下子清醒，一切又都变回来了。

头微微有些疼，她抚着后颈轻轻地揉，真的像做梦一样。

她垂下头，昨天的那只耳环已经不在自己的掌中，而是落在枕边上，闪着古朴而陈旧的光，向她证明着它与刚才姜璃所见的那副耳环相差了几百年。她看了那只耳环一会儿，有些不敢碰它，怕又回到刚才的片段里，说实话，她不是很喜欢。小心地用手指捏着它放进红木盒子，合上，她本来想放回父亲的那个书架柜子里，但想了想，又自己收起来，放进自己的包里。她觉得有必要把这件事跟姜唯明说一下，但一切只能等他回来。

匆匆地梳洗了一下，姜璃赶去上班，快到局里时姜璃看了一下还有时间，就跑去离警局不远的那条小巷里买豆腐脑。那家的豆腐脑有些年头，虾米、紫菜、肉松、榨菜，再浇上喷香的特制调料和辣油，好吃得不得了，她平时只要有时间就会买一碗带到警局吃。

小店门前排了一排不算长的队，姜璃看了一下时间，可能没时间等了，正要走，就看到队伍最前的几个人中有个熟悉的背影，她往前走了几步，又停下了。

是易兰泽。

看到易兰泽她顿时有种时空紊乱的错觉，竟然就犹豫起来，要不要让他带一份。

但终究还是走上去，苏鎏只是她的特殊能力给她带来的幻境，跟易兰泽又有什么关系？几百年间长相相似的人多得是，如果她没有那项能力，鬼才知道现在的易兰泽和几百年前明朝的苏鎏长得一模一样？

"易兰泽，早啊。"她笑靥如花。

易兰泽回过头，看到她时眉头皱了皱，慢吞吞地说道："早。"

她马上又凑近一些，小声道："上班来不及了，帮我多买一份吧。"

易兰泽回头看看身后，很认真地说道："你知道多少人等着排队吗？"

他的声音不算大，也不算小，马上后面就有人看向她，弄得她很不好意思。她只好退开几步，不再说什么了。

这个易兰泽，她心里愤愤地想，祝你吃豆腐脑噎死。人走出巷子，准备买个包子就上班去。

还好包子铺不用排队，想到易兰泽吃素，她就恨恨地买了两个肉包子，付了钱回头，就看到易兰泽站在不远处，手里拎着两份豆腐脑。

她白他一眼，自顾自地走了。

易兰泽大长腿急跨了几步就追上她，然后把一份豆腐脑递到她面前。

"干吗？"她停下来。

"帮你带的。"他说。

"不是很多人排队吗？"

易兰泽，道："是很多人排队，但我没说不带。"

"你！"姜璃都快气死了，指着手中的包子道，"我买了包子了。"

易兰泽把豆腐脑往她手里一放，道："这份放了虾米和肉松，我不吃荤。"说着迈开长腿走了。

姜璃愣在那里，好一会儿才追上去。

"易兰泽，你平时都这样吗？"

"什么？"易兰泽侧头看着她道。

"你的脾气。"

易兰泽似乎很认真地思考了一下道："肯定是有变化的，都这么长时间了，以前我不怎么在意别人的想法。"

姜璃本来是在生气，听到他这么说，竟然就笑出来，道："易兰泽，你有没有把人气死的案例？"

易兰泽停下来，看着姜璃，看她白皙年轻的脸上笑容清冷，道："没有。"

姜璃撇撇嘴，心里想，这人脾气就是这样就不必自找没趣了，走了几步道："豆腐脑就不给你钱了，下次我帮你带一份就行了。"

她以为易兰泽又要别扭，结果他这次只是"嗯"了一声。

两人进了局里，姜璃刚坐下，桌上的电话就响了。

"小姜，你来一下。"是局长唐年的声音。

"看看这个，"局长室，唐年将几张照片扔给她，"照你的申请，在陈文英家搜到的。"

姜璃拿起来看，连看了几张，表情很有些惊讶："这么说我们的怀疑是成立的？"

唐年点头："照陈兴发的脸型做的人皮面具、塞了泡沫的大衣、硅胶，足够伪装成一个胖子。而且几次案发的时间，正是陈文英的丈夫想卖掉房子闹得最凶的时候。"

姜璃拿着照片吁了口气："真有些不可思议。"

"没有什么好不可思议的，我们还有她儿子刘小宁的证词，证明沈云娜死亡的那晚，他听到尖叫醒过来，看到有人进屋，当时看那人身形肥胖，以为遭贼，开灯时，看到却是自己的母亲陈文英。他问她干什么，她什么也没说，自己回房去了。"唐年道，"本来那三起案子我还觉得玄得很，但看来就是件装神弄鬼的刑事案，这样也好，不然结案时不知道以什么理由结。"

姜璃点点头，眼睛却盯着那几张照片发愣。就这么简单吗？之前去了三清村，又想了很多有关脑电波的事情，如果不是陈文英忽然跳楼自杀，她可能至今还在那个坑里跳不出来。可能是破案思路与真相南辕北辙，虽然破了案，但姜璃并没有太多的成就感，像是瞎蒙到似的。


姜璃晚上回去时，姜唯明打电话让她去一次。

姜璃这才想起来，姜唯明是今天回来。

到了姜唯明住的地方，姜唯明正将一个炒好的菜放在桌上，看到姜璃笑道："来啦？"

姜璃"嗯"了一声，自顾自地坐在桌前，拿着筷子吃起来。

姜唯明端了饭出来，看到姜璃的表情，道："怎么了？"

姜璃是想着今天案子的事，结案结得毫无预兆，虽然动机证据都明确，但总有种不踏实的感觉。她夹着菜往嘴里塞，道："没什么，你让我来有什么事？"

姜唯明道："我出差好几天才回来，让你过来吃个饭，就一定要有事吗？"

姜璃"嗯"了一声，开始埋头吃饭。

饭吃到一半，姜璃想到残片的事，抬头道："老爹，上次给你的那块残片有什么结果？"

姜唯明听她说残片，笑了笑，神秘地说道："你先吃完，吃完跟你讲。"

吃完饭，姜唯明让姜璃去洗碗，自己跑去把这次出差的"战利品"一样一样地拿出来。

那都是些古怪的东西，古籍、一些颜色鲜艳的布片，还有一个已经残破的酒瓮。

他戴上白手套，小心地将那酒瓮拿起，放到姜璃面前道："知道这是什么？"

姜璃擦干手，看着那灰不溜丢的东西道："放酒的？"

姜唯明摇摇头。

"可以摸吗？"姜璃问。

"可以。"姜唯明做了个请随便的手势。

姜璃手掌张开，轻轻地贴在酒瓮上，闭上眼。

眼前白光闪了闪，一个白须道士的影像自脑中闪过，她一惊，慌忙松开手。

怎么回事，她的能力真的升级了？刚才感觉到那个影像时，她真怕又落入到那些器物主人的生活片段里，所以忙不迭地松开了。

姜唯明看到她的反应，也有些好奇，道："看到什么？"

姜璃道："道士。"跟她在那块黑色残片上看到的影像一样，也是个道士，只是似乎是不同的人。

她皱了下眉，道："怎么回事？难道我的能力真的升级了，可以看到这件东西主人的影像？"

姜唯明不说话，拿了块布片递给她："试试这个。"

姜璃有些抗拒，但看姜唯明胸有成竹的样子，便接了过来，像刚才那样放在掌心感受。

除了材质、年代，什么感觉也没有。

"看到什么？"姜唯明又问。

姜璃摇头，道："老爹你别卖关子。"

姜唯明瞪着她："你冲我撒个娇，我就告诉你。"

姜璃翻白眼，僵硬地钩住姜唯明的脖子，准备在姜唯明的脸上亲下去。

"算了，"姜唯明直接挡回去，有些苦恼地说，"我女儿果然不会撒娇。"

姜璃哼了哼，道："撒娇也要看人啊，老男人！"

被称作"老男人"的姜唯明也不以为意，拿起那个酒瓮，道："这个东西，不是装酒的，在古代称之为'阴器'，是专门用来养鬼的，一般制作它们的都是些道士。"

"养鬼？"

"没错，古代一些道士想让自己死后的灵魂永存，会在自己的墓中放上这个东西，养自己的魂魄。"

"你不是说世上没有鬼？"

"是没有鬼，所以那只是一段生前的脑电波。"

"那还是不对啊，你不是说脑电波在空气中会很快消散？"姜璃完全糊涂了。

"之所以消散是因为没有了依附，但如果有供养的能量，它就可能保留下来。"姜唯明将旁边的笔记本打开，调出几张图片给姜璃看，"这是在高倍显微镜下看到的养鬼器，这张是你刚才拿的酒瓮，这张是那块黑色的残片。"他一张张地移着，给姜璃看。

姜璃并不是这方面的专家，只看到一个个类似细胞的东西，皱着眉道："它们是活的吗？"

"可以说是活的，那些都是细菌，它们的振动频率与'养'在里面的脑电波一致，就可以让那段脑电波长久地'活'下去。至于如何做到一致，那就是那些道士的秘法，包括在不用火烧制的情况下如何制作这些器物，也是个谜。我暂时没办法破解，而那些和细菌混在一起的陶土，正是用来养那些细菌的，它们被封在潮湿阴暗的墓穴中可以存活很久。"

真是闻所未闻，姜璃盯着电脑上的照片，又看看那个酒瓮，道："所以，我给你的那块残片，也是从养鬼罐上掉下来的？"

"没错。"姜唯明道，"这段时间我正好在研究这方面的课题，你上次给我那块残片时，我就有了这样的猜想，后来用高倍显微镜一看，果然是这样，但这个课题才刚开始，我也只能告诉你这么多了。"

姜璃听完若有所思，盯着那个酒瓮久久不说话，她脑中不知为何就想到陈文英头上的那个蝴蝶发夹，似乎也是陶的。她当时注意到，也是因为觉得陶制的发夹很古怪，那一样是有些年头的东西。只是现在一切都无法考究，因为那个发夹已经被人买走。

这难道就是她心里觉得那起案子不踏实的原因？

易兰泽只留了一盏台灯，将那个发夹拿了出来。

人靠在皮制的躺椅上，一只手枕着头，一只手举着那个发夹。

发夹非常的陈旧，彩绘的地方颜色暗淡，可以说毫无美感。他抬头看了眼墙上的时钟，快到十二点了，便自旁边的小桌上拿起一个白瓷碗来，里面装着黑而浓稠的液体，他眼看着秒针的指针跑完最后一格，便将手中的发夹放进碗中。

发夹掉进碗中，渐渐地沉下去看不见了，易兰泽盯着那只碗，表情有些紧张。

旁边的台灯不知为何忽然闪了闪，然后竟然就灭了。

四周一片漆黑，易兰泽却还是盯着碗的方向，连眼睛也不眨一下。

渐渐地，眼前似乎看到一片白光，易兰泽紧张地握紧拳头，白光中，一个胖子苍白的脸现了出来，他盯着易兰泽，眼睛往上翻着。

易兰泽猛地闭上眼，那个胖子的影像还在，他抬手摸到桌上的碗，扔了出去，连同那个发夹，"当"的一声，胖子的影像瞬间消失，连同那盏台灯也亮了起来。

易兰泽脸色苍白，怔怔地盯着地上的那个发夹。

"为什么是个胖子？"他自言自语道。

*Episode 2*

## 虫 后

　　"做我男朋友吧。"她凑上去冲他笑。

　　易兰泽似乎想了一下，道："不行。"

　　"为什么？我长这么漂亮。"

　　易兰泽很认真地说道："当今这世上，没有一个女人可以配得上我。"

## 01　灭门之灾

姚忠。

这段时间他一直都不顺：上半年的时候家里一直帮着带孩子的母亲中风了，这样不止孩子没人带，连老人也需要人照顾，妻子嫌烦，天天跟他吵架；而上个月他又刚刚失了业，不敢告诉家里，天天假装上班，在网吧里泡着，学人家投了点钱做股票。但今天也不知道出了什么情况，股票忽然暴跌，让他投进去的钱顿时化为泡影。

什么叫屋漏偏遭连夜雨，真是倒霉透了。

他不想回家，买了瓶二锅头在路上瞎逛，经过天桥时看到一个瘦小的老头坐在路边，旁边竖着一张硬纸板，写着：算命。

他看着"算命"两个字半天，平时从来都不算命的人，经过这段时间的事，忽然想看看自己的霉运到底什么时候到头，于是从口袋里摸出一张五十块的纸币扔给那老头，道："算命。"

老头的一只眼睛是瞎的，结着厚厚的白内障，看上去有些可怕，人干瘦而矮小，哑着声音道："算什么？权、财还是姻缘？"

姚忠喝了点酒，有些醉了，一屁股坐在地上，道："随便算，算到什么说什么，算得对老子再给你一百块。"

老头点点头，道："生辰八字有吗？"

"没有，谁还记得这个？"

"那把手给我。"

姚忠于是把手伸了过去。

老头握住，摸了一会儿，双眼忽然猛张，口中道："不好！"

姚忠被他的样子吓了一跳，酒也醒了几分："什么不好，你可别吓我。"

老头一字一句地说道："你有灭门之灾。"


警笛一直在外面响着，黄眷钻过警戒线，远远地就闻到一股浓重的血腥味。他边走边戴上手套，一进屋就看到三具尸体躺在那里，血流了一地。

黄眷的助手已经先到，脸色有些发白，看到黄眷进来，低着声音道："太惨了，全是被割喉，一刀毙命。"

黄眷点点头，走上去看现场情况。


"……凶手姚忠，死者分别是他的妻子、母亲和只有五个月大的儿子。他对案发过程完全没有印象，不记得自己杀过人，目前精神状态非常差，无法做正常的询问……"重案组的组长侯千群在幻灯机前分析案情，眼睛不自觉地瞥了一眼坐在会议桌最尾端的一个女警。那女警皮肤白皙，瓜子脸，一双眼大而亮，长得很漂亮，此时正认真地听着他的发言。他心里微微有些别扭，神神道道小组的人来干吗？灭门案，跟那些神神道道的事有什么关系？

"小姜，你有什么想法？"他干脆直接提问姜璃。

姜璃抬起头，想了想道："这已经是第四起了吧，凶手不记得自己犯案？"

侯千群一怔："第四起？"

"第一起 A 大学生毁容案，大二男生李某在晚自习时忽然冲进自习室，用水果刀将自己恋爱一年的女友毁容，事后不记得自己所做的事；第二起乾都路金店抢劫案，嫌犯赵某拿着榔头进金店，直接砸开门口附近的柜子，被保安当场制伏，事后也不记自己所为；第三起，只是一件简单的民事案，某小区的唐某以残忍的手段杀死了邻居家经常乱吠的狗，事后不记得自己所为。"姜璃一口气把前三件案子讲完，翻着手中的笔记本，道，"三个人经过检查都没有服食毒品和迷幻剂。"

"所以你的意思是这些案子都有联系？"侯千群道。

"有没有联系不知道，但确实有共通性，你没觉得吗，侯队？"

侯千群皱了皱眉，其实这样的共通性他也注意到了，只是他有点不想顺着神神道道小组的思路就是了，不然自己不也成了神神道道了？

"你说的几起案子情节严重程度都不一样，发生的时间也并不接近，虽然确实有共通性，但还没到放在一起讨论的必要。而今天这起案子，是情节非常严重的灭门案，我觉得更没必要与其他三件案子放在一起讨论。"侯千群道。

姜璃撇撇嘴，她知道侯千群很不喜欢她这个组，所以他有这样的反应也正常。她今天坐在这里也不完全是自己的主意，而是局长的想法，但这时候如果把局长抬出来，估计侯千群会更别扭，所以她也不争辩，笑着点点头，听侯千群继续分析下去。

会开完，大家都很累，半夜里发生的凶杀案，早上三四点钟就被叫来开会，正常人都受不了。姜璃打了个哈欠，还不能休息，振奋了一下精神，准备跑去找黄眷，看看能不能从他那里再发现些什么。

解剖室里黄眷正在煮泡面，用一个小小的不锈钢平底锅煮，姜璃眼看着他放了两个面饼，一个蛋、两个蛋、三个蛋，最后想想，又去拿第四个。

呃，他是知道她要来吗？

泡面的味道飘出来，跟解剖室里死亡的气息混在一起，有种说不出的感觉。

小锅里"噗噗噗"地冒着泡，黄眷的表情显得那么愉快。

"你还真有兴致。"眼看着他把第四个蛋打进去，姜璃道。

黄眷看她一眼，小小的脸上两个黑眼圈，人显得很疲惫，但依然很美。

"验尸报告没这么快。"他道。

姜璃在办公桌旁边坐下，拿起锅盖，凑过去，道："分点呗。"

"没得分，一人份。"黄眷道，同时拿碗过去。

"两个面饼，四个蛋，是一人份？"

"我食量如此，不好意思。"黄眷拿着碗开始捞面吃起来。

姜璃咂着嘴，看着他吃，道："四个蛋，胆固醇太高，我可以分担。"

黄眷看着她盯着锅里食物的样子，道："我不跟人分口水。"

"分口水？"

"两个人吃一锅，那不是分口水？"

姜璃于是无话可说，趴在桌上盯着他。

她本来想，黄眷多少会被她盯得不好意思，没想到黄眷就这么当着她的面，把两个面饼、四个蛋全部吃下去了，最后"咕噜噜"地开始喝汤。

真是灭绝人性。

姜璃在心里骂。

总算等黄眷吃完，他带着姜璃去看那三具尸体。

很惨，特别是那个只有五个月大的孩子，姜璃此时有些庆幸自己刚才没有吃面，不然胃里不知道要怎么翻腾。

"都是一刀毙命，显然凶手动手的时候没有一点犹豫，那孩子更是在睡梦中。"黄眷的语气有些低沉，道，"现场没有搏斗痕迹，尸体身上也没有其他伤口，致命伤的伤口与现场找到的凶器一致，就验尸结果来看，没有什么悬念和疑点。"

"那么凶手姚忠呢？听说没有精神病史，也没有任何药物反应？"

黄眷将尸体上的白布盖好，道："那不是我的范畴，我只管死人。"说完看着姜璃，表情明显在说该看的看了，你可以走了。

姜璃心里有些无力，怎么最近遇到的男人都这样呢？易兰泽是一个，这个男人是一个，还有今天在会上给她难堪的侯千群，老爹不是说她是美女吗？怎么这么不招人待见？

"黄眷你觉得我怎样？"她看着黄眷道。

黄眷一愣："怎么？"

"美不美？"她特意朝黄眷眨了眨眼。

黄眷脸上露出一抹轻笑，忽然伸手捏了捏她的脸，道："五官完整，肌肉弹性很好，水分含量充足，算不错吧。"

姜璃的表情当即变得很难看，这是在用验尸官的眼光评判吗？

"我很少夸奖人。"黄眷又补了一句。

姜璃气得很想掀桌，刚才泡面不分给她就算了，现在又说她是具尸体，但想想谁让她没事问黄眷这些问题呢？

"多谢夸奖。"她只能扔下这句话，垂头丧气地走了。

"姜璃。"走到门口时，身后的黄眷却叫住她。

她停住，回头看他，他歪着头，要笑不笑地看着她道："姜璃，你是想追我吗？"

"啊？"姜璃有些反应不过来。

"没事问别的男人自己美不美，从生物学上来说，是种性暗示。"

"性暗示？"

"难道不是吗？"

性暗示个鬼？你全家都性暗示！姜璃心里这样骂着，脸却红了，那是有多难堪啊，这人用得着用生物学的理论说得这么直接吗？而且她不是这意思好不好！

黄眷见姜璃不说话，脸还隐隐泛红，觉得自己是猜中了，笑着道："如果你再胖一些我可能会喜欢你。"

"胖？"

"女孩子像你这样一米六几的身高，有个一百零六斤以上的体重，我会比较喜欢，皮下脂肪太少，风吹就倒，实在没什么乐趣可言。"黄眷盯着她的身材上下地打量，说得很认真。

姜璃有些无语地看着黄眷："你是认真的？"

黄眷点头："这一直是我的择偶标准。"

"好，我知道了。"姜璃转身就走，她实在不想评判黄眷的择偶标准，但她确实知道了自己在黄眷面前为什么这么不招人待见，原来是因为她不够胖。

回到办公室，姜璃发现自己一头汗，不知道是惊的还是走得太急。用纸巾擦了擦脸，她看了一下时间，已经快到上班时间了，她准备先去买点东西填饱肚子再说。

已经是冬天了，姜璃刚才莫名出了身汗，现在跑出来顿时觉得有些冷，她裹紧了大衣，往卖早餐的小巷走。

走进小巷时，巷口的地方坐了个老人，靠在墙上打盹，身旁还竖了块硬纸板，上面写着"算命"两字。

姜璃不由得多看了他几眼，有这么早上工的"算命先生"吗？肯定是无家可归才在这里，这么冷的天，怎么受得了？

她叹了口气，跑进巷子多买了份早餐回来，见老人还在，便将他拍醒。

老人一只眼睛是瞎的，结了层厚厚的白内障，另一只眼睛也并不好，已经看得出一层很薄的白雾，被姜璃拍醒，他有些迷糊地看着姜璃。

"老大爷，这些趁热吃。"姜璃把多买的那份早餐塞给他，她刚才出来因为没有零钱，拿了一张一百元就出来了，现在她把找的零钱也给了老人，道，"你家里人呢？"

老人看着手上两个冒着热气的包子还有钱，闭上眼，道："都死了。"

姜璃还想再问，老人却别开脸道："姑娘，你最好离我远点，别妨碍我做生意。"

老人说得很不客气，姜璃愣了愣，却并不在意，心想可能是自己身上警服的原因，她也不勉强，站起来道："老大爷，如果冷得受不住，就向警察求助，他们会帮你的。"说完转身走开了。

还没走几步，就听后面的老人道："姑娘，最近几天千万不要出远门啊。"

姜璃停住脚步回头看，见老人吃力地站起身，是准备走了。

回到局里，泉朵已经来了，看到姜璃道："头儿，侯队那边要再审姚忠，你要不要去看？"

姜璃咬了口蛋饼，道："看，当然要看。"

单面玻璃墙的另一面，姚忠一直抓着自己的头发，只一晚的时间，他似乎一下子老了好几岁，对侯千群的提问置若罔闻，只是不停地说："我是凶手，我是杀人犯，你们枪毙我吧。"

无论侯千群用什么样的审讯手段，他都是一样的回答。

外面的人看得心焦。

"看来还得等等，嫌疑人的精神状态很有问题。"有人在旁边道。

姜璃没有说话，只是盯着姚忠的表情，他脸上除了焦虑，还有难以置信。

难以置信什么？不相信自己杀人吗？

"我想进去问几句。"姜璃道。

姜璃进去时，侯千群的脸色很不好看，姜璃只当没看到，坐下来，看着面前的姚忠道："姚忠，你为什么不相信自己杀人？"

这个问题有些突兀，旁边的侯千群瞪了她一眼，而奇怪的是，一直在抓头发的姚忠竟然停了停。

"你是不是不相信自己杀人？但你为什么又要承认？"姜璃接着又问。

姚忠的手插在头发里不动，呼吸却有些急促起来。

"一家人都死了，你伤心吗？"姜璃又问了一句。

此话一问完，姚忠忽然疯了一般猛地站起来，连同椅子一起被摔在地上。一旁的警察慌忙上去按住他，他疯狂地挣扎，歇斯底里地大叫。

场面有些失控，姜璃旁边的侯千群，脸色难看地对姜璃道："如果不会询问技巧就不要进来，你最好先出去，姜警察。"

姜璃看着疯狂的姚忠没说话，站起来，出去了。

出去时，外面的几个警察都看着姜璃，泉朵跑上来，道："吓死我了，头儿，你没事吧？"

姜璃摇摇头，也不搭理其他人，一个人走了出去，泉朵慌忙跟了出去。

"你什么想法？"楼梯上姜璃问泉朵，"你是学心理学的。"

泉朵道："像是被戳中了痛处。"

姜璃点点头。

"你刚才问的点没错，如果照姚忠所说，他不知道自己做过什么，正常人的情绪除了他现在的震惊和焦躁，还应该是悲痛的，但是他没有这种情绪，或者说很淡。"泉朵说。

"还有难以置信，这种情绪不像是装出来的，很明显的难以置信，他在不相信什么？如果不相信自己真会杀人这点成立，却又没有悲痛的情绪，那么就有一种可能。"

"他心里预谋着杀人或者一直希望家人死，只是没想到有一天真的做了。"泉朵接着道，脸上同时出现惊讶之色，"这样的话，案情的性质又严重了几分，是有预谋的。"

姜璃没接话，一路回到自己的办公室。

刚坐下来，她就接到局长的电话。

"灭门案这个案子你暂时别管了，小侯那边颇有微词的。"

局长唐年在电话里说，说完就听到侯千群的声音："什么微词？我根本就不乐意，这案子跟神神道道小组有什么关系，难道姚忠被鬼附身了？局长……"火气很大，到后面唐年直接把电话挂了。

姜璃叹了口气，却并不怎么在意，她这个组遭排挤已经不是一两天了，已经习惯了，只是多少有点闷，不管就不管吧。重案组这么多人，能干的人多的是，又不少她一个。

"是不是又被那侯千群踢出来了？"泉朵在旁边看到姜璃的表情，心知肚明。

姜璃点点头，也不想多说什么，拿出手机开始在上面翻号码，翻了半天找到一个号码打过去。

"阿凯，那迷幻谷的行程我去了。"她拨通了电话，对电话那头说道，然后又说了几句才挂了电话。

泉朵在一旁苦着脸："头儿，你又要去旅行？你又要抛弃我哦？"

姜璃笑了笑，拍拍她的头，道："乖乖看家。"

## 02　迷幻谷

迷幻谷是这段时间刚刚才在驴友圈里红起来的地方，说是在云贵那一带的深山里，终年雾气不散，人迹罕至，里面长着各类珍稀的物种。因为雾气缭绕的关系，谷内情况不明，网上也没有看到过完备的攻略，所以进谷有一定的危险性，更有驴友在谷里失踪过，但越是这样，越是有驴友跃跃欲试。

前段时间姜璃一个经常一起组队去玩的朋友阿凯做了计划招集人一起去，姜璃本来就想报名，但因为忽然出现的灭门案，她准备放弃了，但现在局长说不用管，她正好又有机会出去逛一圈。

晚上的时候，阿凯把行程和注意事项发给姜璃，说是明天出发。姜璃大体看了一下，又看了报名的人数，连她在内一共七个人，三女四男，名字都是网名，除了阿凯都是不熟悉的人。

姜璃又在网上搜了一下云贵那块的天气情况和需要准备的东西，然后打电话给姜唯明报备。

父女俩都不太干涉对方的事，平时出差或者旅游，知会一声就可以了。这回姜唯明听到姜璃要去迷幻谷，电话那头竟然沉默了一下。

"怎么了？"姜璃问道。

"听说挺危险的，小心些。"姜唯明道。

"放心，就在边缘，估计不会到最深处。"

"嗯。"姜唯明又停顿了一下，道，"另外，听我一个考古的朋友说，谷内可能有古迹，但现在一切还不好说，可能有一些不好的东西。"

"不好的东西？是什么？活的还是死的？"

"一切未知，反正你小心点总没错。"姜唯明道。

姜璃于是再三向姜唯明保证只在山谷边缘活动，这才挂了电话。

第二天出发很早，驴友的习惯节约为主，所以一般都是坐火车，七个人的位置买在一块，对号入座就遇到了，也不必事先约在哪里等。

姜璃找到位置时，旁边已经有两个人到了，看上去是一对情侣，还是学生的模样：男的很高大，皮肤黝黑，看样子经常参加户外活动；女的则很娇小，长相清秀，看上去很乖，穿着与男生同一款的绿色防风衣，正在玩游戏。姜璃看了一眼，手法非常狠辣，打到某些地方还会爆粗口，看来内在不一定如外表那么乖。

姜璃参加过几次这样的活动，知道队员间搞好关系非常重要，很有经验地上去问好。男生叫池劲，对美女的主动问好，显得很热情；女生则眼睛没有离开平板电脑，只是"嗯"了一声。池劲代她答道："我老婆叫魏小米，我们都是大三学生。"

对"老婆"这样的称呼，姜璃当然不会当真，她也粗略地介绍了下自己，只是没说自己是当警察的，这个职业多少会让一些人产生警惕心理，所以她一向都说自己是外企小白领，这一点连跟她玩过几次的阿凯也不知道。

后面四个人都陆续到了，一个是看上去快三十的轻熟女，很有些姿色，样子很高傲，看到几个人只是点了点头。姜璃向她打招呼，才知道她是一家非常有名的外企的高管，名叫杜燕琳，当她听到姜璃只是外企小白领时脸上明显有轻蔑之色。

接着来的是个生物学博士，跟杜燕琳差不多年纪，叫林莫，长相很斯文，戴着眼镜，说话温温和和，他坐在杜燕琳旁边，看到杜燕琳时脸红了红。

阿凯后面到，他是个时髦的胖子，头发微卷，剪了个莫西干头，梳了个小小的髻，一米八五的身高，一堵墙似的，是一个酒吧的老板，平时非常有女人缘。当他看到姜璃时，一双眼睛都眯了起来，庞大的身躯往姜璃旁边一坐，亲亲热热地叫道："小璃，早到了啊。"

姜璃不自觉地抖了一下，只是"嗯"了一下，眼睛却盯着跟着阿凯进来的那个男人。那个男人比阿凯稍稍矮了一些，但因为身形比阿凯瘦太多的缘故，整个人显得修长挺拔，身上是纯黑的防风衣，皮肤非常好，脸英俊出众，眉心一颗细小血痣，红到滴血。

竟然是易兰泽？而他像是没看到姜璃，自顾自地找到位置坐好。

姜璃注意到一直在打游戏的魏小米和玩手机的杜燕琳都不动声色地看了易兰泽一眼，表情各异。

姜璃有些奇怪，这次的成员竟然都是同一座城市的，阿凯解释说因为迷幻谷是个比较危险的地方，所以这次对成员的要求比较高，虽然在网上发了帖子，但实在不好评估驴友的素质，就怕招募来几只菜鸟，最后网上的一律没用。杜燕琳、林莫、池劲还有魏小米四个人以前跟他一起走过几个比较危险的行程，算是很有经验，这次就直接找了他们，至于易兰泽，是他酒吧的常客，跟林莫也认识。

搞了半天，原来就她是个陌生人，他们几个人都是认识的。姜璃不由得又看了一眼易兰泽，他在和林莫说话，根本没当她是个认识的人，这样也好，他当不认识她，自己又何必硬要扯上关系。

七个人坐一排，当中有一个走道，魏小米和池劲腻在一起，林莫一直在向杜燕琳示好，杜燕琳根本不理他，而是硬跟林莫换了个位置坐在了易兰泽的旁边。

"你上车后就没说过话，在看什么？"杜燕琳身体微微地向易兰泽倾斜，挑着眉眼看他。

易兰泽正在看书，见杜燕琳靠过来稍稍坐开些，将封面给她看。

《物种起源》，还是原版的。

杜燕琳有些意外，笑道："你喜欢看这种书？"

"随便看看。"易兰泽修长的手指点了点书页。

"真不愧是林莫的朋友。"说完，她瞟了另一边的林莫一眼，林莫抬了抬眼镜没说话。

"本来就是他借给我的书。"易兰泽没有聊天的意思，答完继续看。

杜燕琳却伸手过来将书一合，道："别看了，我们聊天啊。"

易兰泽微皱了皱眉："你想聊什么？"

"你是做什么工作的？"杜燕琳像是没看到他的不耐烦，笑得迷人。

"IT。"

"在外资公司？"

"嗯。"

"什么公司？"

易兰泽皱眉想了想，显然编不出什么公司名，于是指着姜璃道："跟她一个公司。"

姜璃正吃着薯片，猛然看到易兰泽的手指过来，愣了愣，抬起头，就看到杜燕琳要笑不笑的脸。

"原来你们是认识的，该不会是情侣吧？"杜燕琳道。

"不是。"姜璃答得飞快。

"是。"没想到易兰泽同时答。

姜璃张大了嘴。

"她在跟我闹别扭，"说着，他站起来，拍拍姜璃旁边的阿凯，"换个位置。"

阿凯也完全没想到姜璃和易兰泽是这样的关系，一副大受打击的表情，对着姜璃道："小姜，你这样不厚道，怎么可以有男朋友呢？"但他那种人说什么也当不了真，嘴上这么说，人早已站起来换位置了。

"你干什么？"姜璃等易兰泽坐过来，瞪着他。

易兰泽脸上没什么表情，低声道："太烦，所以找个理由调开。"

这样也可以？

"我也很烦。"姜璃道。

易兰泽不理她，翻开《物种起源》又看起来。

姜璃看了一眼，这书她是见过的，自家老爹书架上就有一本，她以前还翻过。

"你喜欢看这种书？"姜璃跟杜燕琳的反应差不多，很有些意外。

"不是喜欢，只是想了解一下。"

"你英语很好？"要知道这种书专业用语很多，并不是懂英语就能看得懂的。

易兰泽放下书，道："我只看图片。"

图片？姜璃看了眼书上的图，一时不知道怎么接话，有谁看《物种起源》只是为了看图呢？

七个多小时的火车，坐得人都疲了，阿凯提议打牌，林莫不会打，易兰泽没兴趣，至于姜璃，余下的四个人已经凑成牌局了，也没她的事。

姜璃还是第一次这么不招人待见，看牌她是没什么兴趣，找林莫聊天，对方更是满口的生物学术语，没法聊，最后干脆闭眼睡觉。

打牌的几个人有些吵，她睡得并不安稳，但竟然还能迷迷糊糊地做梦，乱七八糟的一堆人，最后还梦到了易兰泽穿着大红喜服坐在那一片喜气的新房里拿着《物种起源》在津津有味地看。

真是荒唐！

她在梦里这么叫了一声，然后就醒了，睁开眼，打牌的还在打牌，看书的还在看书，只是自己竟然就靠在了易兰泽的身上。

易兰泽刚坐下时已经脱掉了防风衣，身上是一件藏青色的毛衣，露出白色的衬衫衣领，看上去斯文而帅气，姜璃的头就靠在他的肩上，高度合适，软硬适中。

他竟然没有推开她，仍专心地看着书。

姜璃还有些混沌，保持着这个动作没有动，眼睛盯着他修长的手指在纸上轻轻地敲，偶尔指尖在某一行划过，停住。

真的只是在看图吗？

看了一会儿，易兰泽停下来，似乎有些累，手抬起来揉眉心，同时侧头看向靠在自己肩上的姜璃，见姜璃睁着眼，肩动了动，道："醒了就起来。"

姜璃坐起来，脸上有毛衣的痕迹，打了个哈欠，还没醒透，整个人软软地靠着靠背不作声，她一向利落干练，难得像现在这样迷糊可爱。

易兰泽看着她，道："你刚才做什么梦？"

姜璃一怔："刚才？"

"你刚才睡着时叫我名字了。"

"啊？"姜璃有些心虚，"没有吧，你肯定是听错了。"

易兰泽皱着眉，道："我听力很好，虽然不知道你们这些女人在想什么，但我也不是第一次被你们女人在梦里念叨，真是搞不懂。"说着打开书又看起来。

不是第一次是什么意思？姜璃觉得自己的脸"噌噌噌"地发热，肯定是刚才的怪梦里自己无意识地叫了易兰泽的名字，都怪自己的能力，产生了上次那样的幻境，让自己搞不清梦与现实了。

幸亏易兰泽也没有再追问，姜璃一口口地吃着薯片，那边又一局打完后，魏小米嚷着肚子饿，阿凯就站起来，跑到小卖部给每人弄了一桶泡面。

易兰泽吃素，吃自己带着的饼干面包。泡面的香味飘了一个车厢，车上的其他乘客受不了，有好几个人也跑去买，顿时整个车厢都是吃面的声音。

阿凯还真不知道易兰泽吃素，以往来他酒吧也只是喝酒，根本不知道人家的饮食习惯，边吃着泡面边说道："易兰泽，你只吃素，这一路上可什么美味都吃不了啊！你说你一个二十多岁的健壮男人，只吃素，哪儿来的力气？信佛，做和尚啊？"

易兰泽吃着面包，道："我不是不吃，是吃不了，吃了就会吐。"

"一直这样？"旁边的林莫问。

易兰泽道："当然不是，我也吃过肉，只是渐渐就成现在这样了。"他像是在回忆一件很久远的事，眼神有些遥远。

"听说吃素可以降低性欲，所以和尚都吃素，易兰泽，有没有效？"九〇后的孩子还真是口无遮拦，池劲跳过来问。

易兰泽吃面包的动作顿了顿，有些不自在，答的声音低了些，道："应该，有吧。"

"那姜璃岂不是太吃亏？"魏小米也来凑热闹。

姜璃一口泡面噎住，咽也不是，吐也不是，脸本来是要发红了，却看到身旁易兰泽手不自觉地握成拳又放开，显然也觉得尴尬，于是她脸又不红了，伸手钩住易兰泽，冲魏小米道："知道什么叫天赋异禀？他就是，所以吃素可以稍加控制，太过也不好是不是？"谁让易兰泽刚才利用她，开个玩笑总可以吧？

众人顿时一阵沉默，阿凯已经到嘴里的面也掉了下来，魏小米眨了眨眼，有些暧昧地看向易兰泽。

易兰泽现在整个人都僵了，从脸一直到耳根全都成了粉红色，姜璃憋不住笑起来，伸手捏他的脸，娇声道："兰泽，你别不好意思嘛。"

易兰泽一把扯开她的手，声音都有些抖，道："姜璃，你能庄重点吗？"

阿凯最先笑起来，被一口面汤呛得狂咳；魏小米和池劲跟着笑；林莫抬了抬眼镜，脸也是发红；杜燕琳则冷冷地笑，看了姜璃一眼，低头吃她的泡面。

之后，易兰泽就再也没有理过姜璃，一直低着头看他的《物种起源》。


下火车时，已经是傍晚了，几个人还要赶班车去往另一个地方，长途车很破，车里的味道也不好闻，一路晃着往前开，姜璃还真担心会出事，但还好，车竟然安安稳稳地到了目的地，是一大片山下的小镇。

"今天就先在这里休息，明天还有一天的路要赶，明天之后就全靠步行了，大家做好准备。"阿凯是统筹，将几个人带到一家破旧的小旅店前，道，"就今晚，睡好点，想吃什么快吃，后面就是通铺和睡袋等着你们了。"

说着就开始分房间，池劲和魏小米一间，姜璃和易兰泽一间，余下三个人，杜燕琳表示无所谓，于是三个人一间。

分房卡的时候，阿凯特意拍了拍易兰泽的肩，一脸暧昧地说道："今晚你就别忍着，拿出你的天赋异禀来，过了今晚，就都是艰苦生活了，别说哥没照顾你。"说着把房卡一塞，走了。

什么叫自作孽不可活，易兰泽拿着房卡站在那里，北风呼呼地吹过来，他回头看看姜璃，姜璃摊摊手，表示无能为力。

"我去找阿凯说清楚。"易兰泽迈开长腿。

姜璃将他拉住，道："这种危险的行程，队员间的信任最重要，你想在还没进谷前，所有人都当我们是骗子吗？"

易兰泽看着她。

"你放心，我绝不占你便宜。"姜璃保证，说着扯着易兰泽找房间去。

两人进了房间，易兰泽还是一脸的不情愿，姜璃倒是一点也不在意，她以前跟阿凯跑过几次，男女混合的房间住过好几次，野地也睡过。一堆驴友出来玩，最不讲究的就是男女之别，大家都跟兄弟似的，哪像易兰泽，一副要被人强奸似的表情。

"易兰泽，你没跟阿凯出来玩过吧？"姜璃放下行李，开始脱外套，边脱边道。

"是又怎样？"

"那你这次又怎么肯出来？"

易兰泽看姜璃脱了外套，里面是一件米白色的毛衣，长长的头发垂在肩上，毛衣勾勒出她完美的曲线，就这么娇娇小小地在床上坐着，笑看着他。

他垂下双眸，也将行李放下来，道："没玩过，好奇而已。"

"所以现在后悔了？没素菜给你吃，还得跟个女人挤间房？"姜璃又开始脱毛衣。

易兰泽竟然真的点头，道："有点。"

姜璃已经将毛衣脱了，只穿了件衬衫，听他这么说，失笑站起来，从包里拿了洗漱的东西，也不跟他多说，道："我去洗澡，后面几天估计都没澡洗了。"说着进了浴室去。

浴室里很快传来水声，姜璃还在哼着歌。易兰泽站了一会儿，看着房间里只有一张大床，叹了口气，又背上行李，出去了。

姜璃洗了澡出来，看到易兰泽不在，行李也没了，有点发愣，难道这家伙真的后悔，走了？

正想出去找人，门被敲响了，打开门，阿凯和背着行李的易兰泽就站在门外。

"小姜，你这就不对了，车上不是和好了吗？怎么又吵架，把易兰泽赶出来，弄得他想再开一个房间，你们这么吵，后面的行程怎么走啊？"他说着不由分说地把易兰泽推进去，跟姜璃撞了个满怀，口中喋喋不休，"床头吵架床尾和，好好的啊。"说着根本不等姜璃说话，"砰"的一声把门关上了。

易兰泽的表情差到极点，一言不发地站着。

姜璃瞪着他，半天，他才道："我想再开个房间应该没关系，没想到被他撞上，所以才……才这么说。"

姜璃无声地翻了个白眼，然后抬手拍了拍他的肩道："赶快，洗洗睡吧。"

易兰泽很不情愿地洗了个澡，出来时杜燕琳竟然也在。易兰泽头发是湿的，因为觉得不方便穿睡衣，所以硬是在洗完澡后穿着正式的衬衫出来了。他身上的水汽还没干，衬衫贴在身上，现出精瘦完美的胸形，头发上的水还在往下滴，自他那对漂亮的锁骨滑下，一直滑进衬衫衣领。

杜燕琳和姜璃看到时，两个人同时在他身上停留了好几秒，一时不知道该说什么。

易兰泽却觉得自己没什么不妥，他对杜燕琳没什么好感，冷着脸道："你来干什么？"

杜燕琳晃了晃手中的袋子，道："你知道我和两个男人一个房间，洗澡不方便，所以到你们这里借用一下，不打扰吧？"她的袋子是透明的，可以看到里面黑色的内衣裤，还有蕾丝花边，让人浮想联翩。

易兰泽别开脸，拿了毛衣和外套道："你洗，我出去。"

杜燕琳拉住他，道："你不用出去，不是姜璃在吗？"她手指纤细，竟然是抓着易兰泽的手。

乍一看是一时情急，正好抓到了手，但姜璃是当警察的啊，这样的伎俩，明显是故意的嘛。也幸亏她和易兰泽不是真情侣，不然还真有些不厚道啊。

易兰泽可没想这么多，他只是单纯不喜欢陌生人的碰触，杜燕琳抓着他的手，他哪会乐意，挣开道："那好，我和姜璃一起出去吃饭，你一个人洗吧。"

这种逻辑？姜璃有些愣，杜燕琳的表情则变得很难看，冷声道："你们还真排外，吃饭不是等一下一起吃吗，跟阿凯说要选合群一些的，真是。"说着臭着脸进浴室洗澡了。

里面传来水声，姜璃低头闷笑，易兰泽则面无表情。

姜璃轻声道："易兰泽，她是在追你啊，你就不能大方些？"

易兰泽却道："这种女人哪会入我的眼。"

果然阿凯安排了一起吃饭，还特意点了几个素菜，几个人都有后面几天再也吃不到这么好的菜的共识，埋头猛吃。

姜璃也猛吃，说实话，这小镇虽然看着有些穷，但是风味菜还真不错。她偶尔侧头看身边的易兰泽，就他一个人吃得慢条斯理，不慌不忙。其他几个人不会因为易兰泽只吃素而让着他，而且桌上的素菜还尤其好吃，照他这样的吃法，根本没吃到几筷子就抢没了。

姜璃好心地夹了几筷子菜在易兰泽的碗里，易兰泽看看她，没说什么，继续慢条斯理地吃。

"易兰泽，你这种吃法可不行，跟我们一起吃就得如狼似虎，更何况你是吃素的，后面几天都在野外，你想饿死吗？"一旁的阿凯也在嚷嚷。

易兰泽道："我食量本来就不大，何况我在野外的生存能力不会比你们差，不会饿死的。"

听他说野外生存能力，阿凯来劲了，夹了一大块肉进嘴里，含混不清地说道："谁不知道我阿凯是驴友中的驴友，野外生存能力那可是数一数二的，你比我强，怎么可能？"说完，他打量了下易兰泽细皮嫩肉的脸，很有些不相信。

易兰泽也不多解释，低头吃他的饭。

几个人吃到撑得走不了路才散，本来还想再闹闹，但明天还有一天的路要赶，所以早早回去休息。

姜璃吃得撑到不行，回了房间就来回地走，电视机开着，放着现在热播的古装剧，她之前看过几集，于是边来回走边看。

易兰泽回来就开始整理他的行李，动作依然慢条斯理，把包里乱掉的东西拿出来整理好再塞进去。

姜璃看他拿出一个木制的小盒子，打开，里面是十几个小玻璃瓶，用木塞封着，他一瓶瓶地拿出来看有没有打碎。

姜璃好奇，凑上去看，看到有几瓶似乎是盐和孜然一样的东西，道："调味品？"

易兰泽"嗯"了一声，又把盒子盖上放回包里，把行李放在一旁，然后就拿出睡袋铺在地上。

姜璃道："你准备睡睡袋？"

易兰泽冷着脸道："不然呢？"

姜璃笑道："那多不好意思。"说着人就一屁股坐在床上，随着床的弹性蹦啊蹦的。

易兰泽瞪她一眼，道："把电视关了，睡觉。"

姜璃爬进被窝看着电视，道："看完这集，这集快完了。"说着把灯全部关了，就留了电视的亮光，在被窝里脱衣服，同时把睡衣换上。

易兰泽看姜璃整个人钻进被窝，不一会儿裸着的手臂便扔了衣服出来，马上转开眼，盯着电视怒道："姜璃，你干什么？"

姜璃道："换睡衣啊。"

"你不能去卫生间换？"

"懒得去。"姜璃已经换了睡衣钻出来，看着易兰泽目不斜视地盯着电视，"易兰泽，你是现代人吗？我都不在意，你别扭什么？要知道，以后在野地里，哪儿来的卫生间？"

易兰泽哼了哼，道："现在的女子真是不知检点，还振振有词，世风日下。"说着人钻进了睡袋。

姜璃失笑，却也不跟他争辩，自顾自地看电视。

这部古装剧的男主角是时下当红的男演员，以俊俏闻名，此时一身玄黑劲装，两道浓眉斜飞，手执长剑，实在是帅气英俊得很。姜璃却不知为什么和睡在地上的易兰泽比较起来，长相上可以说不分上下，但气质上易兰泽更出众，所以姜璃看到男主角时竟然没有像泉朵那样几乎疯癫，只是觉得还行。

睡袋里的易兰泽动了动，露出脸来，道："姜璃，你到底什么时候睡？"

姜璃把声音调到最小，道："马上。"

易兰泽干脆坐起来，道："那我等你看完再睡。"

姜璃看了下手机，也不算太晚，看完应该不算过分吧，于是道："易兰泽，你有声音睡不着吗？"

"有人说话不行。"

姜璃"哦"了一声，盯着电视里的男主道："易兰泽，你比男主角帅。"

易兰泽哼了哼，道："这种人配跟我比吗？"

这人真是，夸他还飞上天了，姜璃翻了翻白眼，继续看电视。

电视里正好放到女主以为男主身死，两人久别重逢的戏，易兰泽忽然在旁边冷声道："这样的女人，怎么可能会有男人喜欢，不庄重，也不贤惠，妆太浓，还有，那是清代的衣服吗？裙子短了，颜色也全不对，男主角是皇子吧，怎么可能跟个汉女通婚，说的话也不对，清代人根本就不是这么说话的。"

他在那边喋喋不休地说了一堆，男女主角说一句台词，就纠正一句，姜璃本来很有兴致，现在完全没了兴趣。

"易兰泽，这是艺术修饰，一个剧里满口都是古人的话谁会看？还有那衣服，颜色鲜艳才吸引眼球啊，弄成古人那样黑的灰的，多没意思？"姜璃爬起来跟易兰泽争辩。

易兰泽表情没变一下，只是指着电视道："结束了，把电视关了，睡觉。"

姜璃看过去，果然电视剧已经结束了，只好又爬回去，拿了遥控器把电视关了。

屋里顿时一团黑，睡袋里的易兰泽寂静无声，姜璃躺在床上睡不着，黑暗中睁着眼睛，道："易兰泽，你怎么会想去迷幻谷？"

睡袋里半天没有声音，姜璃以为他不会答，却听易兰泽道："怎么？"

"吃素，爱整齐，一板一眼，睡觉不喜欢有声音，男女之防这么严重，这样的人根本不适合跟一帮驴友去探险，我是阿凯就不会带上你。"

易兰泽又是很长时间都不说话，过了一会儿才说了一句："可惜你不是阿凯。"

姜璃抬了抬头，侧向易兰泽那边道："你还没说你为什么去迷幻谷？"

结果易兰泽再也没有说话，姜璃等了好久，真想爬下去踹他一脚，但终于还是忍住了，睡觉，后面几天有的自己累的。

后面两天果然如阿凯所说，吃不能好好吃，住的也是大通铺，气候因为地域的关系变得温暖潮湿起来，一天下来就浑身的汗。但大家都有心理准备，没有任何怨言，至于易兰泽，姜璃认为最娇贵的就数他，而他竟然半句抱怨也没有，再辛苦的路也没有掉队。

第三天时就要完全进入那一大片深山去，几人到达最后一处可以见到人烟的小村。

阿凯事先在那里找好了向导，几个人刚到村口时就有一个十多岁的小男孩来接他们。那男孩皮肤黝黑，长相却很秀气，一双眼尤其大，眼睫毛长得像一把扇子，如果白些再胖些，算是个不错的小帅哥。

"你是阿凯？"那孩子站在村口的那块大石头上道，声音有些尖，竟然还没变声。

"我是。"阿凯道，"小朋友，你是曹金的儿子？"

那孩子一脸不屑，道："什么儿子，曹金就是我，我是个女的。"

众人都傻眼。

杜燕琳道："这回好，请了个小朋友当向导，还是个女的，行不行啊？"

阿凯表情也有些难看，把女孩子扯下来道："小姑娘，你别开玩笑，我们是要去迷幻谷，你这么小怎么带我们去，快带我们去找你爸。"

"我爸早死了，家里就我和我妈。大叔，你别瞧不起我年纪小又是个女孩子，迷幻谷那块我去过好多次了。"

阿凯还是不信，不理那女孩子，道："我们先进村看看。"

结果小小的村落中只有十几户人家，家中全是老幼妇孺，青壮劳动力全进城里镇上打工了。而曹金真的是那个小女孩的名字，算起来她还是这个村里"最壮年"的劳动力，也确实带了好几批驴友进过山。

"还是不行，"阿凯道，"去迷幻谷路途危险，那女孩子顶多十五岁，让个孩子当向导不靠谱，万一出了什么事我们还不好交代。"

"那我们就没有向导了。"杜燕琳道。

"我们没有地图，就算有地图，没有向导，一进林肯定会迷路。"很少说话的林莫也道。

阿凯不说话了，伸手抓着他的莫西干头一阵烦躁。

"既然村里人都说她带过驴友进山，那不如试试，眼下也没有其他办法了。从小在林子中长大的孩子，应该比我们想象的都厉害。"姜璃在旁边道，同时指了指不远处。

众人看过去，却见一个瘦小的孩子赤脚以极快的速度爬上一棵树，树上有鸟雀不住叫着，大家都以为她要捉鸟，却见她不一会儿又爬了下来，手中抓了条蛇。

那蛇一身让人恐惧的花纹，蛇头被制住，蛇身则死死地缠着那孩子的手腕，孩子不以为意，下了树，取下腰间的匕首，对着蛇头就是一下，蛇头掉在地上，蛇当即就死了。

"让你吃小鸟！"那孩子骂了一句，提起匕首三两下就把那蛇给剖腹，用手取出血淋淋的蛇胆直接放进嘴里吞了，然后提着那条蛇得意道，"今天有蛇汤喝了。"

那孩子竟然就是曹金。

众人看得一身冷汗，阿凯一拍脑袋道："我看，就她了。"

曹金对几个人回来找她并没有感到太意外，她一边麻利地处理那条蛇，一边道："明天一大早出发，钱再加两百，另外，在这里吃住一夜也要给钱。"

阿凯当然都答应下来，几个人在曹金家住，竟然连床都没有，而是用稻草铺在地上直接睡，还好晚饭不错，都是林中的野味和时蔬。曹金母亲的手艺又特别好，几个人差点没把菜连碗一起吃下去，只是那碗蛇汤没人碰，曹金杀蛇那一幕实在太血腥。

稻草很扎人，屋里没有灯，只有月光照进来，几个人睡不着，有一句没一句地聊天。

易兰泽和姜璃睡在墙角的地方，姜璃叼着稻草，看到易兰泽拿了个本子，借着手电筒的光在写东西。

"写什么？"她凑过去问。

易兰泽道："日记。"

"旅行日记？"

"差不多。"

"现在谁还写日记，易兰泽，经过最近几天相处，我觉得你真像个古人。"另一头的魏小米说道。

易兰泽轻描淡写地说道："活得久了有些事要记下来，不然很容易就忘了。"

"老气横秋啊，易兰泽，"阿凯笑起来，"你顶多二十五六岁，弄得你活了几百年似的。"

易兰泽没吭声，继续低头写。

几个人于是又聊别的。

"听我一个考古系的学弟说谷内可能有古迹，不知道是不是真的。"林莫说道，"但至今没有人能进到山谷的深处而活着回来，那几个失踪的驴友就是例子。"

"我们只在边缘，不进深谷，有没有古迹那是国家的事，况且我们身上的装备也不够我们冒险入谷的。"阿凯道。

"万一山谷深处是满谷的财宝呢？"池劲跳起来道。

"那也不能进，我带你们出来的，就得一个不少地带回去，你别给我动歪脑筋。"阿凯拍手在池劲的头上狠拍了一下。

池劲摸着头哇哇叫，道："真没冒险精神，早知道就不跟你们几个大叔走了。"

阿凯抬手还想打，这次池劲逃得飞快。

姜璃本来一直想看看易兰泽的日记到底记写什么，却看到在林莫说到谷底有古迹时，易兰泽停下来仔细地听着，之后又若无其事地继续写。

"你也对古迹感兴趣？"姜璃问。

"不感兴趣。"易兰泽道，同时合上日记本放进背包里，人躺了下来。

第二天，曹金早早地叫他们起床。

早饭是昨天吃剩下来的，所以没收钱，等几个人都休整好，曹金拎了好几个用纱布制成的小袋，里面不知道装了什么，散发着一般淡淡的草药香。

"这个地方终年潮湿闷热，所以蛇虫鼠蚁特别多，这一袋东西带在身上可以驱散它们。"说着，她把药袋分给几个人。

等几个人接过找了地方放起来，曹金又朝众人伸出手，说道："一个一百。"

"靠，坑爹啊！"阿凯第一个解下来又还给曹金。

几个人都跟着解下来。

"都拿着吧，确实用得着。"说话的是易兰泽，他拿了一张一百块递给曹金。

其他人愣了愣，有些犹豫是还回去还是给钱，却看到姜璃也拿了钱出来递给曹金。

"算啦，给就给吧，我可不想遇到像昨天那条蛇一样的东西，不过你们两人也真怪，分明是情侣，怎么都是各自付钱的。"魏小米也妥协了，拿了两百块递给曹金。

"我们一向 AA 制。"想到这袋东西要一百，姜璃把它别在了腰间。

最后还是都掏了钱，阿凯一直到上路还在不甘心地喋喋不休，但马上他就没力气说话了，山路比想象中的难走，还没到中午几个人就已经累得只有喘气的力气了。

就算姜璃这种有些底子的也累得完全不想说话，相反，曹金倒是很轻松，几次催大家快走，最后是杜燕琳最先受不了。

"我们是来旅游的又不是参加铁人三项，我反正不走了，休息一下再说。"说着，她一屁股已经坐了下来，而其他几个人也跟着瘫坐在地上都嚷着不走了。

阿凯也累得够呛，劝曹金休息一下再说。曹金吐掉嘴里的草道："休息可以，但以你们这速度两天到不了，增加一天我可是要多加一天的钱。"

"我说小姑娘你眼里怎么都是钱？"提到钱，阿凯的火气又上来了。

曹金道："我爸死了，不能像其他人家那样至少有个大人在外面挣钱，我不挣点钱，这日子要怎么过？"

她说得理直气壮，说到她爸死了时也听不出有半丝伤感，但阿凯听了却心软下来，道："钱不会少你的，你放心吧。"

反正快到中饭时间，几个人边休息边吃身上带着的干粮，易兰泽依然啃着他的面包。很奇怪，其他几个人都累得跟狗似的，满身汗，满脸的油腻，就他依然神清气爽。

曹金从小在山里长大，对几个人吃的饼干和面包感到很是好奇，于是拿着自己带着的肉干，凑到易兰泽的面前道："能不能跟你换这个？"

易兰泽看她一眼，道："我不吃荤。"他嘴上这么说，但还是递了个面包给她。

曹金道了声谢，喜滋滋地蹲在一边吃去了。

姜璃在旁边看着，从包里摸了摸，摸出一包薯片来递给曹金，心里估计这孩子从没吃过薯片。

曹金看到薯片眼睛亮了亮，但马上道："算了，太贵，我不想花这冤枉钱。"

姜璃笑道："我吃荤，跟你换。"

曹金一喜，马上把一大袋肉干给姜璃，这才接过薯片，也不吃，小心地放进包里。

姜璃看着手中的肉干，这一大袋够换好几包薯片了。她本来只是想送给那孩子吃，怕她难堪才说换的，没想到换了这么一大袋。

姜璃正想还点给那孩子，那头阿凯跑上来抓了一把就往嘴里塞，马上其他人也拥过来吃。

曹金在旁边笑着道："我还有好多，你们有什么可以拿来跟我换。"

本来预计两天的路程，结果真的走了三天，还没到迷幻谷，雾气就已经渐渐浓起来，路也越来越难走，一直到第三天傍晚，几个人才到谷口。

"就是前面那片雾最浓的地方，我就把你们带到这里了。"曹金指着前面雾最浓的一处，"我会照约定在这里等你们三天，再带你们回村子。"

阿凯道："曹金，你为什么不进谷？如果你帮我们在谷中带路，我们会另加钱。"

曹金望了一眼那片浓雾，道："大叔，这个谷在你们外界叫迷幻谷，这么好听，你知道我们这里叫它什么？"

"什么？"

"死亡谷，有去无回谷，我爸就是为了想多赚一点钱带人进去，结果再也没回来。我答应过我妈，绝不进谷一步，就算边缘也不行。"

她说得很随意，在其他人听来心里不免一沉，姜璃看着那处迷雾也有些踌躇起来。

"真想不通你们这些人，在大城市里待着不好吗？偏要跑来这种鸟不拉屎的地方受苦，浪费钱又浪费时间。"曹金还在说。

"我们不来你哪有钱赚，"阿凯怕影响士气，打断曹金，回头对众人道，"今天已经晚了，我们就在谷口休息，明天一早出发。"

众人都不吭声，但自觉自发地开始找地方休息。

几个人当中易兰泽最平静，他一个人默默地拿了工兵铲开始挖坑，再从行李里拿出一个小锅，开始支锅点火。

眼看他烧开了水，也不知道他从哪里弄来的菌菇，一点点地掰开放进开水里，再从行李里拿出一把面放了进去，最后从上次姜璃看到的那个木盒子里拿出盐来调味。

菌菇原来的鲜香飘得到处都是，姜璃第一个忍不住，冲过去说道："易兰泽，我也要。"

易兰泽自顾自地捞了面吃，姜璃在旁边流口水。他吃了一半，终于抬头看了她一眼，道："面在包里自己下。"又看看众人道，"我这碗已经够了，你们可以放肉干进去一起煮。"

众人一听都有份，齐声欢呼，纷纷凑上去，刚才的踌躇暂时放下了。

曹金也分到了一些面，她夹起里面的菌菇，有些好奇道："大哥，这个菇只有这林子里有，你什么时候采的？"

易兰泽道："走路的时候。"

"你能分辨哪些有毒哪些没毒？"

"正好能分。"

"大哥，挺厉害的。"曹金朝易兰泽竖了大拇指，喜滋滋地吃起来。

众人总算吃了顿热饭，心满意足地点了篝火闲聊，阿凯抓着曹金问谷里的事。

曹金道："我没进过谷，并不太清楚，但听进过谷的驴友说，里面风景非常美，让人忍不住想往深处走，你们千万不要往深处走，我爸跟这林子打了一辈子的交道也不能走出来，可想而知深处有多危险。"

阿凯点头，同时对几个人道："听到没有，我们是来旅游的，不是探险，见好就收啊，我可不希望有人走不出来。"


### 03　苗虫

几个人一早入谷。

之前曾经有人进过谷，在网上也上传过一些零碎的攻略，但一进谷才发现，那些攻略根本没什么用，因为没有参照物，而且满眼的大雾，完全辨不出方向。

一直往里走，雾竟然没有谷口那么浓，正如曹金所说的，谷内风景与谷外完全不同，树林更密，草也更绿，隐没在雾气中，如梦似幻。

几个人都拿出照相机不停地拍，作为生物学博士的林莫则开始收集植物标本。

"这里真像仙境啊，真是不枉此行！"杜燕琳举着单反过来，对姜璃道，"来，姜璃，帮我拍张照。"

姜璃当然说好，帮杜燕琳连拍了好几张。这女人很会摆姿势，撩人得紧，也很上镜。姜璃刚想夸，却看到杜燕琳跑到无所事事的易兰泽身旁，半依着他摆出甜蜜的姿势，易兰泽很有些不耐烦，虽然没有走开，但与杜燕琳保持距离。

姜璃心里叹气，怎么又来这一招，嘴上却不说什么，开始拍照。

头顶的阳光照在两人身后的雾气上，形成一轮淡淡的紫光，姜璃反而被那紫光吸引过去，镜头稍稍地往上抬，却就在此时，在那紫光中看到有人影一闪。她一惊，反应极快地按下镜头，然后直接朝着那人影的方向跑过去。

那里什么也没有，姜璃回身道："刚才有人站在这里吗？"

没有人理她，显然没人去过，她拿起单反找刚才拍下的照片，放到最大，除了那紫雾，什么都没有。

难道是刚才自己眼花？

"你看到什么了？"杜燕琳跑上来拿她的单反。

姜璃本想说自己看到了个人影，但想想也有可能是自己看错，毫无根据的情况下说出来，只会吓到别人，弄得大家疑神疑鬼，于是道："没什么。"

杜燕琳也只是随口一问，才不关心姜璃看到什么，拿了单反看姜璃拍的照片，却发现根本没拍到她和易兰泽，脸沉了沉，冷声道："不就是和易兰泽拍张合影，你用得着这样吗？"说着哼了一声，走开了。

姜璃无辜地吐了吐舌头，回身又去看身后的那处树丛，仍然什么也没有。

山谷很大，所谓山谷边缘其实也是非常大的范围，几人准备先找攻略上提到的几处景点，之后再开发其他的路线。

之前的驴友只在谷中待了一天就有人员往山谷深处走，然后失踪。驴友提到当时往山谷中找却接着又有人消失，于是不敢再往里走，而是回村集合村民一起找，但没有一个人敢进谷。之后再去当地的警局报警，才知道这个谷不是第一次有人失踪，一般失踪了就是再也找不到了。

所以前面的驴友基本没有仔细看过这个谷，而这次姜璃一行人计划会在谷中待三天，这等于是一次全新又从容的旅程。

几个人怕迷路，事先做了完备的准备，阿凯要求几个人同时行动，不能分散，每过一处必定留下标记，每个人身上都带了信号弹和信号灯，以防走散后找不到其他同伴。

边走边欣赏风景，一行人走走停停，到傍晚时，谷中雾浓，比谷外更早暗了下来，阿凯看了一下天色和今天的收获，让大家找了一个相对空旷的地方休息。

几个人休整完，边吃着干粮边等着易兰泽那口神奇的小锅，看今天还有没有菌菇汤面吃。

看易兰泽总算把锅支起来，几个人兴奋地凑上去。

这回除了菌菇，易兰泽又加了一些野菜，香味更浓。几个人看着直流口水，眼看着易兰泽把煮好的面捞到碗里吃起来，忙又扔面进去继续煮。

等吃完饭，大家又从今天找到的那处泉水那里提了水回来，用易兰泽的锅烧开水，总算有热水喝，又用热水洗了把脸，顿时觉得舒心不已。

大家聊到很晚才各自钻进睡袋睡觉，篝火燃着，姜璃看着篝火一时睡不着，脑中想着今天看到的那个人影，是自己看错了吗？还是真的有个人站在那里窥视他们？如果真是人，那又是什么人？是不是在谷中失踪的那几个驴友？

她盯着篝火脑中一团乱，最后也不知道是什么时候睡着的。

恍惚间似乎听到有人的脚步声，姜璃半梦半醒，想睁开眼，却怎么也睁不开，人处在一种想清醒，却又无法动弹的状态，鬼压床吗？但老爹说过所谓的鬼压床不过是睡眠障碍的一种，只是临时性睡眠瘫痪，根本跟鬼扯不上关系，所以那脚步声可能只是幻觉，什么都不是。

脚步声还在靠近，姜璃听着那声音动弹不得，忽然，躺在她身侧不远的易兰泽似乎翻了个身，如同本来捆绑着四肢的枷锁忽然断裂，她竟然一下子又可以动了。

她猛地睁开眼。

篝火燃得只剩一丝丝光点，她眼珠飞快地转了转，往四周扫了一圈，没有人，没有人靠近她。同一刻，不远处似乎有动静，是池劲和魏小米的方向，有人起身，同时手电筒猛地一亮又暗了。

姜璃以为是有人起夜，却听到魏小米的声音："笨蛋，谁让你开手电筒的？"

然后就没了声音，借着篝火那一点点的光亮，姜璃依稀看见池劲和魏小米，小心翼翼地往树林深处走去。

本来是没什么的，姜璃却因为魏小米的话疑惑起来，起夜，开手电筒，有什么不对吗？凭着警察的警觉，她也爬了起来，爬起时，下意识地回头看身侧不远的易兰泽。

她顿时大吃一惊，睡袋是空的，易兰泽根本不在。

那刚才翻身的是谁？还是那脚步声就是易兰泽？

她来不及多想，爬起来，跟着池劲和魏小米的方向而去。

两人这时又打开了手电筒，所以黑暗中的姜璃可以轻易地找到他们。林中此时静得吓人，脚踩过树叶的声音显得尤其明显，姜璃听着前方两人的脚步频率，让自己的脚步与他们的节奏重合，小心而缓慢地跟着。

"我们这样进深谷会不会像失踪的那几个人一样，出不来？"池劲边走边问身边的魏小米。两人离开了休息地，便胆大起来，根本不会想到有人跟着，说话声音也没有刻意放低。

"没胆就回去。"魏小米哼了一声，"来都来了，让我听阿凯的只在边缘晃晃，我才不干。"

"那你这地图靠不靠谱？"

"不是跟你说了好几次，那是论坛上一个很可靠的网友贴上去的，他就是研究这个的，这个图是他在一本古书上找到的。刚才我们不是看到了瀑布，沿着瀑布的水流方向走，就能找到鬼苗寨，听他说，里面有至高无上的力量，"魏小米说着，往右手边指了指，"白天的瀑布在那边，我听到水声了。"说完，拉着池劲往瀑布方向走。

姜璃停在那里，一时不知道跟还是不跟。

鬼苗寨？那是什么？是老爹在电话里说的古迹吗？还有，魏小米口中所说的至高无上的力量又是什么？

她心里好奇，本可以想也不想地跟上去，但此时犹豫，却是因为她不清楚那只是两个小朋友过家家似的冒险游戏还是真的有什么鬼苗寨，是该叫住他们还是跟上去？

她犹豫时，前面的两个人已经走远了。

姜璃咬咬牙跟上去，不管怎样，往山谷深处走都是危险的，尤其是两个二十刚出头的学生，她必须上去阻止。

姜璃迅速往瀑布方向走，寻找两个人的身影，还好两人马上出现在视线里，刚想上去阻止他们，却听到不远处阿凯的声音在叫池劲、魏小米和她的名字。

看来阿凯是发现他们不在所以找来了，前面的池劲和魏小米互看了一眼，池劲显然是犹豫了，但魏小米却拉着池劲往树林深处跑去。

姜璃心想这下糟了，人追上去，口中道："你们两个，给我站住。"

前面的脚步声更快，手电筒的光离自己越来越远，四周一片漆黑，在这样的树林中，走太快只会撞在树上，姜璃真恨自己没带个手电筒出来，眼看追不上，只能回身冲远处的阿凯几人喊："我在这里。"

等阿凯几人自茂密的树林中找到姜璃，池劲他们早就走得不知去向。

"这两个孩子，早知道就不带他们出来了。"阿凯听了姜璃说池劲他们进了深谷，直发急，"不行，不能让他们进谷，得把他们找回来。"

同时跟来的林莫拉住他道："现在天这么黑，我们进去也迷路，等天亮了再说。"

"等天亮？等天亮就晚了。"阿凯甩开林莫。

"林莫说得对，等天亮再说，何况我们东西还在那里，你这样进去，人没找到，自己先迷路了。"是易兰泽的声音。

姜璃这才注意到易兰泽也跟来了，刚才分明看到他的睡袋是空的，难道他只是起夜，上了下厕所？

几人于是回去等天亮，在这段时间里姜璃将发生的事情具体讲了一下。

"鬼苗寨？"林莫抬了抬眼镜。

"你知道？"姜璃看着他的表情道。

林莫道："我不知道鬼苗寨是什么，但我听过鬼苗。"

"鬼苗？"

"嗯，那是苗人的一个分支，族人稀少，也极隐秘，历史文献上没有记载，只在一些传说故事中提过，说他们掌握了预测未来的能力，能断人生死，因此让其他民族感到恐惧而进行灭杀，直至消亡。我也是在和学历史的师兄弟聊天时听到的，当时很好奇，多问了几句，但他们也知道得很少，

我的男友
来自明朝

甚至有人认为那只是个传说，现实中并不存在。"

阿凯听到这里更气，抓着头道："所以说小孩子想法简单，这种传说也能相信吗？真是要命！"他此时已经冷静下来，看了几个人一眼，道，"天亮后我准备进谷找，你们觉得危险的可以等在这里或者出谷去，随你们，我不勉强。"

"我跟你一起。"姜璃第一个道。照之前几例失踪的案例来看，失踪就是失踪了，根本别指望集结大批人来找，池劲和魏小米是从她眼皮底下进谷的，她有义务把他们找回来。

"我也去。"那头易兰泽也轻描淡写地说道。

姜璃有些意外，这并不像易兰泽的作风，见他在篝火下沉着脸，不知道想些什么。

"我也去。"林莫也说，"我本来就有进谷的打算，可以看到更多珍稀的植物。"

"那我就留在这里，"只剩下杜燕琳，她的手上不知何时夹了支烟，吐了口烟道，"总要有个人留下，很可能小米他们会在你们之前回来，所以我在这里再等两天。等到小米他们，就放信号弹；等不到，我出谷找曹金。在谷口再等你们五天，五天不出来，我就回去，通知你们的亲戚好友说你们失踪了，等一下记得把你们亲人的联系地址给我。"

她的语气显得有些冷漠无情，但确实有道理。阿凯听了，默默点头，然后和姜璃他们开始整理行李。因为本来计算好的时间有可能因为找人而延长，食物是最大的问题，所以特意分配了一下，几个人都不作声，也无心睡觉，等着天亮出发。


越往深谷中走树林越密，雾却逐渐没有了，几个人沿着瀑布的流向走，有好几处出现了支流，他们则根据石头上青苔踩过的痕迹来确定方向。

一直走到下午，姜璃看了一下表，已经三点多，周围还是一望无际的树林，而谷中的天色眼看又要暗下来。

众人心中都有一种恐惧，越走这种恐惧越浓，因为他们很可能已经迷路了，往回走也许根本找不到原来的地方，还有，他们不知道这条路到底对不对，也许池劲他们走的根本不是这个方向。

"这样找不是办法，明天再找一天，如果找不到，我们就要往回走。"等天色暗下来，阿凯抓着头发说道。

其他几人都不说话，显然是同意的。

姜璃靠着树，眼看着阿凯在火堆上烤野兔，仔细想起来，他们入谷两天，这谷中的活物很少，除了蛇和虫，连鸟都很少见到，而今天竟然就看到了野兔，而且是自己撞死在树上的。

阿凯捡起那兔子时，还在说："这世上还真有守株待兔的事。"

兔肉的香味弥散开，看来是快好了。姜璃咽了口口水，转头又去看坐在一边的易兰泽，他竟然也盯着那只兔子，眼睛也没眨一下。

"你难道转性想吃荤了？"她问易兰泽。

易兰泽看着那只兔子，道："不是。"

"那你怎么盯着它流口水？"

"我没有流口水。"他说着站起来，从自己的行李里拿出那个装调料的木盒，打开，找了找，找出一瓶放着黄色粉末的玻璃瓶，走到阿凯跟前，递给他，"再撒点这个，更好吃。"

阿凯吃过易兰泽的面，知道那盒子里装的是调味品，于是接过，想也没想就把那黄色粉末撒在那只兔子上。

兔子继续在火上烤，香味更烈，兔子身上的油脂不停地往下滴，滴在木炭上，发出"嗞嗞"的声音，三个人包括阿凯在内，全都目不转睛地盯着，盼着快烤熟，然后大快朵颐。

然而兔子头部的地方，忽然发出"噗噗"两声，那兔子的眼睛被烤得炸开，淌下两行血水。

阿凯看着一怔，喃喃道："怎么回事，里面还没烤熟？连血都还是红的？"于是又加了点树枝上去。

姜璃没烤过活物，应该说，她根本不懂下厨，眼看着兔子的眼睛爆开，只是愣了愣，心想，等一下兔头是不吃了，肯定还没熟。

只有易兰泽面无表情地看着，忽然道："也许明天，我们就可以找到他们了。"

第二天继续出发。

快到中午时，眼前的树木忽然减少，周围显得空旷起来，阿凯在前面走得急，自然没有太注意脚下，人忽然一个趔趄，似乎绊到什么，直接跌倒在地上。

林莫上去扶，阿凯站起来，愤愤地踢了一脚绊他的东西，树叶被踢开，露出一段白色的东西。姜璃就在旁边，看到那白色的东西，整个人一愣，上去道："等一下。"说着蹲下来，伸手将树叶小心地拨开。

等树叶全部拨开后，几个人看清那白色的东西时，顿时倒吸了口冷气。

竟然是人的骸骨。

"怎么回事，这……这……"阿凯吓得脸都白了，有些语无伦次。

姜璃不说话，从包里掏出纸巾，垫在手里捡起一截骸骨仔细看，道："看样子已经死了有些年头了。"

"你怎么知道的？"一旁的林莫道。

姜璃道："碰巧学过些尸检的知识，可能是以前在谷里失踪的人。"她说这句时脸色有些沉重，因为这意味着他们还可能遇到前段时间失踪驴友的尸体。

"不行，得快点找到小米他们。"阿凯虽然怕，但还算有责任心的人，站起来道，"快走，不能让这两个孩子也死在这里。"

几人又将骸骨用树叶小心地埋好，往前走，没走多久，眼前的地形顿时大变，本来成片的树林消失，成为一处广阔的平地，瀑布的支流全部汇到一处，形成一条不大不小的溪流，而溪流的对岸，在重重的杂草和荆棘中竟然依稀是一处村落。

"就是这里吗？古迹？鬼苗寨？"几个人看着那处村落很久，林莫出声道。

姜璃道："小米他们可能就在里面。"

至高无上的力量也在里面吗？

"我们进去。"阿凯道。

到此时几个人都有几丝兴奋，本来是要找人，但看到眼前的景象，随之而来的好奇心也迅速上升。

几个人 着溪流而过，溪水冰冷，甚至有些刺骨，但还好都是浅滩，只湿到脚踝。等过了溪流，几个人坐在岸上重新穿好鞋，姜璃回头看着溪流对岸那片他们来时的树林，心里不由得有些疑惑，沿着水流的方向再往回走，应该能走回最早的瀑布边，就算有失踪的人想不到这点，也不会所有人都想不到，特别是那几个有野外生存经验的驴友，为什么最后也失踪了？难道并不是失踪，而是这鬼苗寨中有什么东西？

她忽然想到刚进谷时看到的那个人影，还有老爹在电话里说谷内可能有不好的东西，她看了眼那杂草中的村落，几步走到易兰泽跟前道："这村落里可能有什么不好的东西，我们不能贸贸然进去。"

她之所以找易兰泽商量，是因为易兰泽跟她一样是警察，而且还是一个局子里的。易兰泽看她一眼，道："你现在说这些有用吗？已经到这里了。"

"谁会想到真有古迹，我……"

"救命，啊！"

姜璃话还没说完，猛然听到不远处传来一声尖叫，众人都是一惊。

"是小米的声音。"阿凯第一个听出来，想也不想地往那处声音传来的方向跑去。

林莫紧随其后，姜璃与易兰泽互看一眼，姜璃一跺脚也跟了上去。

路并不好走，几个人跌跌撞撞，费了九牛二虎之力，才来到小米声音的出处——村落中央的那处木楼，那木楼已经有些歪斜，整幢楼被涂成了红色，此时已经斑驳，而奇特的是别的木楼早已爬满了藤蔓，唯独这幢楼上，什么都没有，连楼的四周也没有一点杂草。

"小米。"阿凯连叫了好几声。

没人应。

"我们进去。"阿凯咬牙道。

沿着楼外的木楼梯往上，木楼梯已经有些腐朽，阿凯跑得急，好几次踏断了台阶，好不容易才进了楼去。

地板也被漆成了红色，楼里几乎是空的，只有正中央有一座与人一般高的白色雕像，而小米和池劲就倒在旁边。

"小米，池劲。"阿凯和林莫同时叫了一声，准备上去扶。

"等一下！"一旁的易兰泽忽然叫了一声。

两人一愣，回头看易兰泽。

"那雕像有问题。"易兰泽盯着那座金色的雕像。

几个人同时看向那座雕像，那雕像竟然不是一个人的形象，而是一只巨大的振翅而飞的金色虫子，触角、口器及复眼都栩栩如生。

"管它有没有问题，先看那两个孩子。"阿凯很烦躁，人又跑上去。

"不行！"易兰泽一把扯住阿凯的衣领将他往后一扯。阿凯是个一米八几的大胖子，体重惊人，易兰泽这么单手一扯竟然让他不自觉地向后跌出去，好不容易才稳住身形。

"你怎么回事？"阿凯瞪大眼，显然他也没想到易兰泽的力气竟然这么大。

"你看他们的脸。"易兰泽稍稍往前一步，指着池劲和魏小米的脸道。

"什么脸？"阿凯看过去，顿时一惊，"怎么是金色的？"

"对，跟那雕像一个颜色。"一旁一直不说话的姜璃忽然道，同时举着手中的单反送到阿凯的面前，把一张照片放到最大，道，"你自己看。"

照片里竟然就是这座雕像的照片，也不知道姜璃是什么时候拍下来的，照片被放大，那金色的雕像现出一点点肉眼勉强可辨的细小粒子。

"我的单反像素可没那么低，那些细小粒子是雕像上附着的一层东西，我们现在肉眼看就像是雕像是金色的，但其实是有无数个小得不能再小的金色东西附在上面。"姜璃说着，眼睛看向池劲和魏小米，"也附在了他们身上。"

"那他们还活着吗？"阿凯的声音有些发抖。

"不知道。"姜璃道，"但有一点可以猜到，他们进来时惊动了雕像上的东西，而那些东西攻击了他们。"

"你是说那些金色的东西是活的？"一旁的林莫难以置信。

"那我们怎么办，不能因为怕这些东西，不管他们？"阿凯已经完全没方向了。

"我想他们已经死了。"易兰泽却道。

"什么？"三人都看向易兰泽。

"你们自己看。"易兰泽盯着地上的两人。

他说话间池劲和魏小米露在外面的皮肤上忽然腾起一小团金色的雾来，而雾腾起时姜璃几人看到池劲和魏小米两人的皮肤已经成了灰黑色，像是被吸干了精气的僵尸。

"啊！"林莫惊恐地叫了一声，一屁股坐在地上，而那团金色的雾重又回到了那雕像上，与那些金色混为一体。

"快、快离开这里！"阿凯也好不到哪里去，看到这阵势哪儿还顾得了救人，腿发软，人想出楼去，却没走几步就跌在地上。林莫好不容易站起来扶阿凯，阿凯扯住姜璃，"一起走。"

几个人出了楼，跌跌撞撞地往刚才来时的溪流走，刚想涉水离开，姜璃猛地拉住阿凯道："易兰泽呢？"


易兰泽还在那幢红色歪斜的楼里，人站得笔直，手上是一个本来放在木盒子里的玻璃瓶，正是用来烤兔子的那瓶黄色粉末，另一只手凑近那雕像时，那雕像上的金色忽然化成一团金色的雾，向易兰泽扑来。

易兰泽的表情变也没变一下，瓶子里的黄色药粉忽然撒出，异香弥散，那金色的雾猛然向后一退，不敢靠近。易兰泽于是又撒了一点在那雕像上，等那上面的金色驱散，雕像竟然是泥制的，他盯了那雕像一会儿，伸手过去。

"住手！"手还没碰到雕像，忽然自雕像后走出个人来，那人衣衫褴褛，头发和胡子已经长到胸口的地方，赤着脚伸手将易兰泽用力一推。

易兰泽哪会想到忽然冒出个人来，始料未及，险险避开，却不得已向后退了几步。

"滚出这里！"那人说了一句，似乎是长时间不说话的缘故，语速有些慢。

易兰泽盯着那人，眼看着那团金色的雾也不近那人的身，微微一怔，道："你是鬼苗？"

那人听到这两个字一怔，道："你怎么……"

易兰泽，道："没想到几百年了，鬼苗一族竟然还在。"

"你是谁？怎么知道鬼苗的？"那人盯着易兰泽。

易兰泽道："明朝的鬼苗最盛，分散民间，受雇以虫杀人，最后被朝廷追杀，避到深山，原来就是这里？"他不理会那人脸上的惊讶，道，"几百年了鬼苗已经没有存在的意义，这些虫子也应该灭绝，不如把虫后给我带走。"

"想也别想！"那人说话间抽出腰间的笛子，放在嘴边吹起来，顿时那团金色的雾在空中乱舞，将雕像紧紧地护住。

易兰泽冷冷道："我这里有药，这些虫子根本奈何不了我。"

那人却放下笛子道："我不是要对付你，而是你那几个朋友，他们身上都被下了虫，连那条溪流的范围也出不了。我现在笛子一吹，他们只能不自觉地跑回来，给虫后当食物。"

易兰泽眉一拧，道："不可能，他们吃的东西我都撒了药。"

"那么曹金给的肉干呢？你不吃荤，我没办法，但其他人都中招了。"

"曹金？"

"她是我女儿，我叫曹四横。"那人轻笑了一声，"你们不进到深谷，体内的虫卵这辈子都不会孵化，当然不会有事，但一接近虫后气味的范围，就再也别想逃了。"

"所以曹金从我们让她带路开始，就已经在算计我们了？"问话的人不是易兰泽而是为了找易兰泽而折回来的姜璃，她此时看着那座雕像，心里竟然有种冲动想往那雕像冲去，于是她伸手拉住身旁的易兰泽，"你拉住我，不然我要去喂虫子了。"

易兰泽这回没有袖手旁观，而是伸手将姜璃扯过来，护在身后。

姜璃抱着易兰泽的手臂，道："好难受啊，好像有磁石在吸着我似的，你手里的药能不能吃啊，快给我吃一点。”

易兰泽道："虫已经在你们体内发作，这药没用。"

"那怎么办？阿凯他们肯定也被吸回来了，到时你拉得住我们三个人吗？"

"拉不住。"易兰泽口中说着，同时撒了点药粉在姜璃的头上，药的香味散发开，稍稍盖住了雕像里虫后发出来的气味。

姜璃一下子觉得好多了，一屁股坐在地板，冷汗自额头淌下来。

"药的香味坚持不了多久，你趁现在把自己绑起来。"易兰泽说着，扔给她一捆绳子，人一刻也不耽误地往那座雕像而去，"我去杀了虫后。"

听到易兰泽说要杀虫后，曹四横迅速地挡在雕像面前，手中已经多了一根木棍，抬手就向易兰泽砸去，同时那金色的雾也将易兰泽团团围住，虽然不敢近易兰泽的身，却将易兰泽困住无法往前。

"你这点药根本不够你用，我看你能坚持多久。"曹四横疯狂地挥舞着木棍，脸上现出狰狞之色。

易兰泽被那团雾困着，几乎看不清前方，模糊中看到那木棍又砸过来，慌忙向后急退，人刚站稳，下一棍又狠狠地砸过来，他眼看避无可避，这时，一捆绳子猛地朝曹四横头上罩来，曹四横打了个趔趄，跌坐在地上。

"就现在，易兰泽，快去把那什么该死的虫子杀了。"一旁的姜璃抱住身旁的木柱子嚷道。

易兰泽点点头，一脚踢开曹四横，捡起他刚才拿的那根木棍，也不管眼前的金色虫子，朝雕像冲去。

然而周身的金色雾气忽然一淡，他来不及顾及这样的变化，举着木棍就要往雕像上砸去，却听身后的曹四横尖叫道："你敢砸上去，这女人就没命了，我们看谁快。"

易兰泽猛然回头，却见刚才困着他的那些虫子已经将姜璃团团围住，曹四横吹动笛子控制着它们。

他不得不停在那里，与其说那是座雕像，倒不如说它是虫后的窝。他将那座泥塑的雕像砸碎取出虫后需要时间，而这段时间这些虫子足够将姜璃杀死。

"怎么回事，怎么又跑回来了？怎么好像有股吸力似的？"楼下传来阿凯的声音。

易兰泽眉一拧，知道已经没有机会了，他扔掉手中的木棍道："你赢了。"

几个人被关在木楼旁边的小屋里。

"为什么那些虫子没把我们吃掉？"阿凯听姜璃把刚才发生的事情说了一遍，抖着身子问。

"我猜是要留着我们当食物，今天那些虫子刚吃了池劲和小米，已经够它们饱一阵了。"林莫道。

"别说什么吃不吃的。"阿凯想到池劲和小米的死状，脸色苍白。

姜璃沉默地坐在那里，身边的易兰泽头上挨了一棍，姜璃替他包扎了一下，还在昏迷。怪不得这谷中除了蛇虫，很少看到活物，应该都成了那些虫子的食物，它们只要误食了虫卵，走进虫后气味所飘散到的范围，就会乖乖地跑到刚才那幢木楼里，把自己奉上。所以这样看来，那几个失踪的驴友也早成了虫子的食物了。

"易兰泽怎么样，还没醒吗？"林莫凑过来问姜璃。

姜璃伸手摸了摸他的额头，很烫，在发烧。

"他刚才被那个姓曹的也灌了虫卵，我们都活不成了。"阿凯抓着头发道，"我怎么这么浑，怎么找那个曹金带路，根本就是设好的局，我们是羊入虎口了。"

林莫拍拍阿凯，让他冷静，眼睛看着易兰泽，道："姜璃，你知道易兰泽那瓶药是哪儿来的吗？他是不是早知道这谷里的秘密，所以早有准备？"

姜璃摇头道："我不知道，我跟他又不熟。"

"但他是你男朋友。"

"骗你们的。"

097
WODENANYOU
LAIZIMINGCHAO

"啊？你们？"阿凯跳起来。

"我跟他是同事没错，但没有那层关系……"姜璃说道，而同时枕着她腿的易兰泽忽然大咳一声，姜璃忙将他扶起来，拍着他的背道，"易兰泽，醒了？"

易兰泽又咳了几声才停住，回头看看姜璃道："这是哪里？"

"木楼的下面，"林莫代她答道，同时冲易兰泽道，"你没事吧？"

易兰泽摇头。

"那我们有事情问你。"姜璃道。

易兰泽一怔，发现三个人都盯着他，他顿时心知肚明，道："问药的事？"

见姜璃点头，他稍稍缓了缓，并不打算隐瞒，道："这药我是按照从古玩市场淘来的一张明代药方配的，同时淘来的还有鬼苗的一些消息，但很少。"他抬手抚了抚额头上的伤口，姜璃刚才用纱布替他包扎过，有些痛，他皱了皱眉道，"明代的时候鬼苗混入民间，专以杀人为业，后来引起了朝廷的重视，诛杀鬼苗的同时，集结医生调制杀虫的药。这药方就是当时配制出来的，可惜时间隔了太久，方子不全，配出来的药只能驱虫，却杀不死。"

"几百年前的方子？还不全？这样你也敢给我们用？"阿凯难以置信，"万一那是个毒药方子可怎么办？"

"我当然是试过，确定对身体没有损害才敢用的。"易兰泽道。

"所以你早知道这山谷的秘密，也早知道有这些虫子？"姜璃皱起眉。

她话音刚落，没待易兰泽回答，一旁的阿凯猛地冲上来，一把揪住易兰泽的衣领道："你这浑蛋，你早知道这些为什么不早说？宁愿在我们吃的东西里悄悄放驱虫药，也不肯早点提醒我们，如果你早点说，小米他们可能就不会死了。"说完，对着易兰泽就是一拳。

易兰泽反应极快地抬手挡住那一拳，同时握住那拳头一用力，就将阿凯甩在地上。他眼看着一脸错愕的阿凯，慢条斯理地理了理自己的衣领道："首先我并不确定这世上是否真的有鬼苗，也许他们只是传说。了解他们，只是我的兴趣而已，所以没必要跟你们说；其次，我去过很多地方找鬼苗寨的踪迹，也一直带着这些药，这山谷只是我的其中一站，在你们吃的东西上放上药粉，是我以防万一的习惯，可能这里跟其他我去过的地方一样，依然不是我要找的地方，所以我更没必要事先跟你们说。"

"但你确实和小米他们一样，想着进深谷吧？如果不是小米他们进了谷，我们现在要找的人可能就是你，同样也把我们牵连进谷，一样危险。"姜璃道。

"没有，我这次没打算进去，我只是探路。"

"这次？"

"是，我下次准备一个人来。"

"这个地方来两次？"阿凯发觉他对这个经常来他酒吧喝酒的男人一点也不了解，就那身让他这个二百多斤的胖子直接倒地的手法就够让人吃惊了，"我们这些驴友是猎奇，你为了找一个可能只是传说的东西到处跑，还跑两次，也太奇怪了吧。"

易兰泽冷冷道："奇不奇怪那是你的看法，反正我就这点爱好，不成吗？"

众人都不说话了，姜璃一直在旁边听着，说实话，她跟阿凯的感受一样，实在想不出，一个不善言谈的IT会喜欢研究这些东西，但似乎又没什么不对，人总是有些奇怪的爱好，自己的老爹还从科学正道歪去研究牛鬼蛇神的科学呢。

"那你对这些虫子应该很了解了？"姜璃问道。

"称不上太了解，大体我也是从那张药方上知道的，这虫子的分工有点像蜜蜂，但又不太像。"易兰泽道，"虫后负责繁殖，它会产下两种虫子，一种是刚才的金色虫子，另一种是白色的。白色的虫子会飞到山中各处，树上、草丛、水中，找机会进入人或动物的体内。当这些人或动物进入到虫后散发的香味范围，白色虫子就会发生作用，控制人或动物不自觉地走到虫后面前，乖乖给那些金色虫子吃掉，吃饱的金色虫子会与虫后交配，再被虫后吃掉，从而完成这样的一次进食和下一轮的繁殖。"

"这世上竟有这么神奇的虫子！"林莫听得目瞪口呆。作为生物学博士，虽然知道这世上还有很多人类不了解的生物，但这样的虫子的生活模式确实非常奇特。

"什么神奇不神奇，我们现在就是它存在仓库里的肉好不好？"阿凯完全没有这种感叹，只觉得这事情越来越恐怖，他一把抓住易兰泽，道，"我可不想成为那些虫子的食物，易兰泽，你得想想办法。"

易兰泽摇头道："只要那些白虫子在我们体内，我们就走不出去。"

"曹四横也是人，为什么他没事？"姜璃道。

"鬼苗我了解得不多，他们从前能以这些虫子杀人，自然有他们的方法。我得到的那张方子上，只是一些为了配制杀虫药而对那些虫子研究的笔记，对鬼苗提到非常少。"

"方子呢？"姜璃道，"带在身上吗？"

易兰泽看姜璃有些急切地冲他伸出手来，愣了愣，道："太容易破损，没带在身上，但我拍了照片。"

也亏得曹四横自信他们没办法逃走，竟然除了那些易兰泽配的药，其他行李都没收走，易兰泽从自己的包里拿出平板来，打开递给她。

姜璃很失望，她本来想，以她的特异能力通过触摸那张方子可能找到点克制那些虫子的线索，但易兰泽递平板给她，她是完全没办法了。

与其说是方子，不如说是一份笔记。易兰泽分四大张拍完，方子已经相当破旧，左下角的地方少了一块，字迹也模糊不清，有些地方根本看不清楚，上面分析了那些虫子的习性，内容与易兰泽说的大体一致。姜璃看了那方子半天，最后看到右下角的落款：六合堂赵常芝。

是当时的医馆和大夫的名字吗？

明代？

她脑中不知为何想到那个苏公子，他不就是明代的人？

是不是明代人会对鬼苗和那些虫子了解得更清楚？

她拿着平板发愣，其他人以为她看出了什么，阿凯凑上来道："怎么样，是不是发现什么了？"说完抢过平板来看。

"没有，这方子太破，很多字根本没法辨认。"姜璃说着，人靠在旁边的木柱上，若有所思。

几个人讨论了半天也没讨论出什么结果，阿凯提议把行李里的信号弹都发了。但这窄小的木屋里根本不可能发信号弹，就算能发，也只会再牵连一个杜燕琳，因为谷外还有个曹金守着，根本不可能会有人进谷救他们。

时间就这么一分一秒地过去，天应该是黑了，木屋里暗下来，几个人都沉默着，只有阿凯在那边焦躁地揪头发，偶尔发几句牢骚。

“会不会明天那些虫子就要开始吃我们了？先吃我这个胖的，再一个个地轮？”阿凯的声音带着哭腔，人瑟瑟发抖，抬眼看其他三个人：易兰泽盘腿坐在那里，脸色平静，林莫垂着头不停地按着没有信号的手机，至于姜璃，竟然是躺在一边睡着了，“你们怎么回事啊，都不怕啊，小姜，小姜你竟然还睡得着？”

## 04　情缘起

姜璃眼前黑了一下，又毫无意外地醒了。

醒时，不在那谷中，而是在一间卧房，卧房中弥散着淡淡的檀香味，她躺在床上刚醒来。

那耳环真是神奇，也幸亏她将它带在身边。

她起身，外面有人敲门。

她一怔，应道：“什么事？”

“夫人，少爷让你起床了，等一下要去大觉寺进香。”丫鬟在门外道。

进香?

“好。”她答了一句，下床。

幸亏是有丫鬟帮她穿戴，不然她还真不知道怎么穿这些古代的衣服，稍稍吃了点东西，被扶着出了门，果然见易兰泽，不，苏公子苏鎏正在院外等她。

苏鎏一身浅蓝衫子站得笔直，头上发髻工整地盘着，插了支颜色翠绿的碧玉簪，看上去清俊非常，尤其眉心那颗血痣，白皙肌肤一衬更是惹眼。他面色不善地看着她，皱眉道："怎么这么久？"

说实话，苏鎏要比易兰泽瘦也苍白些，但其他就没有区别了，连神色也相近，姜璃真怀疑是易兰泽戴了个古人的头套来戏弄她。但想想，易兰泽的字典里似乎没有"戏弄"这两个闲得无聊的字，更不可能和她有一样的能力能够被一只小小的耳环带来这里。

她不说话，只是走到苏鎏的身侧，苏鎏瞪她一眼，道："走了。"

两人一前一后地走出院子，姜璃跟着苏鎏在廊中走，姜璃看过去，廊外庭院盆景假山、亭台楼阁、池塘水榭每一处都设计精致，看庭院的规模也不小，看来这苏家是个大富之家，怪不得引得手足相残，做弟弟的想杀了这位哥哥。

"相公，最近身体可好？"好像是有心脏病吧，看他脸色苍白一副病恹恹的样子，姜璃想了一下称呼，决定把语序也调成古人状态，问了一句。

"哼！"没想到苏鎏停下来，表情愠怒，"拜你所赐，把我求来的药全废了，我的身体怎么会好？"

"哦，"姜璃并没有多少愧疚，道，"其实治病可以好好找个郎中调理，不是非要吃那些药的。"

苏鎏冷声道："我调理了一辈子仍是现在这样，你莫要再提那事，再提只会让我恼你。"说完，又往前走了。

两人走了一段，便进了厅里，一位中年妇人坐在堂中，正吹着茶沫抿了口茶，身上一件宝蓝袍子做工精细，再看打扮，一看便能猜到身份，果然苏鎏上去行礼，叫了声"娘"。

那妇人正是苏家的当家主母，姜璃愣了一下，心里想着要不要跟着叫娘。

还好妇人似乎有事说，并未在意，放下茶盏，看了姜璃一眼，道："羽离，你进苏家也有几月了，也不是我催你们，但鎏儿是长子，且不论我们苏家这样的大家族，就算是平常百姓家，生儿育女，为丈夫产下孩儿，继承香火都是最紧要的事。今日你们去大觉寺，务必要真心恳求菩萨，能为我们苏家送个乖孙，可知道吗？"

原来是为这事才去大觉寺，姜璃听着那妇人说"可知道吗"，配合地点头，答道："是的，媳妇定是真心实意去恳求。"

妇人对她的答话很满意，"嗯"了一声，道："那就快去吧，进香拜佛宜早不宜迟。"

两人这就出发，一前一后两顶轿子。姜璃长这么大还未坐过轿子，只觉轿子上下晃着还挺有趣，然而才有的一点新鲜感，只一会儿便觉得有点晕，现代人晕车，原来古代人是会"晕轿"的。

她掀开轿帘微微地伸出头去喘气，看到街上人来人往，而街旁就有一家医馆，大门开着，可以看到里面坐着几个病人。

六合堂赵常芝。

她还记得那张药方的主人，只是整个明朝几百年，那赵常芝未必是她现在所在这个时间的人。她忽然意识到这事有些棘手，以她现在的身份，住在大家族里，难得出门，出门也是轿子伺候，佣人前呼后拥，又要怎么去打听那些虫子的事情？而且据上两次的经验，一般第二天醒来，她也就从这样的情境中脱离回到现实，那她到底有多少时间打听？

正想着，轿子停了下来，姜璃被人扶下了轿子，眼前是直通山顶的一排石阶，石阶往上有三三两两的香客，姜璃用手挡着正面照来的阳光，实在不好估量这石阶到底有多长。

"为什么不上去了？"苏鎏下了轿，对着旁边抬轿的轿夫问道。

轿夫道："夫人吩咐过，进香拜佛要诚心，所以让少爷夫人自己走上去。"

苏鎏也望了望那看不到尽头的石阶，板着脸道："真是麻烦。"他嘴上这么说，转身却冲姜璃道，"愣着干吗，走了。"说着，先走了上去。

姜璃是不怕那些石阶的，但问题是她现在不是姜璃，她现在有一双只有三寸的脚，还爬山，真是要命。

一个有病在身，一个小脚，这活真的不是人干的，没爬多久，两人都

103

WODENANYOU
LAIZIMINGCHAO

是气喘吁吁。苏銮的脸越发苍白，姜璃扯着他的衣角道："相公，你干脆装晕过去吧，这样小厮会背你上去。"

苏銮白她一眼道："要晕你晕，我堂堂男子汉怎么可以这么没用？"

姜璃无语，他根本就是要晕倒的样子啊，一个病秧子还怕别人说他没用，她心里掂量了一下，翻着白眼准备自己装晕过去，人软软地往苏銮身上倒。

苏銮一惊，下意识地扶住，口中道："你还真来？"见姜璃紧闭的眼忽然睁开冲他眨了眨，他表情一阵厌恶，一抽手，让姜璃直接躺倒在石阶上。

幸亏离地不远，不然真会滚下去，姜璃摔得屁股发疼，不忘揪着苏銮的衫子下摆叫道："相公你好狠的心。"

苏銮看都不看她一眼，旁边的丫鬟慌忙将她扶起来，扶到一边休息，冲苏銮道："少爷，不如我们休息一下。"

苏銮早就累极了，听到丫鬟这么说，道："那就休息一下吧。"说着在旁边坐下了。

丫鬟倒了水给两人喝，姜璃望着不远处可以看到的香烟，看来寺院已经离得不远了。她低头又看了眼旁边休息的苏銮，他连休息也坐得笔直，一只手慢条斯理地举着杯子喝水。她有心想逗他，笑道："相公，这次我们如此诚心，这么多阶梯也爬了，菩萨定会被我们感动，回去努力一下，必定儿孙满堂。"

"努力？"苏銮愣了愣，随即明白过来，脸红了红道，"谁要与你这个不知羞耻的女人儿孙满堂？我跟你并无夫妻之实，再求菩萨也没用。"

姜璃一愣，想起上次来时两人正是洞房之夜，苏銮搬去了书房，不会到现在还是分床睡吧？就因为她当时给这位苏公子做了人工呼吸？可他们是夫妻了不是吗？

姜璃越发觉得这位苏公子古怪，不会是喜欢男人吧？

她就这样乱想着，旁边的苏銮站起来道："可以走了。"

姜璃没有动，道："这样的话求菩萨也没用，不如就回去吧。"

苏銮看看站在不远处的仆人，料想他们也听不到，才说道："虽然如此，但样子还是要做的，你废什么话，快走了。"

姜璃仍是不动，竟然就代入角色，道："求了菩萨还没用，这不止污了菩萨的名，让我在苏家更没有立足余地。你只管你去，我是肯定要回去了，婆婆问起来，我就实话实说。"终究姜璃不是这具身体的主人，如果只是因为那次人工呼吸让这位女子从此不受丈夫待见，独守空闺，姜璃多少有些责任，不管这苏公子性取向怎样，如果可以争取还是要替这具身体的主人争取一下的。

苏鎏看姜璃真的往回走，一把将她拉住，咬牙切齿地瞪了她一眼，转而又有些吞吞吐吐，耳朵同时红起来，道："你……你先随我去把香上了，万不可让母亲失望，我回去……回去会考虑那件事。"

"考虑？"看他两只耳朵通红，姜璃又忍不住想逗他，"哪件事？"

这回苏鎏整张脸都红了，本来白皙的皮肤变成粉红色，道："你……你别问那么多，太不庄重，走、走啦。"说着握紧姜璃的手，把她往山顶上扯，怕她真走掉似的。

姜璃在身后偷笑，莫名地觉得心情愉快，这人要是在现代，自己可就追啦。

好不容易到了山顶，香客已经到了不少，仆人将背在身上的香取下来给两位主子，两人并肩在菩萨面前双膝跪地。

姜璃当然是不用心的，只是做做样子，侧头看苏鎏闭眼向菩萨乞求，她就这么看着他，越发觉得他鼻梁高挺，睫毛纤长，确实是副好皮相，他真是在求子吗？毕竟关键问题不在于此，估计也是做做样子，让自己的母亲放心？

一个殿一个殿地进香，眼看就进完了香，两人往回走，姜璃开始盘算着找机会打听六合堂赵常芝的事，毕竟她来这里可不是为了进香的。

苏鎏在旁边她不方便找人问，就算问到了，也不好脱身跑去找，于是说谎要去方便，苏鎏整个眉头都皱起来，道："女子怎么能在外如厕，忍着。"

姜璃这才想起这里不是现代，古代的女子尤其是大家千金养在深闺出去的机会极少，就算出去，也只能憋着，或者在马车、轿子里备着马桶。这借口实在是找得不怎么样，但说都说出口了，也确实没有其他借口可以找来趁机溜走，她便愁眉苦脸地抱着肚子不肯走了。

这给别人看着实在难看，苏鎏的表情也一样难看，正想发怒，旁边的丫鬟凑上来，道："少爷，奴婢看到陈家的姑奶奶今天也来进香，而且娇子也一并上来了，奴婢去问问看，或许可以借用一下。"

苏鎏的表情这才稍缓，看了姜璃一眼，才对丫鬟，道："去问问看吧。"

还好，不一会儿丫鬟回来，说可以了，这才带着姜璃过去。

姜璃真的是满头黑线，没想到在古代施个尿遁法也这么难，那更别提女扮男装了，那根本就是瞎扯。

丫鬟一路搀扶着她走，姜璃可不想真的跑去那个谁家的姑奶奶那里上厕所，眼前一处人多，丫鬟帮她在前面开路，扶着她的手不自觉地松开了。她看准机会，提着裙子往旁边的小道而去。

总算脱身，她这才有机会问行人六合堂赵常芝的事。

行人看她只有一个人，穿着又富贵，表情都有些古怪，但还是仔细回忆，却都摇头说不知道。

看来那赵常芝可能不是这个时代的，或者不是这个地方的，有点难办啊！这世界这么大，又没有网络，要怎么找一个人呢？看来只能直接问虫子的事了，但这个又不能逮谁问谁，易兰泽说鬼苗因为以虫杀人，而遭灭族，在这个时代就算有人知道也肯定是禁忌的话题，更不能随便问人了。

姜璃立在那里叹气，看来到了明代自己就是个废人，一点办法也没有。远处那名丫鬟正在人群中焦急地找她。

姜璃眼看着问不到什么，想到总不能害了人家，便往那丫鬟的方向走。走近时姜璃正想唤她，却见一个男人走到丫鬟旁边往她肩上拍了一下。丫鬟回头，看到那男人没有说话，竟然就随着那个男人走了。

姜璃眉一皱，没多想，便跟了上去。


一处禅房的背后，姜璃靠在墙上，可以清楚地听到另一侧两人的对话。

"我给你的那包粉末已经给他喝了吧？"是男人的声音。

"是，刚才在路上时放在茶水里了。"那是丫鬟的声音。

"很好，等一下往山下走，他如果有什么异状，你什么都不要顾，只需缠住另一个小厮便可。"

"那个少奶奶呢？"

"一个足不出户的大小姐阻止不了什么，主子让留着活口，让她亲眼瞧着自己的丈夫死，正好将这桩意外坐实了。"

"我们为什么一定要做成意外，而不能直接将他杀了？"

"若是被人瞧出故意而为，苏家大夫人肯定不会善罢甘休，一查到底，到时不免麻烦，对主子不利。"男人说到这里似乎觉得自己说得太多了，道，"这是主子的意图我们做事的别管这么多，好了，你也不要耽搁太久，快点回去。"

听到那边这么说，姜璃慌忙往外面热闹的地方跑，刚跑进人群就看到那丫鬟走了出来，向四周望了望也混进人群。姜璃心里叹息，那苏鎏也够歹命的，上次是丹药，这回又不知道用了什么法子想杀他？

她眼见丫鬟过来，脑中想了一下，蹲在地上一脸悲凄，神色慌张地四处张望，等那丫鬟看到她，她故意转到另一边，眼睛在人群中寻找，口中道："小红，你去了哪里？"

"少奶奶，总算找到你了，吓死奴婢了。"丫鬟跑上来，一把扶起姜璃，表情竟是一脸担心，"都怪奴婢粗心，少奶奶，你没事吧？"

"没事，你来了就好。"姜璃抓住丫鬟的手臂如同抓到了一根救命稻草。

大觉寺的门口，苏鎏早已等得不耐烦，有人摆了摊在算命，似乎生意很好，围了一群人。

"少爷，反正在等少奶奶，要不你也算算看？"跟着苏鎏的小厮好奇，又不敢扔下苏鎏自己跑去看热闹。

"江湖术士，胡言乱语，有什么好看的。"苏鎏一脸不屑，人站得笔直地立在那里。

那个小厮没办法，只能抻长着脖子往那边张望。

算命摊前不时地传来惊呼声。

"神了，真是神了，你竟然能算出我心中所想，真是神人，神人啊。"

107

WODENANYOU
LAIZIMINGCHAO

"老神仙，前月你说我老婆能生一对龙凤胎，男孩右手有一枚胎记，果然全给你说中，一分不差。来，这些喜蛋你拿着，一点心意啊。"

"对对对，老神仙上次你说我胸口有病，我还不信，幸亏听你的话去查了，果然是，多谢老神仙啊。"

"似乎真的挺准的，"那小厮听得心动不已，对着苏鎏道，"少爷，反正在等少奶奶，不如我们去算算？"

苏鎏也全将那些话听进去了，虽然他平时不太信那些江湖术士的话，但此时确实也有些好奇，听小厮又来央求他，他想了想，人走了上去，且看那人算得准不准。

本来一众人在那边吵闹，看到苏鎏一身华服，气度不凡地走来，都噤了声。苏鎏走上去，看清摊前坐了一位中年人，长相一般并无神仙的仙风道骨，两眼睁着，眼球上都有层白色的膜，应该是眼盲之人。

"我算命。"他在中年人摊前坐下。

"公子有心疾。"那中年人等苏鎏坐下，开口就道。

苏鎏一惊，既未诊脉，他双眼又瞎，怎么知道自己有心疾，却故意满不在乎，道："除了这些，你还算出了什么？"

中年人一拢下巴上的几根胡子，道："我还算出，公子有杀身之祸，就在今日。"

旁边人顿时炸开了锅。

姜璃已经回来一会儿了，见苏鎏坐在那算命摊前，刚走近，就听到算命的中年人说出这么一句话。

可真准啊！

本来扶着她的丫鬟手明显一颤，姜璃回头看她，她面露愤怒之色，说道："这算命的怎么可以这么胡说，少奶奶，你别放在心上。"

反应倒挺快，姜璃不置可否，抬头看那算命的两只眼睛都结了层白内障，双眼全盲，看着他，她不知道为什么觉得这一幕似曾相识，却怎么也想不起来。

"简直胡言乱语！"那厢苏鎏旁边的小厮已经跳起来，一把抓住那个算命的衣领，道，"你知道这位是谁吗？是琅琊庄的大公子，这么尊贵的人物怎么可能有杀身之祸？你再胡说，小心我扒了你的皮！"

那算命的毫无惊恐之色，笑道："人命天定，管他三教九流还是皇孙贵族，天想收他时，才不管他是什么身份。"

"你还敢胡说八道！"小厮作势要打。

"屏开，"苏鎏大声喝住，"算了，既然是算命，哪可能只听好命，他既然这么说，那就看看我到底能不能活过今日。"说完，他站起身，冲那算命的哼了哼，甩手而去。

回身时正好见姜璃站在身后，他愣了愣，随即怒道："你总算知道回来了。"

姜璃的眼睛还看着那算命的，心里盘算着这算命的怎么算出苏鎏今天有杀身之祸？他肯定是知道些什么，正要上去问清楚，却被苏鎏一把扯住，道："都是你这么长时间不回，才让我听到这些胡言乱语，还不快走了。"说着手一松，负手离开了。

姜璃再看那算命的，已经被其他香客围住。丫鬟小红催了一句，她想想还是什么也别问，不要打草惊蛇的好，一转身，跟着苏鎏走了。

两主两仆就这么下山。

下山相对比上山轻松些,苏鎏因为听到刚才那算命人的话，火气还未消，本来就话少，此时更是闷得吓人，一路上始终没有好脸色。

然而上山容易下山难，本来还觉得下山轻松，走了没多久，大家便觉得下山更惊险，小腿开始打抖，每跨一步都艰难，四个人越走越慢。苏鎏本来是自顾自地走，此时不得不回头想让屏开扶，一回头却看到姜璃紧跟在身后，顿时更没好脸色，道："你跟这么近干什么？"

姜璃也累得很，喘着气道："怕你有杀身之祸。"这是实话，刚才偷听来的话中，她只知会有异状，却不知道什么异状，还是那句话，她警察的本能可不希望有人死在她面前。

苏鎏听她这么说，怒道："鬼话！"说着愤愤地在路边坐下，道，"休息一下。"

四个人于是停下来休息，小红忙着倒水给两人喝，姜璃留意了下，并没有发现她动什么手脚，却不敢再喝那杯水，只是拿在手中。

不远处有一大片满山红开得漂亮，风一吹有淡淡的花香飘来，姜璃看身旁的苏鎏，看他也正看着那一片花海，本来生气的表情不知不觉中缓和，眉眼沉寂迷人，刚刚喝过水的唇上有淡淡的水渍未干，眉心那颗红痣与那满山红争艳，俊逸又惑人。

苏鎏看着花，而姜璃看着苏鎏，各自惊艳。然而不知从哪里传来一阵笛声，如一片暖白中划过一道清凉的碧，苏鎏自那片花海中抬起头，听着那笛声道："哪儿来的笛声？"

说话间，苏鎏已经站起来，跨离脚下的石阶，循着那笛声而去。

旁边没有山道，只有杂草和灌木，苏鎏竟然看都不看一眼，直接往前走，脚下被岩石绊到，打着趔趄，他也全不在意，继续循着声音而去。

不妙。

姜璃站起来。

"少爷，你要去哪里，危险！"旁边的屏开也看到异状，想上去阻止，人刚往前走了几步，脚下却被什么东西绊了一下，没有站稳，人竟然自石阶上滚了下去，连滚了好几级台阶，最后停在那里不动了。

路过的香客们的注意力全被吸引了过去，纷纷上去看个究竟。姜璃分明看到似乎吓愣在那里的小红脸上现出一抹诡笑，不慌不忙地收起伸出去的脚，这才往屏开的方向跑过去。

没有人注意苏鎏了。

姜璃一咬牙，提着裙子朝苏鎏追去。

三寸金莲在山地上异常难行，姜璃拼了命地追上苏鎏，扯住他的衣袖，叫道："你要去哪里？"

苏鎏表情迷惑，人还要拼命往前，口中道："不知道，反正我必须往前。"

笛声未断，苏鎏挣开姜璃往前走。

姜璃停在那里，脑中一个想法冒出来：笛声、不受控制、上山时偷偷放进茶中的药粉，这一切与她在现实中的遭遇太相似。

苏鎏已经走得很远，姜璃额上直冒汗，如果跟现实中的一样，苏鎏这是要跑去喂虫子吗？她干脆把裙子撩到腰间，忍着脚上的痛向苏鎏追去。

苏鎏已经穿过那片花海，姜璃跟上去，看到再往前竟然就是悬崖，而苏鎏犹如未觉，直接往悬崖跑去。

原来不是要喂虫子，是要用笛声引他跳崖，这才像一场意外。姜璃边跑边解下腰带，朝苏鎏跑去。

苏鎏跑到悬崖边，终于抗拒起来，毕竟跳下去就是粉身碎骨，但那笛声在催，他抱住旁边的一棵枯树不肯往前，人却忍得难受。那棵树不算大，早已枯死，被苏鎏一用力抱住竟然拦腰折断，木屑纷飞。

那头笛声更张扬，苏鎏咬牙忍着，嘴角流下血来，而这时姜璃正好赶到，她本也是看到那棵树，想用腰带将他捆在树上，现在看不可能了。苏鎏还在往崖边挪，眼看就要跨下去，她管不了那么多，快步上去，一把将苏鎏抱住，见他挣扎，拿着手中的腰带将自己和苏鎏紧紧捆住，使出学过的擒拿，双手双脚像无尾熊一般整个将苏鎏缠住，将他压在自己身下。

毕竟不是自己的身体，没有那么顺手，何况苏鎏一米八出头，又是男人，虽然生着病，但受到笛子的控制，力气大得出奇。

两人在崖边滚了几圈，眼看就要滚下崖去，姜璃急中生智，用头狠狠地撞苏鎏的头，顿时眼冒金星，而苏鎏竟然没有被撞晕过去，还没来得及再撞他一下，崖边的石头一塌，两人同时滚下崖去。

自己应该不会死吧？自己应该会回到现实吧？

掉下去时，姜璃是这样想的，甚至感到庆幸。

但是……

接踵而来的是如同骨头散了架似的疼痛，内脏似乎要被砸裂开来，然后，好久都动弹不得。

笛声似乎消失了，姜璃睁开眼，一张脸与她近在咫尺，是苏鎏。

她没有到现实。

苏鎏双眼紧闭，似乎晕了过去，她试着动了一下，苏鎏竟然就醒了，与她对视。

呃……

两人呈原来的姿势躺着，她的双臂紧紧搂着他的脖子，双腿紧紧地盘在他的腰间，她在下，苏銮在上，两人身上还绑着腰带，毫无间隙。

"松开！"苏銮花了一点时间才看清两人的姿势，额头上一块地方被姜璃撞得通红，他的脸却更红，嘴唇直发抖，又说了一遍，"松开。"

姜璃也有点不好意思了，但身体疼得实在懒得动一下，说道："再等一下，让我缓一下行不？"

"不行，松开！"苏銮的脸红得可以煎鸡蛋了。

姜璃道："那你自己松。"

苏公子于是乱动了一阵。

"腿别缠着我的腰，松开。"苏銮的声音竟然有点哑。

姜璃于是试图动动腿，半晌，道："好像断了，动不了。"

"你！"苏公子又乱动了一阵，然后抬头看姜璃，道，"你捆的时候把我的手臂一起捆进去干什么？"

"这个……"姜璃是真有点不好意思了，试着松开了抱住苏銮脖子的手臂，但两人间仍捆着腰带，所以还是紧贴在一起的姿势。她又想去解腰带，但发现双臂根本没有力气，连抬一下手也困难，于是又躺下来，道，"我再缓缓。"

苏銮是趴在姜璃身上的姿势，拼命地往上仰起头，不想靠在姜璃的身上，但实在辛苦，好几次要垂下来，又拼命地往上仰，口中道："你缓够了没有？"

姜璃动了动手臂，还是没力气。她看着苏銮一脸辛苦，哭笑不得，道："身体都贴着了，你还在乎头靠在我身上？"

"这不庄重，我不要。"

"庄重个鬼。"

"林羽离你故意的。"

姜璃大笑，躺在那里，道："我是你妻子，故意又怎样，乖乖靠着，别折腾，让为妻我缓一会儿。"她还真不是故意的，刚才跌下来时她是垫底的，一条腿断了，双臂被撞得麻木，是真的动弹不了，可这人偏一副贞洁被玷污的表情。

苏公子总算是扛不住了，不情不愿地靠在姜璃的颈间，刚才的徒劳无功花掉了他所有的力气，此时拼命喘着粗气，全从姜璃的领间灌进去，惹得姜璃直笑。

"好痒，相公，不要啦。"就算此时她也不忘逗他，声音娇羞，她本就是个不拘小节的人，现在不是她的身体，也不是在现实中，所以更加胡作非为。

果然，苏鎏被激得又仰起头，脸又是通红，骂道："你乱叫什么？"

"痒啊，相公，很痒。"

"林羽离，我回去休了你，马上休了你。"苏鎏气急败坏，根本不知道自己说了什么，身体动了几下，催道，"动，快动。"

姜璃就差没哈哈大笑了，硬憋着，娇羞地说道："相公，你一面要休了我，一面又让我动，为妻好为难。"

苏鎏的脸"噌"的一下烧起来一样，声音都变了，道："我让你动是让你解腰带，你胡说什么？"

姜璃抬了抬手，手上稍稍恢复了点力气，却赖着不动，盯着苏鎏通红的脸，忽然又正色起来，道："我是你妻子，肌肤之亲天经地义，跑哪里去理论都不会说是我的错，你为什么要这么讨厌我？当我像毒药一样。"

苏鎏一怔，没想到她这时候忽然这么问，皱眉，道："我要娶的是守礼、识大体的女子，而不是像你这样举止轻佻大胆、毫不庄重的女人，这样的人根本配不上我苏鎏。"

"守礼？什么都规规矩矩吗？两人独处时也一样？"

"当然。"

"那要怎么生孩子？"

"我……我自然会安排的。"

"连碰触都说是不庄重，怎么安排？"

"碰触当然是可以的，只是不能像你这般轻佻。"

"轻佻？"姜璃眼睛往下看了看，道，"那么请问相公，你现在顶在为妻小腹上的东西算不算轻佻？"

姜璃毫无意外地看到苏銮的脸"秒红"了。这次他竟然没有反驳，而像是被姜璃大胆的话吓住了，看着姜璃。姜璃原本只是想趁这个机会替自己身体的主人讨个公道，但说着说着就成了现在的局面，她以为自己是现代人无所谓，但下一秒脸也红起来，两人就这么互看着。

好半晌。

"你还算是女人吗？"苏大公子边红着脸边咬牙切齿，"大家闺秀会说出你这样的话吗？"

姜璃被他吼得一愣一愣的，就差没捂耳朵，心想，既然都扯到这个话题，那不如说个清楚，于是说道："相公，你那东西似乎越演越烈了。"

"谁、谁让你一直动！"苏銮说话都结巴了。

"相公既然这么讨厌我，就不该有反应。"

"那是意外。"

"所以谁都可以，不管是不是守礼的女人，谁都可以？"

"不是，不是，说过是意外。"

"我的命好苦。"那边抽噎起来。

"林羽离你够了！"

两人闹得正欢。

"人还活着吗？"忽然，从上面传来一个人声。

两人顿时都静下来。

"快，快把腰带解开。"苏銮催道。

姜璃不理他，解腰带需要时间，当然是先求救，张嘴正准备答，苏銮忽然低下头来用嘴堵住她的嘴。

姜璃脑中一蒙，难以置信地看着他，这人是忽然开窍了？只是开窍的不是时候吧？

好一会儿，苏銮才松开，脸又是红的，说道："先松开腰带，我可不想有人救我们的时候，看到我们这样，太不庄重。"

姜璃傻眼，原来并不是开窍，随后道："叫救命比较重要吧。"

"你再说，"他的唇又凑上来，刚刚相触过的唇上带着晶亮的唾液，竟然有些诱人，苏公子此时毫无羞耻心，"快解，不然我……"

如果可以姜璃还真想再逗他，但此时真的救命比较重要，手上虽然还没多大力气，但已经可以动了，她咬牙拼了命地去解那个绳结。刚才为了救苏鎏，那个结竟然打得很死，她费了九牛二虎之力，生怕上面的人走掉。

好不容易解开，还没来得及喊救命，从上面抛下一根绳子来，只听有人道："如果还活着，就抓住绳子，我把你们拉上去。"

苏鎏爬过去想拉住。

"等等。"姜璃一把将他扯回来，她忽然想到，上面的人如果就是那个想杀苏鎏的人怎么办？

"做什么？"苏鎏回身看她。

"我腿断了，你先让我上去。"自己先上去，看看上面的人究竟是谁，反正人家想杀的不是她。

苏鎏看着她歪在一边的腿，皱了皱眉，却没说什么，见姜璃爬过来，把手中的绳子系在她的腰间，然后拉了拉绳子，冲上面道："用力拉。"

林羽离是个很娇小的女子，轻易就被拉了上来，姜璃这才看清，他们并没有掉到崖底，而是掉在了离崖顶不远的一块突起的石头上，也亏得两人命大。

姜璃被拉了上去，看到拉她上来的是一个年轻和尚，看上去二十不到，看到姜璃时，笑着道："还有位施主在下面吗？"

看来是寺里的和尚，不像坏人，姜璃稍稍放心，看他竟然在笑，有些古怪，道："我们差点摔死，你笑什么？"

和尚抓抓亮光光的头，仍是在笑，道："施主有所不知，你们能掉在那块石头上也是你们的缘分。"

"缘分？"

"是啊，那石头叫'命不该绝'，山上大觉寺的创寺高僧戒空师祖还未出家时因为走投无路想跳崖自杀，结果掉在了那块石头上。他在那块石头上不吃不喝三天三夜终于大彻大悟，被人救起后，就在山上建起了大觉寺。说起来这块石头是本寺的圣地呢，只是太过危险，所以不准寺僧上去修行，"和尚边说边又把绳子扔下去，"问我为什么会笑，是因为你们被'命不该绝'救起，也算有佛缘了。"

和尚虽然年轻，但力气竟然很大，一边跟姜璃说话，一边已经把苏銮拉了上来，万丈深渊在脚下晃，苏銮被拉上来时脸色苍白，抚着胸口倒在地上。

姜璃慌忙爬过去，将他平放在地上，一只手轻轻地抚他的胸口。

过了一会儿，苏銮总算顺过气来，和尚在旁边看着，伸手搭苏銮的脉，见苏銮睁开眼，念了声佛号。

"你怎么知道我们掉下崖的？"坐了一会儿，姜璃问和尚。

和尚的手指仍搭在苏銮的脉上，道："是赵大师说的。"

"赵大师？"

"就是大觉寺门口那个算命的，他跟我们方丈是好友，算的命可真是准。"和尚说着，松开搭着苏銮脉上的手，站起来道，"脉象稳一些了，走，我带你们去见赵大师。"

和尚说着，看看姜璃，也不忌讳，蹲下身，道："你走不了，我背你吧。"

换作别的女子，被个年轻和尚背着算怎么回事，但姜璃才不在乎这些，伸手趴上去道："多谢小师父了。"

苏銮眼看着姜璃就这么趴在一个和尚身上脸色别提有多难看，但眼下也没有其他办法，只能忍气吞声地跟在身后。

还好和尚是顺着小路走，没有走大路，不然一路上被众香客瞧着，更不成样子。因为要照顾苏銮的身体，所以走得极慢，好不容易才回到大觉寺，和尚直接绕到后院，自后门进去，将两人带进一间厢房。

一进厢房便是一股茶香，一个老和尚正和一个中年人在对坐饮茶，而那中年人正是那个算命的。

年轻和尚将姜璃放下，也不多话，向老和尚行了个礼就出去了，留下苏銮和姜璃在里面。

　　苏銮刚才发心疾，接着又走了这么长时间的山路，身体已经吃不消，年轻和尚刚离开，他竟然站不住，眼一翻，晕倒在地上。

　　姜璃被放在一张椅子上，行动不便，眼看着苏銮晕过去，正要单脚下地，那边的老和尚念了声佛号，已经走到苏銮跟前，将他抱起，放在旁边的榻上，伸手搭他的脉，搭了一会儿，自怀中掏出一个瓶子，倒了颗药丸塞进苏銮的嘴里。

　　"已无大碍了，女施主放心。"老和尚回头对姜璃道，人又坐回原来的椅子上。

　　"多谢师父。"姜璃点点头，视线回到那中年人身上，自始至终他都在喝茶，一双眼睁着，结着一层白内障。

　　"大师是怎么知道我们会掉下崖去的？"她开口问那中年人。

　　中年人放下茶杯，道："自然是算出来的。"

　　算出来？听上去多少有些玄乎，但姜璃随她老爹，虽然相信科学，却不排斥会有科学解释不了的事，比如说她自己的能力。她在心里计较了一下，心想这大师真有超能力也不一定，便问道："那师父能不能帮我算个人的去向？"

　　中年人一愣，用那双空洞的眼"看"着姜璃，道："这个我算不出来，算谁的命，那个人就必须在我面前才行。"

　　姜璃有些失望，她本来想问赵常芝的去向，现在看来是不行了。

　　她回头看榻上还未醒来的苏銮，想到既然赵常芝问不到，那不如直接问虫子的事，或许这算命的知道一些。

　　心里斟酌了一下，姜璃才道："其实今日坠崖之事没有那么简单。"

　　她忽然转了话题，中年人愣了一下，道："怎么说？"

　　"我相公的体内不知被放进了什么东西，方才下山，我与相公好好坐着休息，忽然响起一阵笛声，我相公便不受控制般、中了邪似的，循着那笛声去了，接着就走到崖边欲跳下去，拦也拦不住。"她眼见中年人的表

117

情变了变，接着道，"大师，你有没有听过一个传说？"

"什么传说？"

"说是有一类人，以虫杀人，将虫子放入人的体内，利用笛子控制母虫散发气味，从而催动人体内的虫子，达到控制人的目的。你说我相公是不是被人喂了虫卵，受虫子所控？"这样问其实很突兀，再怎么样也不可能直接就扯到那些虫子，但姜璃管不了这么多。

果然中年人的表情大变，人竟然站起来，道："你怎么知道这事？"

看他这样的反应，姜璃知道自己押对了，反问道："大师也知道此事？"

中年人怔了怔，道："鬼苗以虫杀人，知道此事的人并不算少数。"

"只是极少人知道他们是怎么以虫杀人的，夫人是从何而知的？"一旁的老和尚却说道。

"我如何知道不重要，我只想问两位，可有解法？"对姜璃来说，这才是关键，找不到赵常芝，并不一定这里就没人知道驱除这些虫子的方法了。

中年人却摇摇头，又坐回去，双眼空洞地"瞪"着地面，道："不知，若有解法，我也不会成现在这样子。"

这句明显话里有话，姜璃不由得问道："大师这话是什么意思？"

中年人沉默了一会儿，似乎在考虑要不要跟姜璃说，半晌才指着自己的眼睛道："看到我眼中这两团白雾吗，这不是病变，而全都是虫子。"

姜璃一怔，瞪大眼，盯着那层白内障，忽然间就想起来，某一天她在警局外，将早餐送给一个两眼患白内障的算命老人，那老人提醒她不要出远门。

"鬼苗以虫杀人，就是往人肚子里放虫卵，再用母虫发出的气味催动，之后要杀要剐，全受鬼苗控制了。但还有更可怕的，"中年人扶着椅子又坐下来，道，"有极少的人会被用来培养新的母虫。"

姜璃张大嘴，大体已猜到中年人后面要说什么。

"我就是那极少数的人，很多虫在我体内，长到一定大小就会相互蚕食，剩下最后一条时，它会再把我吃掉，成为母虫，所以当我眼睛里的白雾开始消失，也就是我的死期到了。"他说到这里似乎自己也被自己吓住了，停了停才继续道，"幸亏我被当作新一代母虫培养的盛器后，那条老的母虫似乎无法再用气味控制我，我才有机会逃出来，我现在比任何人都想知道解法。"

他这样的形容实在太恐怖，姜璃额头上冒冷汗，喃喃道："大师，我知道一个人，他有解虫的药方，只是不知道他在不在世。"

"何人？"中年人和那老和尚同时问道。

"六合堂赵常芝。"

"赵常芝？"

"是，世事无常的常，灵芝的芝，两位可有听过。"

中年人与那老和尚都愣住，一脸古怪。

姜璃发急，道："可听过？"

老和尚道："施主听谁说这个人有解法？"

姜璃一怔，反问道："师父难道认识这个人？"

老和尚看看旁边的中年人，中年人缓缓道："说来很巧，我也叫赵常芝，只是不知道是不是你要找的那个赵常芝。"

这回轮到姜璃愣住了，看了那中年人半晌才回过神，问道："你也叫赵常芝，那可开过一个名为六合堂的医馆。"

中年人摇头，道："不曾。"

姜璃简直头大，谁说找到赵常芝他就一定开了个医馆叫六合堂，隔几年再开也有可能，但眼前这个人到底是不是自己要找的人？

事情到此处显然是又卡住了，姜璃想了半天，才又对那中年人道："我找的赵常芝配了一张药方可以杀死那些虫子，大师有没有在配这样的药？"

她见中年人不答，脑中回忆了一下，将从易兰泽那张古董药方上看来的几味药报了出来，果然看到中年人的表情越来越古怪，最后整个人都颤抖起来，向着姜璃的方向道："你怎么知道我药方里的内容？"

听他这么问，姜璃一把抓住中年人的手臂叫道："大师，你就是我要找的赵常芝。"

一个已婚妇人，之前知道那么多事已经够让人奇怪，如今毫不避嫌地抓着个男人的手臂就更让人费解，中年人往后缩了缩，又问了一遍："夫人怎么知道这张药方的事？"

姜璃此时没对着赵常芝的脸亲已经不错了，见他受惊吓似的往后缩，这才意识到自己仍在明朝，心里想了一下要怎么答才合理，半天才道："是我过世的祖母托梦告诉我的，说是我相公会有难，必须要找到一个叫赵常芝的人，说他可以帮我，那几味药就是她在梦中报给我的，只是没报全我便醒了，之后也不知道那是什么意思，直到现在才知道。"

古人果然信这一套，那赵常芝竟然很有些遗憾，说道："夫人报的那几味药正是我配出来的一部分药，可惜夫人没听全，不然，那药方就能配全了也不一定，真是可惜了。"

姜璃一怔："药方没配全吗？"

赵常芝道："最后几味药，我绞尽脑汁，也请方丈大师一起帮忙，但实在是无计可施。"

"无计可施是什么意思？"

"我与方丈大师想到要配什么药，却得不到。"

"配什么药？"

"鬼苗人的血。"

"鬼苗？"

"鬼苗之所以能控虫却没有虫进入他们体内，是因为他们自小就吃一种药草。这种药草我们吃已经来不及，但他们日积月累吃了几十年，血中的药性就极强，只要得到几滴就可以了。只是，"赵常芝皱起眉，道，"只是找到一个真正的鬼苗不容易，江湖上想雇他们杀人，也是见不到真人的，我们就算找到鬼苗，让他束手就擒给我们取血更不容易。"

"大师身上的虫是怎么中的？"姜璃沉默着听完，忽然问赵常芝。

赵常芝一愣，随即明白姜璃要问什么，道："我在深山采药时被几个鬼苗抓去鬼苗寨，那时他们的母虫即将死去，便拿我来培养新的母虫。我侥幸逃出来，如今我为了配药，曾经想找到那处鬼苗寨，却无论如何也找不到了。"

姜璃皱起眉，一时也想不出到哪里去找个鬼苗来。

"不过，现在我们可能有个机会。"

"什么机会？"

赵常芝道："苏公子会往崖下跳，当时那母虫必定在崖下，而母虫在鬼苗眼中就是圣物，有母虫的地方，操纵它的鬼苗必定就在附近。"

姜璃一愣，她只是为了问药方的事情，才胡诌苏鎏中了虫，谁知道他当时到底是中了什么邪，哪有这么巧真的中什么虫？

"我只是猜测我相公今天的症状与那些虫子有关，万一不是呢？"

赵常芝却道："你以为我是怎么算出苏公子今天有杀身之祸的，是因为我嗅到他身体里虫子的气味，我便知道，必定有人要杀他。"

姜璃不由得吃惊地看向那边还在昏睡的苏鎏，不会吧，真的中了？

"我体内有虫，虽然不是同一条母虫所生产的，但也会有感应，只要这里确定有母虫，我就能感应到它的气味。"赵常芝道，"母虫所控制的猎物一定是在它散发的气味范围内，只要苏公子还在这里，就说明母虫也还在这山上。"

一旁的老和尚道："那事不易迟，我们马上去找。"

他话音刚落，不知从哪里传来笛子的声音，时远时近，赵常芝叫了一声："不好。"

姜璃马上就意识到发生了什么，那鬼苗竟然杀了个回马枪，她转头看着躺在榻上的苏鎏，道："大师，他好像要醒了。"

赵常芝道："笛声一催，他体内的虫子就会醒来，他马上会醒。"他转头冲老和尚道，"得将他绑起来。"

"暂时不要。"姜璃却道。

见两人一脸疑惑，她说道："他会带我们找到母虫的所在。"

"万一苏公子有危险？"

"如果得不到鬼苗人的血一样也会死，不如让他带我们去找鬼苗。"姜璃道。

果然，苏鎏一醒就不由自主地随着笛声而去，老和尚和赵常芝立即跟了出去，姜璃一条腿断了，行动不便，只能在屋里等着。

时间已经是下午，为了今天的事，她连中饭都没吃上，此时只剩下她一个人，才觉得饥肠辘辘，正要拿佛案上的供果吃，却听屋外一阵吵闹，接着门一下子被撞开，之前那个年轻和尚冲进来，身上背着苏鎏。

"怎么回事？"

"人被困在这院中了，女施主，你和这位施主待在屋里不要出来。"说完，他把苏鎏往榻上一放，又跑了出去。

苏鎏是醒着的，只是相当虚弱，姜璃单脚挪了半天才挪过去，问道："发生了什么事？"

苏鎏面如死灰，捧着胸口道："虫子，好多虫子想吃了我。"

敢情是被吓的，姜璃道："在外面吗？我去看看。"

人刚想动，手却被苏鎏紧紧抓住，道："别去！"

姜璃笑道："怕我被虫子吃掉？"

苏鎏还是抓紧了她的手道："反正别去，这种场面不是你一个妇道人家该看的，给我老实在这里待着。"

姜璃只觉得苏鎏的手冰冷，显然是那些虫将他吓得不轻，但却是难得地顾及到她的安危。姜璃于是没有再想出去，而是在榻上坐下道："刚才发生了什么？"

苏鎏的呼吸还是很急促，闭上眼道："别问这么多，待着便好。"手还是抓紧了姜璃的手没放开。

姜璃知道他怕极了，于是故意分散他的注意力，开玩笑道："是危险的事吗？相公可要保护我。"

苏鎏睁开眼，看着姜璃，没好气地说道："我这副样子怎么保护你，如果外面的虫子进来，你就快逃。"

"那相公你呢？"

"你只管自己逃就好。"

"可是，"姜璃指指自己断了的腿，道，"我可能没法逃。"

苏鎏这才想到姜璃断了腿，一时无言。

姜璃看着他的神情，笑道："若不能逃，与相公死在一起，为妻心悦诚服。"

苏鎏狠狠瞪她一眼，道："说什么鬼话！谁要跟你死一起？"说完松开她的手，干脆背过身去了。

姜璃任他闹脾气，听外面打斗声不断，心里清楚那虫子非常难对付，不知道外面是什么情况，会不会真的冲进来，要了她和苏鎏的命？

"你在崖上时为什么要救我？"姜璃正胡思乱想，榻上的苏鎏背对着她忽然问道。

姜璃一愣，这是要开始感激她了吗，于是道："你是我相公我当然是要救的，倒是相公，好好的为什么要跳崖？"

"谁要跳崖，我只是当时有点头晕，"苏鎏猛地转过来，瞪着姜璃道，"若不是你硬要与我绑在一起，分量太重，那崖边的石头会塌下去吗？我们也不会滚下崖去。"

呃？这人真是……

姜璃气极反笑，道："既然你说没想跳崖，为何要说救这个字呢？"

苏鎏语塞。

姜璃又追问道："崖底到底有什么，让相公撇下为妻，奋不顾身地跳下去？"

她是故意气他，果然看到苏鎏咬了咬牙，又背过身去，他道："我没跳崖，等回了家也不许胡说八道，不然我休了你。"

又是这样的威胁，这男人就没有其他招数了？姜璃实在懒得跟他说话，而就在这时，忽听外面老和尚的声音在喊："住手，赵施主！"

那一声叫得特别响，闷雷似的，将屋里两人吓了一跳，姜璃扶着榻站起。

出了什么事？

外面又猛地静下来，姜璃有些沉不住气，榻上的苏鎏也转过身来。

等了一会儿，门外依旧没有动静。

"我去看看。"姜璃扶着榻就要往外挪。

"你坐着别动，我去。"苏銮一下子坐起来，但抚着胸口又躺了回去，脸色痛苦万分。

姜璃拍拍他道："你就躺着吧，我看一下不会有事。"

说完，姜璃忍着痛往门口移，身后苏銮还叫着让她别过去，她没理会，移到门口，想也没想地一把将门推开，扶住门框往外看。

外面一片狼藉，一个看上去只有十岁左右的孩子被刺中了胸口，歪斜地躺在一个木箱里，而握着刺中孩子那柄刀的人竟然是赵常芝。

怎么回事？哪儿来的孩子？姜璃心口猛跳，一时愣神地看着那柄刀。而下一秒，忽觉耳边生风，她还没来得及反应，人已经被扯出屋去，姜璃只觉得一个人的手臂自身后环住了她的脖子，同时有一把刀顶了上来。

"你们杀了我的虫后，我也要你们陪葬。"身后那人喊着，声音颤抖，显然人很激动。

这突来的变故，让院中另外三个人回过神来。

老和尚首先发话："这件事与这位女施主无关，你放了她。"

"什么有关无关，我的虫后死了，谁都该死。"那人已经失去理智，说话间，握刀的手已经举了起来。

本来这样的挟持对姜璃来说根本不算什么，分分钟可以解决的事，但坏就坏在她现在断了腿，而且身体也不是自己的，是个不到一米六，瘦小柔弱的女孩子。她根本使不出力来，之前坠崖，现在又要被砍，看来这回是真的能回到现实了。

脑中这样想着，忽听身后的人闷哼了一下，举刀的手也不自觉地顿了顿，姜璃哪可能放过机会，张嘴对着环住她脖子的手臂就是一咬，手肘同时向那人的腹部狠狠撞去，等那人吃疼大叫，她已握住那人拿刀的手臂，反扭在身后，那人不得不跪倒在地上，丢了刀，痛叫不止。

下一刻年轻和尚已经跳过来，将那人制住。姜璃因为勉强用断了的腿施力，已经一头一脸的冷汗，想到刚才身后那人的闷哼，她不由得向后看，一只鞋掉在她身后的地上，再向后看过去，苏銮倒在门口，晕了过去，一只脚上的鞋已经没了。

这人……

姜璃无端地心头一暖，也不管其他人，一下下地往苏銮的方向挪。

年轻和尚将人绑了起来。姜璃坐在门槛上，看苏銮呼吸微微有些急，脸色越发白，连唇也有些发紫，她扶着他的头让他枕在她的腿上，一只手轻轻在他胸口帮他顺气，眼睛这才看向那个人。

那人瘦小而黝黑，不像是汉人，双眼满是凶光却又带着无边的绝望，是鬼苗吗？

年轻和尚等着老和尚下命令，老和尚摆摆手，向赵常芝走去。

赵常芝已经抽出了刀，因为看不见，眼睛四处转了转，问道："方丈大师，母虫真的给我杀了？"

老和尚念了声佛号，双眼怜悯地看着木盒中的孩子，有一条拇指粗细的虫子从孩子的口中露出一个头，已经死了，道："是。"

"那母虫很大吗？为何我那一刀像是刺入人体一样？"

老和尚叹气，道："是，很大。"

姜璃在一旁看着，立即明白，赵常芝是不知道自己所杀的母虫是个人，而老和尚是在骗他。

只听老和尚又叹了口气，冲年轻和尚道："明心，你从鬼苗身上取几滴血，然后交由官府处理，就说此人在寺内行凶，料想他没了母虫也不可能再造什么罪孽，切记今天的事不可向任何人提起。"转头又对赵常芝道，"赵施主，你速去配药，药方若成，不止可以救自己性命，从此鬼苗行凶便有破解之法了，也是功德一件。"

年轻和尚点点头，拖着鬼苗走了，赵常芝则跟随其后。

等两人离开，老和尚这才回头看着姜璃，道："女施主，今天的事请不要与他人提，这虽是人，但已成了母虫的盛器，已成妖物，人人可诛。赵施主杀他不算造了杀孽，何况他根本看不见，若天道追究全由老衲一人承担。"

姜璃点头，道："我明白的。"说完再看一眼那边的孩子，皮肤青紫，两颊干瘪，像一具干尸，而一截虫尾自他的口中露了出来，样子相当恐怖，想了想，"出家人不打诳语，方丈大师是怕赵大师愧疚，才骗他的？"

"老衲没有说谎，只是不说。"老和尚双手合十，念了句佛号，虽然撇清干系，神情却是内疚的，继续说道，"母虫究竟什么样子，在这之前我和赵施主都不知道，只是没想到它会盘踞在人体内，被那鬼苗装在一个木箱中，随身带着。那孩子尚有口气在，虽已化妖，但总是条人命，赵施主看不见，是循着虫子的味道去的。那些金色的虫子并不攻击他，可能也是嗅到了他身体里培育的母虫气息，所以杀这条母虫，他比我们更容易，看不见，也许是佛祖的慈悲。"

姜璃道："这事没什么可愧疚，这孩子成这样早已是死人，赵大师不杀他，他会杀更多的人，怪只怪那鬼苗连个十岁不到的孩子也不放过。请放心，方丈，今天的事我不会提，就当赵大师杀的是一条虫，还有，"她低头看着还在她腿上昏睡的苏鎏道，"我看我相公知道得并不多，不然就不会吓晕过去，他醒了若来相问，什么也别告诉他，免得又吓得犯病，我下半辈子可是要仰仗他。"若苏鎏知道自己娶的老婆竟然知道虫的事情，还以他为饵，寻找鬼苗的所在，正常人都会生气吧。自己是能回到现实，但这具身体的主人不知道又要被苏鎏如何看待了，估计真要休了她。

老和尚点头，看姜璃的眼神带着淡淡疑惑，毕竟这样大富之家的太太如此临危不乱，实在少见，但转念一想，终于只是念了声佛号，站起身去处理院中的狼藉。


为了防止体内还有其他的虫子，那孩子最终被火化了。大火燃起，又渐渐熄灭，老和尚开始念起超度的经文，超度那个孩子也超度被他体内的母虫吃掉的人，姜璃听着，想着那可怜的孩子，深深地叹了口气。

孩子的骨灰被装进了坛中，就埋在院内，老和尚继续他的超度，毕竟是杀孽，老和尚是准备用余下的时间为那孩子超度，来替赵常芝赎罪。

本来枕着她腿的苏鎏忽然咳了咳，姜璃低头去看，却见他已经醒了，抓着喉咙又咳了几声，然后咳出一摊血来。

姜璃吓了一跳，大声叫外面的老和尚。老和尚跑进来，看到屋里的情形也是一惊，伸手搭苏鎏的脉，半晌，皱着眉又去看地上的那摊血，看了半天才终于松了口气，对姜璃道："不碍事，是母虫死了，所以你相公肚中的虫子也死了，被吐了出来。"说着指尖在那摊血中一挑，挑出一颗细小的白色东西。

姜璃凑上去细看，果然是虫的形状。

这么说，杀死母虫也可以得救；她若有所思，苏鎏却已经清醒了。他疑惑地看着自己吐的血，然后忽然想到什么，又急急地看向姜璃，见姜璃好端端地坐着，腿还给他枕着，这才有些不好意思地勉强坐起来，眼睛却是看着老和尚，问道："那凶徒是不是杀了那孩子，现在可抓起来了？"

老和尚看看姜璃没有答话，站起身出去了，显然他是不想说谎。姜璃咳了咳，道："抓去送官了。"

"那、那些虫子呢？"

"方丈烧了。"

苏鎏听到这里才放心些，看看地上的血，神情有些哀伤，喃喃道："我竟然开始吐血了，看来病越来越重了。"说着失魂落魄地站起来，缓慢地往榻那边移，然后慢吞吞地躺下。

姜璃很想说这摊血跟他的病情没关系，但想想还是算了，非常配合地说道："相公，你可要保重身体，为妻下半辈子都靠你了。"

毫无意外的，听到榻上的人哼了一声，理都不理她。

姜璃不由得苦笑，这男人从刚才的表现来看，其实挺有担当，却偏要这么别扭做什么呢？

正想着，却听门外传来声音，姜璃以为是赵常芝配好药回来了，自开着的门往外看，看到寺中的小和尚跑到老和尚跟前道："方丈师父，寺外琅琊庄来人问苏大公子在不在寺内？"

是苏家的人找来了？屏开摔下石阶，主子同时不见，虽然不知道之后发生的事，但一早出去，现在未归，派人来找，再正常不过。

老和尚吩咐了几句，来通报的小和尚便很快走了。

姜璃眼看着小和尚走了，心道，不行啊，她还要等赵常芝药方的结果呢，这次若回去，再想出来就难了。

正想找理由再拖一拖，却听榻上的苏銮道："等一下不要胡说八道，就说我犯病在寺中休息，不要提起坠崖的事，免得让家里人担心。"

姜璃本要随口应了，却忽然想到什么，下意识地看向苏銮，他已经坐了起来，脸上满是倦意，他真的对所有事情一无所知吗？就算不清楚虫子的事情，但坠崖之事太蹊跷，他真的毫不怀疑？还是他在装糊涂？姜璃之前脑中只有虫子的事，对这位苏公子也只有体弱别扭的印象，现在听他这么说，不由得怀疑他并没有表象那么一无所知。

苏銮抬头见姜璃看着他，瞪了她一眼，道："看什么看？听到我的话没有。"

姜璃点点头，想了想道："为妻有一事想向相公坦白。"

苏銮眉一皱道："何事？"

"之前进香，为妻去如厕，相公可还记得？"

"哼！"苏銮这算是回答了。

姜璃不以为意，道："为妻去的途中与丫鬟走散，回头找时发现丫鬟被一个陌生男人叫去，为妻好奇跟过去，于是听到他们在说有关相公的事。"

她说完停在那里，去看苏銮的表情，苏銮垂着眉眼脸色有些阴沉。

"他们在讨论伤害相公的事。"姜璃继续把话说完。

苏銮半晌都没有声音，脸上表情不意外却带着淡淡的愤怒，看来他心里是知道一些的，而姜璃忽然说出这些，一是试探他到底知不知道有人要害他，另外是怕他真的什么都不知道，说出来提醒他一下也是必要的。

"这些话应该是你听错了，回去也不要乱说。"半晌，苏銮抬头看她，口气有些严厉。

姜璃有些意外他这样的反应，却并不反驳，反正该提醒的已经提醒了，这里人的生死其实跟她没有太大关系，她以后也许再也不会来了。

于是，她难得温顺地答了一句："是的，相公。"

她话音刚落，门外又有人声传来，姜璃抬起头，只见一个穿着月白锦衣的年轻男子走了进来，身后还跟了几个仆人，而丫鬟小红竟然也在其中。

那年轻男子与苏鎏一般高，肤色却略黑些，长相英俊，一双眼却给人一种精明爱算计的感觉，不是很讨喜。他看到躺在床上的苏鎏，几步走上去，关切地说道："大哥，可找到你了，家里人都急死了。"

听他叫"大哥"，姜璃又将那男子打量了一遍，是要害苏鎏的那个幕后黑手吧，竟然亲自来接，是怕想杀苏鎏的事留下什么破绽，所以来清理蛛丝马迹的？

"我没什么事，只是下山途中犯了病，又与他们走散，是你嫂子上山通知寺里的和尚，还因为走得急，跌了一跤，摔断了腿。"苏鎏这回坐得笔直，表情清冷地将谎话说了一遍，最后指指姜璃。

姜璃忙配合地露出一脸担忧的表情。

"苦了大嫂了。"男子向姜璃行了个礼，回头对身后的仆人道，"快扶大少爷和大少奶奶上轿去，我去向方丈道谢。"说着又向苏鎏弓了弓身，出去了。

除了长相不讨喜，还真看不出有奸诈的痕迹，姜璃这样想着，见小红来扶她，便伸出手让小红扶，同时问道："屏开摔得怎样？"

小红一怔，随即恭敬地说道："多谢少奶奶关心，屏开摔破了头，大夫说只是暂时昏迷，马上便会醒的。"

姜璃只是哼了哼，重心故意全压在小红身上，出了屋去。

临走时，姜璃还想着药方的事，但显然不可能再等，本想拉着经过的小和尚跟方丈带话，让他有消息便捎个信给她，可小红却寸步不离，直接将她送进了轿中。

轿子摇摇晃晃地下山去，途中经过那一片花海，姜璃自轿中往外看，那一大片紫红在眼前闪了闪，她脑袋一痛，然后眼前一黑，便什么感觉也没有了。

## 05　真的可以死吗？

自己似乎在黑暗中飞过，以极快的速度，然后姜璃感觉有人在摇她，渐渐地能听到声音。

"这丫头还真厉害，就要被吃掉了，还能睡这么死。"是阿凯的声音。

姜璃奋力地睁开眼，眼前一片昏暗，阿凯那张肥硕的脸就在眼前。

"我的妈，你想吓死我啊！"姜璃一口气没提上来，往后缩了缩。

"要被吃了，你还睡觉。"阿凯又抱怨了一句，摸摸鼻子终于移开他那张脸。

"现在什么时候？"姜璃坐起来。

"早上六点不到。"林莫看了眼腕上的手表道。

"我睡了一个晚上？"姜璃道。

"不然呢？"阿凯对她翻了个白眼。

姜璃不说话，脑中还有点混乱，这感觉有点像倒时差，尤其看到易兰泽，这种混乱的感觉就更强烈。

易兰泽还在研究那张古药方，拿着平板仔细地看。

"他不会是一晚上都在看这个吧？"姜璃问林莫道。

林莫摇摇头道："他跟你一样也刚醒，我们四个人，就你和他心理素质最好。"

姜璃耸耸肩，爬到易兰泽跟前，道："易兰泽，我刚才做了个梦，梦的内容正好与这张药方上所缺的部分有关。"

易兰泽放下药方，看着姜璃，很简单明了地说了一个字："讲。"

林莫和阿凯这时也围上来，姜璃清了清喉咙，道："你们有没有注意那个鬼苗，就是曹四横，那些虫子对他完全友好，我不觉得虫子会认人，他一定是吃了什么东西，让那些虫子不敢攻击他。"

"所以呢？"

"所以那药方缺的部分可能跟鬼苗有关系也不一定。"

"有道理。"阿凯在旁边附和，但又皱起眉，"不过，是什么关系呢？"

姜璃胡诌道："或许是鬼苗的头发、口水、肉或者是血，放进药方，那药就全了。"

"听上去怪恶心的，"阿凯道，"你的梦是瞎做的吧？"

"嗯，那不如就试试。"易兰泽竟然把药方放好，面无表情地说。

几个人都傻眼地看他，姜璃心道，你接受得还真快，那个苏鎏还真没办法跟你比。

"我们要怎么试？"林莫道，"我们根本没办法靠近那个曹四横。"

"找机会，"易兰泽人站起来，忽然放低声音道，"他来了。"

果然，他话音刚落，顶上的盖子就被打开，曹四横居高临下地看着四个人。

"都出来。"他说着，扔了个绳梯下来。

"不会吧，那虫子现在就饿了？"阿凯一张脸顿时白了，哭丧着脸冲上面的人叫道，"我人胖，爬不上去。"

曹四横哼了哼，道："不合作的，先喂虫。"

一听这话，阿凯整个人抖了抖，慌忙抓着绳梯快速地爬上去。

等四个人都爬上来后，曹四横将四人又带到昨天的那座虫的雕像前，那群金色的虫子正静静地附在雕像上，像是睡着了。

姜璃盯着那座雕像，想到里面可能是一个还有口气的人，心里就一阵发寒。

"想不想见见虫后的样子？"曹四横站在雕像旁，冲四个人道。

"不是很想。"阿凯颤着声音道。

"不想看也得看，这是你们的机会。"曹四横冷笑道，"等一下虫后会做个选择，被选中的人，不用死。"

"那选中的人能离开这里吗？"阿凯问道。

曹四横只是冷笑，却不答话，自腰间拿出笛子吹了起来。

雕像上的金色虫子渐渐动起来，在空中化成金色的雾，最后全部聚在顶上挂着的一只破旧灯笼上。雕像现在呈泥土的颜色，显然是用泥烧制的。

曹四横放下笛子，朝那雕像恭敬地叩拜，念念有词了一会儿，然后起身，在那雕像身后拍了两下，只听"咯"的一声，那雕像竟然自中间裂开了，并且缓缓地打开，一股说不出的味道自雕像里散发出来。姜璃只觉得自己不由自主地发起抖来。

"啊！"雕像打开，是阿凯先叫了一声，然后一屁股坐在地上，口中叫道，"是……是个人。"

姜璃也看到了，是个老得不能再老的男人，头发全白疯长到腰间，整个人像干尸一样垂头丧气地站在那里，一点生气也没有。

果然是个人。

即使姜璃有心理准备，看到眼前的情境也吓得不轻，那还是个人吗？根本与木乃伊没有差别。

"他还活着吗？"一旁的林莫小声问，声音也是抖的。

"活着。"姜璃答了一句，转头看另一边的易兰泽也是愣在那里，也是，药方上并没有说虫后是什么样子，显然赵常芝到最后都被隐瞒着。

"你要让虫后怎么选？"姜璃冲曹四横道。

曹四横脸上露出欣喜的表情，道："已经选好了。"

"选好了？"

"对，就是他。"曹四横伸出手指，指向林莫，"并不是人人都适合，总算你们四人中有一个，也算我鬼苗不该绝。"

他说得如此意义重大，林莫愣在那里，不知该喜还是该忧，颤声道："虫后选中我要做什么？"

"顶替。"曹四横说完这两个字，又开始吹起笛子来，"先让我的虫后吃个饱，这才有精力培育新一代的虫后。"

姜璃只觉得那该死的吸引力又产生了，让她不由自主地向虫后跑去，再看旁边三人，也不由自主地跑了上去，而本来附在灯笼上的金色虫子又散成雾状，向他们笼罩过来，却偏偏没有攻击林莫。

姜璃的身体虽然不由自主，但脑子是清醒的，新一代的虫后？顶替？难道林莫要被用来培育新的虫后，像眼前那个干瘪的人一样，成为母虫的容器？

她猛然回头，对着还在那里发愣的林莫道："林莫，快跑。"

林莫抖着身体道："我动不了，怎么跑？"

话音刚落，那头阿凯忽然发出疯狂的一声咆哮，只见他咬牙切齿身形暴起，想朝不远处的曹四横撞去，只是没走几步，曹四横的笛声同时变得尖厉，大团的金色虫子同时朝阿凯笼罩过来，阿凯凄厉地叫了一声，跌在地上。

姜璃离阿凯最近，眼看着金色虫子全部附在阿凯的身上，心都揪在一起了。千万别和池劲、小米一样，她往地上乱找，也不知道捡到一样什么东西，想也不想地朝曹四横砸过去，却是一小块瓦片。

曹四横不得已闪避，笛声骤停，那些虫子也停止了攻击。

阿凯在地上狠狠地喘气，姜璃一刻也不耽搁，朝曹四横扑过去，曹四横反应也极快，笛声又起，那些虫子化成雾状反向着姜璃扑过来，姜璃心想这回完蛋了。

同一时间，也不知道谁的衣服劈头盖脸地罩在姜璃头上，同时搂住姜璃的腰往旁边一扯，暂时离开那团金雾的包围。

姜璃一屁股跌坐在地上，掀开衣服看个究竟，阿凯还躺在那里，表情惊魂未定，易兰泽被困在那团金色雾里，身上的外套已经没了。

姜璃不知道为什么竟然想到苏銮扔鬼苗的那只鞋子，虽然东西不一样，但那一刻与现在奇异地在她脑中重合了，只是她没时间想太多，那些虫子已经扑向易兰泽。

金色雾中，易兰泽竟然神态自若，手中举着他的手机，手机发出收音机在无信号时波动的尖锐声音，他将声音调到最大甚至盖过了笛子的声音。

本来攻击易兰泽的虫子狂躁起来，而那边的木乃伊开始整个人扭曲。

"你做了什么？这是怎么回事？"曹四横放下笛子惊恐地看着他的母虫。

易兰泽不理他，继续把声音放到最大。而姜璃也不是傻的，看曹四横惊慌失措，站起身，冲到曹四横跟前，抬腿就朝曹四横踢过去。

此时曹四横的注意力全在母虫身上，根本没有注意到其他，姜璃狠狠一脚过来，他当场被踢倒在地，再也爬不起来。

虫子有点失控的趋势，像无头苍蝇一样乱飞，易兰泽手机里发出的声音刺耳又尖锐，显然是打乱了原来笛音的频率，让本来受笛音所控制的虫后失去了控制。

"我们得快跑，这些虫子失去了控制会更可怕。"一旁一直不说话的林莫抖着声音道。

他的声音刚落，那些虫子忽然一窝蜂地往几个人身上冲过来。姜璃来不及想太多，人去扯还躺在地上的阿凯，大叫道："快跑！"

幸亏阿凯虽然被吓得半死，但还知道要逃命，爬起来就往楼下跑。

几个人同时冲下楼去，姜璃跑在最后，忽然想到曹四横还在楼里，虽然曹四横不怕那些虫子，但是现在却是拿到鬼苗血的好时候，一咬牙又返回去。

姜璃往回跑，还未跑到，就听到里面传来几声惨叫，姜璃表情一变，加快脚步冲进去，却见刚才满屋子乱飞的虫子全部附在曹四横身上，曹四横在那里拼命地挣扎抽搐。

怎么会？他不是鬼苗吗？赵常芝说他们的血可以杀虫，虫子怎么会攻击他？

姜璃想着，人已经跑上去，身后一个力道猛地将她扯回来，道："你想找死？"

是易兰泽，他竟然跟着一起跑回来了。

"药里缺的那部分也许就是鬼苗的血，但是为什么……"难道赵常芝是错的？

"没有什么鬼苗血，我猜鬼苗只是有控制母虫的能力，并且身上有母虫的气味，所以那些虫子才不会攻击他。但刚才，收音机的电波声，让那条母虫发出的气味紊乱了。"

"所以鬼苗血也没用了？"姜璃一下子有些绝望，眼睛看向那边的那具木乃伊，眼下只有一个办法，这是姜璃亲眼看到过有效的。

杀了母虫。

然而那人还是活着的，她不可能杀人。

易兰泽手机的电波声已经停了，曹四横的惨叫也停了，四周死一般静，易兰泽松开姜璃，慢慢地往母虫方向去。

"你做什么？"姜璃叫住他。

易兰泽不理她，往前走了几步又停下来，回头对姜璃道："他快死了。"

姜璃看向那具木乃伊，头耷拉在那边，整个人毫无生气，看上去确实活不长了，所以曹四横要培养新的母虫。

"母虫应该就在这个人体内，这个人死了，母虫肯定活不了。按昆虫的社会习性特点，它会在死之前培育新的虫后，"易兰泽说道，"所以它一定不会放过我们这几个食物，也不会放过林莫这个新容器，就算没有曹四横的笛子控制，就算收音机的电波频率暂时干扰了它，这是它的本能。"

"你想在它吃掉我们之前杀了它？"姜璃跟在易兰泽身后。

易兰泽回头看她，道："我从不杀人。"

"那你要怎么做？"

易兰泽正要说话，却听楼下阿凯的声音说道。

"姜璃、易兰泽，快点下来，我要烧了这幢楼。"说话间一股焦味蹿进鼻间。

姜璃一怔，阿凯这是想一不做二不休，她回头看看那具木乃伊，回身对易兰泽道："不管它了，我们先下去再说。"

易兰泽嘴张了张，还没说话，姜璃的脸色已经变了，大叫道："阿凯，这个笨蛋。"

她动不了，她被一股吸力吸引根本下不了楼，而同时楼梯上响起脚步声，不一会儿阿凯和林莫走了上来。

阿凯的脸色没比姜璃好看多少，道："该死的虫子，竟然又把我们吸上来了。"

林莫在后面喊："这是昆虫本能的应激反应，这回我们都要给那虫子陪葬，一起烧死了。"

那边原本附在曹四横身上的金色虫子又飞了起来，阿凯大叫道："易兰泽，你的干扰波，快点，快点。"

易兰泽道："那声音只会让它们更疯狂，你刚才放火的东西呢？"

阿凯回过神将手中的打火机递给易兰泽，易兰泽将刚才那件外套点燃，直接朝那些金色虫子挥过去。

那些虫子竟然不怕火，虽然有很多虫子着火掉在地上，但又有更多的朝易兰泽扑来。

姜璃看着情况不对，再这样下去大家都会被吃掉，她抬头看看那边的虫后，心中已经动了杀机，不如趁现在易兰泽暂时挡得住那些虫子，杀了虫后，只要能救大家，杀人罪就由她来承担。

她下了决心，人便要跑过去，却看见林莫像是失了魂一般在她之前走向虫后，虫后这是知道自己正处于危险，想在死之前在林莫体内产卵吗？

她下意识地就去拉住林莫，却听身后易兰泽的声音道："让他去。"

姜璃也不知道为什么要听易兰泽的，竟然没拉住林莫，而是跟在他身后，那头阿凯也如法炮制地点燃自己的外套，叫道："这个办法好，易兰泽你为什么早没想到？"

姜璃跟着林莫，走到虫后面前停下来。姜璃闻到自那具木乃伊身上散发出来的古怪味道，似乎比之前更浓了，她不自觉地想捂住鼻子，头却忽然针刺般地疼痛起来。那头阿凯也是"啊"的一声扔了点燃的外套，捧着头坐在地上，而本来被阿凯和易兰泽挡住的金色虫子全都朝虫后飞了过来，围成圈，将林莫还与虫后围在其中。

姜璃头疼得无法顾及太多，只见林莫又靠那具木乃伊近了一些，将嘴巴张到最大，而那具木乃伊的嘴也猛然张大，透过那团金色的雾看不真切，但姜璃似乎看到有一团白色的东西自木乃伊的口中爬出来。

是虫后，它是想爬到林莫身体里产卵，而那些金色的虫子成了保护的屏障。

姜璃想阻止，但只动了一下，头便疼得像要裂开一般，只能蹲在地上抱住自己的头，口中拼命叫着："林莫，林莫。"

虫后慢慢地整条爬出来，白而肥的身体往外探着，姜璃咬着牙，想把整个包裹木乃伊的雕像撞开，不让虫后得逞，人却已失力，神志也渐渐恍惚起来。

白色的虫子已经完全从木乃伊的身体里爬了出来，正往林莫的口中探。姜璃几乎绝望，却忽然听到易兰泽手机里的电波声音又响了起来，金色虫子围成的保护墙顿时一乱，而同一时间，燃着的外套猛地扫过那些金色虫子，一只手伸到林莫与那木乃伊之间，抓住正要探入林莫口中的虫后，用力一捏。

"吱"的一声，虫后的腹部被捏得爆开，姜璃的头痛竟然瞬间消失，而那些本来嚣张不已的金色虫子纷纷落在地上。

姜璃不用想也知道那只虫后终于死了，人趴在地上拼命地喘气，然后腹中一痛，一口血吐了出来，旁边的林莫和不远处的阿凯也是一样的反应，只有易兰泽，什么反应也没有，他把虫后的尸体装进一个塑料袋里。

姜璃过了一会儿才有力气爬起来，屋里已浓烟滚滚。

"可以动了吗？可以动就快走，整幢楼都着火了。"易兰泽踢了踢趴在地上只顾喘气的阿凯。

姜璃这才回过神，这幢楼已经着火了，再不走，就要被烧死在里面了。

她爬起来，伸手去探那具木乃伊的呼吸，已经死了，看来虫后死了，他也跟着死了。

"我们出去再说。"她看了易兰泽一眼，率先跑了出去。

四个人一路狂奔到小溪边，然后远远地看着那幢木楼整个燃起，大片的黑烟升起，一直冲向空中。

"妈的，终于逃出来了，我看到那些金色虫子死了，是不是我们体内的虫子也死了？"阿凯看着浓烟说道，"不过我们刚才吐血了，是不是伤到肺了？"

姜璃不理会他，而是看向易兰泽，易兰泽正用溪水洗刚才捏死虫后的手。

"曹四横不是将虫卵也灌进你肚子里了，我们刚才都头痛欲裂，为什么你没反应？"姜璃问道。

易兰泽手中的动作没停，道："我吐掉了。"

"吐掉？"

"嗯，我说过我不吃肉，只要一吃就会吐。"易兰泽平淡地说道。

"那虫子也叫肉？"阿凯怪叫道，"易兰泽，你的体质还真绝，算不算百毒不侵啊？"

"也许吧。"易兰泽不置可否。

姜璃看着他若有所思，她本来想问他为什么要把虫后放进塑料袋里装起来？但还是没问，人站起来，道："我们得快点离开这里，外面还有个曹金，杜燕琳不知道有没有危险。"

听到杜燕琳，一旁的林莫一下子跳起来，道："对，我们得快点找到她。"

也许是劫后余生，回去的路竟然走得很是轻松，当四个人走到出发时的那个瀑布的地方时，都各自吁了口气。

回来的路也花了两天的时间，于是出谷成了最急切的想法，四个人在瀑布稍稍休整了一下，就直接往谷外走，还好做过标记，并没有费多少工夫，等到第二天的天黑时，四个人已经到谷口，看到身后雾气缭绕的迷幻谷，只觉得像是做了场噩梦。

曹金与杜燕琳已经不在了，最好的可能是应该已经回去了，天已经全黑，四个人只好在谷口休息。

四个人在回来的路上几乎一句有关虫的话题也没讲过，虽然体内的虫已经被吐掉了，但似乎只要一提起，整个人就浑身不舒服，直到现在人真正放松下来，才敢提一下。

"你说那些虫子是不是有点邪门，最后一刻好像有智商似的。还有，"阿凯喝了口热水，"还有，虫后死了，那些金色的虫子竟然也一起死了，这个也太怪了。"

"我也在想这点，据我的了解，目前昆虫界还没有哪个品种，母虫死了，会让它所繁殖的幼虫一起死，这不符合自然规律，还有母虫寄生人体，那这个人又是凭什么维持生命的？"林莫之前被吓得不轻，几乎不怎么说话，此时才静下心来分析。

易兰泽一直在写他的日记，根本不听两个人的讨论，写了一段，他停下来看手中的平板，还是那张残缺的药方。

"我在想，残缺的那部分也许本来就没有写什么东西。"姜璃凑上去道。

"是吗？"易兰泽按掉平板，低头继续写日记。

姜璃看了几行，无非是这两天的经历，于是又凑近他一些，轻声道："易兰泽，你带着那只虫后干什么？我看你收起来了。"

易兰泽总算放下手中的笔，侧头看着她："研究。"

"研究？想学林莫做生物学家？"

"不行吗？"易兰泽又转回头去继续写。

姜璃于是不再追问，而是就着燃起的篝火看易兰泽的侧脸，完美得无懈可击，除了额头上包着的纱布有些煞风景，比起他们几个的灰头土脸、疲惫不堪简直好太多。

没有让她拦住林莫靠近虫后是他故意的吧，为的就是等虫后从木乃伊身体里爬出来时杀了它？他们处在危险中仓皇自保，这个人却超乎常人的冷静，这让姜璃越发觉得这个人神秘。

他真的只是警局里的一个小小 IT ？

"易兰泽。"她叫易兰泽的名字。

易兰泽"嗯"了一声没抬头。

"做我男朋友吧。"她的手盖住易兰泽的日记本，凑上去冲他笑。

易兰泽僵了下，看向她，旁边谈话的两个人也停下来看着易兰泽。

篝火"啪啪"地响，易兰泽似乎想了一下，道："不行。"

"为什么？"姜璃拢了拢自己的头发，"我长这么漂亮。"

易兰泽很认真地说道："当今这世上，没有一个女人可以配得上我。"


回村的路本来按照阿凯的计划是曹金带路回去，那是近两天的路程，如果没有人带肯定迷路，只是现在的情况，看来只能自己摸索了。姜璃有种刚出地狱又入迷雾的感觉，但让她意想不到的是，易兰泽竟然在那条路上都做了记号，当时长长两天路程，八人的队伍，竟然没有一个人发现他在做记号。

但总算顺利地回到村里，本来八人的队伍，现在只有四个人，想到池劲和小米，阿凯只是叹气，第一个冲到曹金家看个究竟，只是人去楼空。曹金家空无一人，问村里其他人曹金的去向，都说她带着母亲去城里打工了，刚走一天，至于杜燕琳的下落，村里人根据林莫的外貌形容，说是早几天就离开了。

这算是好消息吧，杜燕琳是按照事先的约定，过时间就离开了。曹金则肯定是通过什么方式知道母虫死了，所以带着母亲离开。

四个人在村中休整了一天，第二天一早便急急地离开。

对驴友来说，走最艰难的路，看最美的风景才是他们所追求的，但这一次风景只是其次，可怕的是经历，这辈子都不想再重复的经历，连那个村子都不肯多待。

因为太恐怖，在回程的火车上，四个人做了约定，这段经历不必向人多提，不许发上网，最好是烂在肚子里，而池劲与小米的死则由阿凯通知他们的家人，说是不幸在谷中遇难。

迷幻谷一行算是告一段落了。


姜璃他们是傍晚时分回到住的城市，下了火车，看到城市的车水马龙，各自唏嘘不已。

姜璃坐出租车回家，手机在这时响了起来，是自家老爹。

"回来了吗？"那头姜唯明的声音一如既往的低沉，让人有安全感。

姜璃听得心里一暖，非常难得地软着声音叫道："爸，我好想你。"

那头姜唯明沉默了一下，显然是被姜璃吓到了，却没说什么，而是问道："现在在哪里？"

"在回来的车上。"

"嗯，那到我这边来，我给你做好吃的。"

姜璃于是直扑姜唯明那里，一进门就将姜唯明用力抱住，在他怀里使劲蹭。

姜唯明颇有点受宠若惊,任由姜璃在怀里蹭了半天,才抓着姜璃仔细看,半天才道:"嗯,没错,是我女儿。"

姜璃搂着姜唯明的脖子道:"怎么这么说?"

"我以为你中邪了,我女儿应该有……"他伸出手指仔细算了一下,道,"我也算不清楚了,反正有些年头没有对她爹发嗲了。"

姜璃"嘁"了一声,转头看到桌上的菜,马上放开姜唯明,跑到桌前,抓了块红烧肉就往嘴里塞,边使劲嚼边道:"爸,这回旅行真是凶险,我吃完饭讲给你听。"


易兰泽回了家,那是普通居民区里一套普通两室一厅的房子,开了灯,可以看到整个屋子装修简单,却整理得非常整洁。

易兰泽将行李放下,脱了外套就直接跑去浴室洗澡。

小小的淋浴房里热气很快蒸腾起来,他往精瘦而漂亮的身体上来回打了几次肥皂,洗了好几遍,这才裸身走了出来,用毛巾擦干身体,面对着洗手台的镜子。

镜子上附着一层水汽,他抬手抹了抹,现出他那张俊美无匹的脸。姜璃替他包扎的那条纱布被他解下放在洗手台上,他拿起扔进垃圾桶里,抬头再看自己的额头,当时分明很深的伤口,此时竟然一点伤痕都没有。

他裹上浴衣,面无表情地出了浴室,在门口打开行李箱,翻了一下,拿起一个小瓶子,一条干瘪得已经发黑的虫子静静地躺在里面,正是那条虫后。

他小心地放在灯下细看,只是一条比其他同类稍大的虫子,并没有什么特别。

"你真能让我死吗?"他对着那条虫后道,声音低沉而好听,似乎死是一件让他快乐的事。


姜璃第二天就去上班,她走了差不多半个月,回来上班忽然觉得感觉很好。

泉朵已经到了，正在吃早餐，看到姜璃进来，把早餐一扔，人直接扑了过去，将姜璃死死抱住，叫道："头儿，你回来了？"

姜璃在她满嘴油准备亲上来时，将她的脸推开，道："这半个月有什么情况？"

泉朵又跑回去捡起早餐继续吃，边吃边道："小芹跟男朋友吹了，易兰泽也休了半个月假，还有我种的那盆花开了，还有……"

"等等等，"姜璃打断她再说下去，"说正事。"

"什么正事？"泉朵眨着眼。

姜璃道："重案组的灭门案什么情况？"

"结案了，就是那家的男主人杀的，他不是一开始就承认的吗？"

"哦。"姜璃想了想，点点头，坐回自己的位置上，等开了电脑，转头看着泉朵又问道，"我让你查的，你查了吗？"

"我查过了，费了很大的劲呢。"泉朵说着，从自己桌上的文件堆里翻了翻，拿出一个文件夹来，翻开，说道，"A大学生毁容案、乾都路金店抢劫案、杀狗案，我都向犯案人询问过，几乎没有什么共同点，只有一点，挺奇怪的。"

"什么？"

"就是，他们都在犯案前算过命。"

"算命？"

"是的，听说很准，算命人轻易地就将他们心里一直有的想法说了出来：比如A大李某，他早想毁他女朋友的容了，连水果刀都买好了，只是一直没敢行动；金店抢劫案也是，犯案人已经在那家金店门口晃了一个多月了，点早就踩好了，也是一直不敢行动……而当他们去算命的时候，那个算命先生偏偏就说出了他们心里的罪恶想法。"

"那么灭门案呢？"

"这个我没问，重案组的侯队就是个火药筒，我哪敢问他的罪犯啊。"

姜璃没吭声，抓着笔在手里转，她脑中似乎有灵感闪了一下，但却怎么也抓不住。

算命？

为什么觉得自己知道些什么呢？

"那三起案子的嫌疑人都是在哪里算的命？"

"地点都不一样，却都是一个生了白内障的老头，不知道是不是同一个人。"泉朵说道。

"白内障？"姜璃一下子跳起来。

一听到白内障，她脑中无端地冒出赵常芝。赵常芝也是个算命的，而且算得相当准，他看起来也是白内障，但他的白内障其实是很多虫子。

还有那天在警局不远处的那个老头，双眼也患有白内障，他说让她不要出远门，而那时候她正准备去迷幻谷。

姜璃不知为什么要把这些线索联系在一起想，脑中乱作一团。

"头儿，白内障有什么问题？是不是有灵异事件？"泉朵看姜璃的脸色不对，好奇地凑上来。

姜璃摆手道："没什么，哪有这么多灵异事件？"说完，站起来道，"没吃早餐，我出去买点吃的。"

姜璃跑了出去，外面挺冷的，她裹紧外套，跑去上次遇到那个算命老头的地方。可惜，那里根本没有人，她拉了旁边小卖店的店主问，店主只是摇头，说从来没见过。

姜璃在那边转了一大圈却一无所获，心想，那次遇到那个算命的只是偶然，可能他什么都不是。

她悻悻地回去，刚进警局，兜里的手机就响了，是姜唯明。

"什么事，老爹。"

"你昨天跟我讲的事，我想了一夜，能不能让你同事把拿回来的虫后尸体带来给我看一下。"姜唯明听上去刚醒，搞研究的人就是这样，有灵感就会马上去做，不分时间地点，在别人看来会显得很突兀，但姜璃已经习惯了。

姜璃道："这个恐怕有点困难，老爹你是不是想到什么了？"

"那东西的习性虽然和蚂蚁很接近，但蚁后死了，工蚁、雄蚁却不会跟着死。像这种虫后一死，它所繁殖的幼虫会跟着一起死的现象，地球生物中，不管哪一科都没有这种习性。"

"所以是外星生物？"这是不是太扯了，姜璃的声调都变了，引得旁边经过的同事侧目。

"我没见过那虫子，我怎么知道？"姜唯明在电话那头很平静地说道，"就算是外星生物又怎么了？"

姜璃知道姜唯明的思路很开阔，连鬼都去研究了，外星生物就更不在话下了。她停下来，想了想，将刚才脑中的各种思路组织了一下，道："老爹，我倒是有个事问你。"

"说。"

"那虫子选中某个人作为下一代母虫的盛器，将大量的卵产在人的体内，那个人的体质会不会有什么变化，比如能预感一些事情的发生，或者看到平时看不到的东西？"

那端的姜唯明很久都没说话，显然是在思考，半晌，说道："这个不好说，但如果他真的虫化，有这样的变化也不是不可能。"

"虫化？"

"就是他的听觉、嗅觉等各种感觉会更接近虫子，你知道我们人类的感官在整个生物界里并不算好，很多生物优于我们，它们会听见人听不见的声音，看到人看不到的画面，就如同狗在面对患有绝症的主人时会哭一样，因为它感觉到主人体内有病，预先感觉到了死亡。"

姜唯明是个科学家，更是个很好的表达者，他这样打着比方，姜璃一下子就懂了。所以，赵常芝能预感到平常人所感知不到的事，很有可能是因为他在虫化。当然，也可能跟虫没关系，那种预感能力就是他天生的。

姜璃觉得自己有个不太好的预感，虽然这个预感的可能性微乎其微。

## 06　未完结

城市的一隅。

大桥下，发黄的河水泛着阵阵难闻的味道，老人这几天一直在闹肚子，身体虚弱地躺在大桥下他的简易窝棚里，他感觉某些事要发生了。

自从一年前他回了一次家乡，听说那个谷里有珍贵的药材可以采了卖，结果却遇到了村里人传说的妖怪，那是化成人的虫子，他好不容易逃了出来，又来到这座城市打工，可惜眼睛却忽然瞎了。

没钱医的情况下，只能学人家装模作样地替人算命，却竟然准得出奇。

老人好不容易爬起来，摸了一根烟点上，吞云吐雾间忽然觉得眼前有光亮闪了闪。他一惊，扔了烟去揉眼睛，难道老天开眼，他又能看见了？

眼前的一切起初是模糊的，渐渐竟然清楚起来，他看到期待已久的泥土、水泥地，还有眼前那条发臭的河。

"啊！"他欣喜若狂地大叫，"我能看见了，我能看见了！"

有笛声传进耳里，让他狂喜的情绪猛然一滞，他自心中升起一股恐惧来，他听过这个笛声，在那个谷里，至死都不会忘记。

他缓缓地回头，看到不远处的桥墩上站着一个"少年"，手里拿着一支笛子，正冲他笑。

"曹……"他记得村里的那个孩子，只是想不起"他"叫什么了。

*Episode 3*

# 最后一味药

　　我的生命中遇到一个与你相似性格的人就已经够了，不愿再遇到另一个。

## 01　大兴

　　姜璃最近几天一直住在姜唯明那里，也许是上次的旅行，让她有些不敢一个人待着，特别是看到最常见的小虫飞过，也会不寒而栗。

　　她一直觉得自己是个胆大而且粗神经的人，什么事都不会真的吓到她，更不可能留下什么阴影，但最终多多少少还是受了点影响。

　　跟姜唯明一起住，她就往死里懒，过着衣来伸手、饭来张口的日子，除了内裤自己洗，其他都由姜唯明包办了，一回家就赖在床上，啃着姜唯明削好的苹果看电视。

　　姜唯明这几天也不出差，一心一意地宠着她，父女俩过得倒是开心。

　　今天上班时，姜璃才终于有点面对现实的意思，一大早她收了快递，打开看了一眼，才想起是上次去三清村时托那边的同事找的县志。她草草地翻了一下，有关琅琊庄的记载少之又少，只知道是那一带的盐商，至于那一家发生的事就提得不多。姜璃特意用笔将那一段圈出来，现在仔仔细细地看，无非是琅琊庄是谁创立的，一共经历了多少年和其中出现的优秀人物。

　　并没有提到苏銮这个名字，毕竟历史太长，人物太多，就算只是一个地方的县志，如果不是对历史有推动作用的人或事，都不会特意提到。

　　姜璃有些失望，但也并不意外，拿了县志乱翻，却意外看到了有关林家的记载，医药世家，但延续的时间很短，只有三代，然后就消失在历史中。

　　也是只言片语，姜璃扔了县志，伸了个懒腰，猛然想起泉朵在楼下等她吃饭。


　　食堂里。

　　姜璃还想着县志的事，没有什么胃口，泉朵一直在旁边说个不停，无非是明星、美食。

　　姜璃心不在焉地听着，筷子随意地挑了一片菜叶往嘴里塞，却看到泉朵站起来冲那边的几个人道："这边，这边。"

　　姜璃看过去，正是档案室里的几个人，易兰泽也在，跟在最后，面无表情地端着餐盘。

　　几个人坐过来，都是女孩子，叽叽喳喳地聊起来，都是韩剧跟到几集之类的事情。易兰泽正好坐在姜璃旁边，埋头吃他的饭，他现在的样子与在迷幻谷面对那些虫子时的英勇完全不同，仍然冷淡而疏离，却带着股心不在焉，似乎周围的一切都跟他没有关系。

　　姜璃没胃口，又不想听韩剧里的男主怎样怎样，于是就看着易兰泽，看他虽然吃得慢，但胃口不错，于是把自己的餐盘推过去，道："基本没碰过，要不帮我吃掉一点？"

　　易兰泽抬头看看她，提筷从她盘里夹了点过去，道："余下的吃掉，知道历朝历代有多少人因为吃不到东西饿死吗？"

　　姜璃撇撇嘴，道："今天胃口不好，你再帮我吃掉点就差不多了。"说着又夹了点过去。

　　易兰泽皱了皱眉，却没说什么，低头继续吃。

　　两人刚刚从迷幻谷回来，称得上熟，同吃同住也习惯了，对这样的夹菜并没有觉得哪里不对，旁边人却觉得奇怪。

　　"易兰泽，你们很熟吗？"

148
我的男友
来自明朝

"对啊，你好像从来不吃别人夹给你的东西，上次姜璃夹东西给你，你还生气了呢。"

易兰泽停下来，想了想道："上次她夹给我的是肉。"

"那我前两天夹菜心给你吃，你为什么不接？"旁边一位小姑娘噘着嘴道。

"因为不习惯。"易兰泽道。

他这样的回答，连姜璃也愣了愣，看向易兰泽，而易兰泽竟然又低下头去吃饭了，也不多做解释，于是一干好事的人都看向姜璃。

姜璃其实是明白易兰泽这句话的意思的，因为上次出行，几个人一起吃饭，姜璃没有少夹素菜给易兰泽，就是为了在一群吃饭如狼似虎的驴友中帮他多争取点素菜，易兰泽所说的习惯与不习惯应该就是指的这个。

只是用不着这样回答吧，弄得两人关系多密切似的。

"头儿，什么情况啊？"泉朵先沉不住气。

姜璃摊摊手，懒得解释，但也确实不好提上次的迷幻谷之行，勉强吃了口饭，道："什么什么情况，吃你的饭。"

"所以你们是在偷偷谈恋爱？"泉朵却已经跳起来了。

这回轮到易兰泽愣住了，姜璃也傻在那里，两人对视一眼，易兰泽面无表情，放下筷子很严肃地说道："我说过了，她根本……"

"根本就追不到，是不是？你不要这么说，其实你也有很多优点的，"姜璃知道他想说根本配不上他，她哪肯让他说，轻声威胁道，"你敢再说上次那句话，小心我亲你哦。"

易兰泽的脸竟然就红了红，用力扯开姜璃的手，表情微微有些愤怒，却终于没有再说话，而是埋头吃他的饭。

"所以易兰泽你想追姜璃，可惜没追到？"旁边的小姑娘总结。

"原来你也会追人哦，易兰泽，我还以为你清心寡欲，无欲无求呢。"另一个同事半开玩笑说。

她们叽叽喳喳地消遣易兰泽，易兰泽又吃了几口饭，终于是烦了，拿起餐盘就走。

几个人面面相觑，随即一脸八卦地凑向姜璃，姜璃背后一寒，也端着餐盘站起来，道："我说得太直接了，去道个歉。"

姜璃追过去，眼看着易兰泽黑着一张脸将餐盘交给收厨余的阿姨。

姜璃凑上去说风凉话："这么浪费，历朝历代有多少人因为吃不到东西而饿死。"

易兰泽看都不看她一眼，转身就走。

姜璃在他身后笑，交了餐盘跟出去。

"易兰泽，我到底哪里配不上你？"她与易兰泽并肩走着问道。

"从头到脚。"

"那什么样的配得上你？"

"反正不是你那样的。"

"我这样的怎么了？"姜璃气呼呼的，"我这样的追我的人也能排到警局马路对面呢。"

易兰泽脚步一顿，看着姜璃道："我不喜欢话多的、吵闹的，还有，像男人一样的。"

"男人？"姜璃瞪大眼。

"对，我的生命中遇到一个与你相似性格的人就已经够了，不愿再遇到另一个。"易兰泽说完，转身走了。

姜璃愣在那里，什么叫相似性格的？

姜璃把县志从局里背了回来，拿回家研究。

今天姜唯明做了一大盆的大盘鸡，姜唯明很少做这道菜，主要是麻烦，配料太多，但最近姜唯明事事都宠着姜璃，姜璃昨天说想吃，今天就做了给她吃。

姜璃吃到最后直接就趴在沙发里动也动不了，姜唯明催她洗碗也赖着，客厅里电视开着，她边抚着快撑破的肚子，边翻县志。

门铃却在这时响了起来，姜唯明去洗澡了，姜璃只好站起来去开门。

一个男人，四十多岁的样子，瘦高，满脸的疲惫，眼神却有种惊弓之鸟的感觉，完全陌生的脸。

"你找谁？"姜璃问道。

"姜教授是住这里吗？"男人往屋里望了望，问得小心翼翼。

"我是他女儿，你找他什么事？"

"我……"男人欲言又止的样子。

"你进来吧。"以她做警察的经验，姜璃看出这个人是来寻求帮助的，恐惧紧张，她没有必要把这样一个人拒之门外。

男人说了声"谢谢"进屋去，姜璃让他坐在沙发里，给他倒了茶，他就抱着那杯茶，目光呆滞地盯着前方，一言不发。

姜璃也不多问，边看电视，边观察他。

皮肤黑，但手指细长并不粗糙，应该不是体力劳动者，衣服脏乱，却都是高档货，经济条件应该不错，尤其左手上的一枚镶翡翠的戒指，一看就是件古董，这样一个人深夜来访，到底是什么事呢？

姜璃心里猜测着，姜唯明已经从浴室里出来，看到沙发里的男人，愣了一下。

"陈江，你怎么来了？"

听到姜唯明的声音，叫陈江的男人慌忙站起来，像是看到了救星，叫道："姜教授，大兴出事了。"

姜唯明一听"大兴"这两个字，怔了怔，他平时最注重形象，现在顾不得头发还没干，急问道："大兴出了什么事？"

陈江看看旁边的姜璃，嘴唇动了动，没有说话。

姜唯明站起来，道："走吧，跟我去书房谈。"

于是两个人进了书房，姜璃很识相地继续看电视，互不干涉，这是她和姜唯明之间的默契，除非自己愿意讲出来。

陈江一直讲到很晚才走，姜璃都快在沙发上睡着了。离开时，他的表情没有来时那么紧张，竟然冲姜璃笑了笑，点点头走了。而姜唯明出来时脸色没那么好，对姜璃道："明天一早我出差，你要么在这里住，要么回自己家，随你。"

"去多久？"姜璃也不问他去哪里，只是莫名有些担心。

"不好说，我去整理一下行李。"姜唯明说着又进卧室去了。

姜唯明走的第三天，姜璃已经把冰箱里的存货吃完，这才又住回自己原来住的地方。

姜璃这几天忙着把休假落下来的活补上去，虽然她这个部门一向闲，但积在一起也挺忙的。

到下午的时候，泉朵从别的办公室跑回来，小脸苍白地对姜璃道："头儿，重案组那边有新案子，恐怖着呢，听说死者被开膛破肚，里面的器官都不见了，你说吓不吓人？"

姜璃正在写报告，找来找去缺了份报告，听到泉朵的话愣了一下，心想这回重案组有得忙了，但没空跟泉朵闲聊，对泉朵道："你跑趟黄眷那边，帮我把上次那个案子的鉴定报告拿过来。"

一听要找黄眷，泉朵的脸更白，道："我不去，这次案子的尸体肯定被运回来了，我可不敢去。"

姜璃瞪她一眼，道："你就这点出息。"只好站起来，道，"好，我去拿，你帮我把其他的文件先整理一下。"说着伸了个懒腰跑了出去。

黄眷那边果然很忙，黄眷的助手小圆找出报告给姜璃，姜璃跟她聊了几句，刚想走，一名法医拿了一袋东西进来，给小圆道："小圆，这是死者身上的随身物品，你登记一下。"

小圆应了一声，接过来，拿了手套戴上，叹了口气道："又要开始忙了。"

"那你忙，我走了。"姜璃准备告辞，眼睛下意识地瞥了眼那袋东西，然后停住了。

透明袋里装了几个小袋子，里面分别装着死者的随身物品，其中有一枚戒指，镶着翡翠，看上去是件古董。

姜璃想，她应该是见过这枚戒指的。

姜璃直接走进解剖室，一进去，就看到黄眷和重案组组长侯千群，还有几个警察正围着解剖台，其中一个警察忽然转过身抱着旁边的垃圾桶吐起来。

姜璃走上去，一具尸体平躺在解剖台上，胸腔大开，很难说是用什么东西打开的，更像是被撕开的，里面的器官不见了，整个胸腔像个血红的容器，散发着阵阵腥臭。

姜璃也来不及恶心，直接去看那尸体的脸。

果然，是陈江。

姜璃的脸色不太好看，拿着手机开始拨电话给姜唯明。

拨了几次都没有通，只好放弃。她瞪着那尸体，问正在检查尸体的黄眷，道："怎么死的？"

屋里人这才发现姜璃，侯千群瞪着她道："你来干吗？"

侯千群三十岁左右，与同年龄段的人相比他是升得最快的，听说破过几个大案子，很有些手段，人足有一米八五。姜璃看过他的格斗水平，非常厉害，额头上有一道疤是一次行动中重伤落下的，但无损他英俊的长相，浓眉大眼，虎虎生威，一身腱子肉，整个人充满了男性魅力。可惜女人缘奇差，因为脾气太火暴，经常把不小心犯错的女同事骂哭，对姜璃这个神神道道小组的组长更是不放在眼里。

姜璃不理他，盯着黄眷又问了一遍："怎么死的？"

黄眷隔着镜片的眼睛看了她一眼，指指尸体道："还不明显吗？开膛破肚而死的。"

"身上有证明身份的证件吗？"

黄眷看她盯着问，不由得看了一眼侯千群，道："侯队，这次又涉鬼了？"

侯千群一脸不爽的样子，道："姜璃，到底什么情况？"

姜璃口气缓了缓，才道："这个人是不是叫陈江？"

侯千群一愣："你认识死者？"

姜璃道："大前天的晚上见过一次，黄法医，他死亡时间是什么时候？"

黄眷皱了下眉，这回直接答道："初看，应该是两三天前，可能就是你见他的那晚上也说不定。"

"姜璃，你在哪里见的他，跟你什么关系？"旁边侯千群见有线索，急忙问道。

姜璃想了想，道："在我家里，是来找我爸的，聊了一两个小时才离开，聊什么不清楚，在这之前我从未见过这个人。"

侯千群手一拍，道："那还等什么，带我去见你爸，他一定知道些什么。"

姜璃表情有些担忧，道："我爸在见了这个人后，第二天就去出差了。"

"去哪儿出差？"

"没说。"

"那电话联系一下。"

"打了，没接通。"

侯千群沉默下来，看着姜璃，终于明白她脸上的担忧，皱眉道："最好尽快接通，也许这是案情的突破点。"

他这样的语气，让姜璃觉得很不近人情，嘴张了张正要说话。

"啧啧啧，"旁边工作的黄眷可没空管这个，眼睛盯着伤口看了半天，"伤口果然是撕开的，这可不是人的力量能办到的，而且据现场留下的一些器官残留，应该可以排除是贩卖器官的团伙干的，倒有点像是……嗯……"他抿着唇，像是考虑着要怎么说。

"像什么？"一个警察问。

"像被吃了。"黄眷盯着那个警察，不怀好意地答道。

那警察正是抱着垃圾桶吐的那位，此时听黄眷这么说，脸一白，转身又抱着垃圾桶吐去了。

"那么是野兽之类的干的？"侯千群问道。

黄眷摇摇头："可能性不大，首先发现尸体的小树林，应该是第一案发现场，那里是市区，不太可能出现野兽；另外，到现在为止，我还不知道有哪种野兽能把人开膛破肚，只吃内脏的。"

从解剖室出来，天都黑了，姜璃还在一遍遍地打电话，但电话始终没通。

侯千群跟在后面，道："如果你爸的电话接通了，立刻通知我，我们有一些事要问他。"

姜璃停下来，回头看着侯千群，道："侯队，你脑中就只有案子吗？"

侯千群一愣，在路灯下看着姜璃带着怒意的大眼睛，竟然一时没反应过来。他一向强势，倔起来连局长也不买账，怎么也没想到姜璃敢跟他针锋相对。

姜璃不理会他的反应，转身往自己办公的楼里去，进了楼才觉得自己情绪化了点，如果不是因为是自己的父亲，侯千群这样盯着问，其实也不过是为了尽快破案。

姜璃叹了口气，没有心思多想，上楼拿包准备回去，忽然想到什么，她又开了电脑，在搜索拦里打上"大兴"两个字，只搜到是北京的一个区，她又换了其他的谐音搜了一下，一无所获。

大兴是个地名还是什么？她想了想，却想不出个所以然来，只好关机回家。

一关机才发现，刚才把灯都关了，现在一关机，屋里一片黑，她懒得拿手机出来照明，摸索着出去，踢到桌脚，疼得叫了一声，同时屋里灯亮了。

姜璃看到易兰泽拎了包站在门口，冷淡地看着她。

"为什么不开灯？"他看她蹲在那儿按着自己的脚吸气。

"这不要走嘛，就不开了。"姜璃站起来，一瘸一拐地走到门口，很自然地扶住易兰泽的手臂。

易兰泽没有推开，道："神神道道小组也要加班吗？这么晚走？"

姜璃撇撇嘴，道："IT好像也很闲啊。"意思是你也这么晚走。

易兰泽不说话了，他是不想跟她斗嘴，扶着姜璃下楼去。

姜璃边走边打电话，姜唯明的电话还是一直不通。

虽然平时姜唯明出差如果去深山老林这种地方，也会出现电话不通的情况，但这次，姜璃却很担心，毕竟死了一个人。

连打了几通，姜璃越打越心焦，干脆不打了，回头对易兰泽道："一起吃饭。"

易兰泽看她一眼："你知道我不在外面吃饭。"

姜璃拉着他，道："我知道一家，跟老板很熟，让他给你做几个纯素的。"说着不由分说地拉着易兰泽走。

易兰泽看她虽然在笑，但眉头轻皱着，也没再说什么，跟着走了。

就是一家门面很普通的店，老板是个年轻男人，看上去只比姜璃稍年长些，人长得很帅，穿着却很随意，夹克衫、牛仔裤，叼着牙签在帮人点菜，如果不是姜璃说，易兰泽还以为他只是个打工的。

"三爷，炒几个素菜呗，"姜璃一进屋就唤，"纯素的，不要加猪油、鸡汁什么的。"

被叫三爷的年轻人回头，长长的刘海下，一双眼眯着，先是看到姜璃，扯了扯嘴角，然后越过姜璃将易兰泽打量了一下，道："男朋友啊？"声音低沉，带着磁性，人慢吞吞地走上来，手一扬，把点菜单扔给旁边的伙计。

姜璃被他这么一问，转头看看易兰泽，道："男同事啊。"

三爷"哦"了一声，也不多话，指了空位让姜璃和易兰泽坐，自己系上围裙进厨房去。

店里客人几乎是坐满的，弥漫着淡淡的油烟味，易兰泽本来以为桌子也不会干净到哪里去，一摸，竟然并不油腻，连伙计倒来的茶也是满口清香，他看着茶色，本来应该有很多好奇的问题要问，却什么也没问。

"这个人全名单翎，是我老爹的一个朋友，我也不知道他们是怎么认识的，反正关系很好。"姜璃说道，"这茶是他自己栽培的，叫凝碧，就后面园子里几棵，别看这里这么多客人，就我和你现在喝的茶是凝碧。"

易兰泽于是又看了眼那杯茶，又喝了一口，确实不错。

菜不一会儿就上来，三素一荤，显然荤菜是给姜璃的，是条红烧鱼，姜璃一看到，喜滋滋地吃起来。

素菜是清炒空心菜、油焖茄子，还有一碗荠菜羹，易兰泽都吃了一点，非常美味，他不由得抬头看看坐在一旁叼着牙签的单翎，单翎也正打量着他，两人目光一对，单翎笑笑，移开眼。

"三爷难得下厨，多吃点。"姜璃给易兰泽夹菜。

易兰泽默不作声，吃起来。

姜璃却扒了口饭，停下来，转身对着单翎道："三爷，问你个事。"

"啥事，说。"单翎吐了牙签道。

"听过大兴吗？"姜璃问得漫不经心，如同在问单翎这菜是怎么做出来的，却让单翎和正在吃饭的易兰泽同时一怔，其中易兰泽的反应更大些。

姜璃把易兰泽的反应也看在眼中，却当没看到，盯着单翎又问了一遍："听过没？"

单翎从桌上又拿了根牙签放进嘴里，想了想道："听过。"

"是什么？在哪里？"

"不知道，我只是听老姜一次在和他的朋友打电话时提过，我问他是什么，他面色凝重的样子，却没回答我。当时我觉得蹊跷，所以记住了。"

姜璃有些失望，看着杯中碧绿的茶水，忽然抬头，对着易兰泽，道："易兰泽，你听过？"

易兰泽正转着杯子，反问道："你问这个干吗？"

姜璃扬眉："这么说你知道？"

易兰泽不置可否。

姜璃这才道："我有种不好的感觉，我觉得我老爹出事了，而他是因为听到一句'大兴出事'了才出差，具体去哪里，也没有提，我到现在为止联系不到他。"她说着，又盯着易兰泽道，"如果你知道，就告诉我。"

易兰泽放下杯子："所以你才请我吃饭，其实是想问我这些东西。"

姜璃被揭穿，也不否认，道："你总是知道一些古里古怪的东西。"

"你可以去问你爸的朋友。"

"我爸的朋友我认识得不多，认识的，我今天感觉不对时，打电话都问过了，没人知道。"

"可能，明天你爸的电话就通了。"

"易兰泽！"姜璃拍桌子。

"三天内都打不通再来问我，"易兰泽回得斩钉截铁，"只一天打不通，并不表示失踪了，不是吗？"说着，人站起来，是准备走了。

157

姜璃完全无可奈何，瞪着易兰泽半晌，才叹了口气，伸手拉住他，道："吃完再走吧，不然对不起三爷亲手做的几个菜和这一杯茶。"

易兰泽看看旁边的单翎，正饶有趣味地看着两人。

易兰泽又坐下，果然又一声不响地吃起来。

姜璃看着易兰泽直叹气，对着单翎发脾气，叫道："三爷，你看他，你看他。"然后狠狠地往嘴里扒饭。

单翎站起来，道："又不是你男朋友，你生什么气。"说完走开了。


易兰泽从车上下来，准备走进小区，走了几步，猛然回过头来。

一个男人站在路对面，普通的夹克衫、牛仔裤。

易兰泽眉一皱。

男人缓缓地走近，一张英俊的脸，刘海下的眼睛微微眯着。

"又见面了。"男人拨了下头发。

"你有什么事？"易兰泽的语气冷淡。

单翎笑笑，道："怎么看都觉得你身上透着股死亡的气息，而且应该死了很久的样子，可你偏偏是活着的，而且很健康。"

单翎停了停，道："不管你知不知道大兴，半个字都不要跟姜璃提，老姜那边如果真出事，我会想办法解决。"

他说完要走，忽然想到什么，又回头看着易兰泽，道："还有，离姜璃远一点。"


侯千群走进姜璃的办公室，看到姜璃还在打电话。

"还是没有通吗？"侯千群问。

姜璃放下电话，抬头看到是侯千群，她虽然担心，却比昨天冷静，想到重案组那边也在查，便点点头，道："一直不通，你那边说帮我查，查得怎么样？"

侯千群往办公桌上一靠，道："机票和火车都没有信息，现在只有一种可能，长途车，这个没法查。"

一听到长途车，姜璃想了想，道："如果是长途车，那就说明不是很远的地方，"但马上又叹了口气，"即使不远的地方也很难查。"

"你有没有查过你爸的电脑或者是行程表，可能有线索。"侯千群道。

姜璃道："都翻过了，没有什么线索，至于电脑，我爸常用的那台被他带走了。"

侯千群一时也没有办法，两人都不说话。

过了一会儿，姜璃问道："你那边的案子怎么样了？死者身份查清楚了吗？"

照平时，侯千群是不会跟姜璃多说案情的，但因为这次可能与她父亲有关，所以并没有隐瞒，道："估计会是悬案，伤口太离奇，像是被爪子之类的东西撕开的，但案发地周围并没有猛兽出没的痕迹，至于死者的身份，是本市的一个古董收藏爱好者，有些家底，以前在法院工作，后来辞职在北街的古董一条街盘了一家店面。"

"有家人吗？"

"三年前离的婚，有个儿子，归他妻子，我们问过，这三年里他们没有联系过。"

姜璃点点头，拎起包，道："走，你带我去北街死者的古董店去看看。"

侯千群一愣，但并没有说什么，跟着姜璃出去。


北街离警局并不算太远，那一带都是要拆未拆的老房子，脏乱差，但特别有人情味，姜璃小的时候跟老爹来过这里几次，算是有些熟悉。

北街上先是一溜的地摊，用块布在地上一铺，上面摆着瓷器字画、各种玉饰铜器。

姜璃随意看了一眼，基本全是假的，但这种事情，愿者上钩，学术不精，眼力不够就不要怪别人，反正愿打愿挨的关系。

为了不引人注意，姜璃和侯千群都没有穿警服，在街上随意逛，经过一个玉石摊时，侯千群拿起一块翡翠玉璧在手里看，摊主马上就开始吹，说道："客人，好眼力，这块是唐朝的东西，你看这雕工，这玉质，碧绿如一汪清水……"

姜璃在旁边看得直笑，却不说话，任那人吹嘘。

侯千群听他吹了一会儿，把玉放下，回头对姜璃道："上次一个案发人家里也有一块，一模一样，也说是唐朝的东西，花了几十万还说是低价买的，这哥们儿只开价一万，多半真不了。"

姜璃道："案发人家里的也是翡翠？"

"是啊。"

姜璃点点头，拍拍侯千群道："走吧，去你说的那家店。"

侯千群被姜璃的表情弄得有点蒙，跟上去道："什么意思？难道案发人家里的那块是假的？你又没见过。"

姜璃本来不想说，但看侯千群实在很想知道的样子，这才停下来道："首先中国不产翡翠，这东西一直到清朝才真正在中国盛行。在这之前，可能有极少的一部分由国外的商人带到中国，但几乎没有传世的，更不可能雕成玉璧的样子，唐朝的翡翠？这不是开玩笑吗？"

侯千群越听眉头皱得越深，回头看看那边摊上还摆在那里的翡翠玉璧，道："下次非把他逮起来不可。"

姜璃道："这里成片成片的假货，你逮不完的，再说，这一片只是小商品地带，唬那些来观光旅游见世面的。真正来淘古董的人，这片看都不会看，你信不信，那块玉还一下价，一两百就可以拿走了。"

侯千群听得目瞪口呆，道："那更该抓起来啊，不过姜璃，你怎么知道这么清楚？"

姜璃答道："还不是我爸以前也被坑过几回。"

两人边说边往里面走，原本的地摊不见了，全是一家家开门迎客的店，也是良莠不齐，有的像卖二手货的，门口屋里，大的小的摆满；有的则古色古香，店中摆上香茗，穿着中装的中年人拿着扇子在给人介绍。

两人走马观花，不一会儿就到了侯千群说的那家陈江开的店。

店竟然在营业，店面不算大，也属于古色古香的店，里面一位中年妇女正拿着鸡毛掸子给一个花瓶掸灰，听到推门声，妇女回头，等看清侯千群，便迎上来，叫了声："侯警官。"

侯千群"嗯"了一声，对姜璃道："这是陈江的姐姐，叫陈玉。"又指着姜璃，对陈玉道，"这是我同事姜璃，她有事想问问你。"

陈玉招呼两人坐，还给他们泡了茶，三个人坐着，还没说话，陈玉先叹了口气，道："我这个弟弟，死得可真惨啊。"说完就抹泪。

姜璃等她情绪稳定下来，才敢提问，道："大姐，你听你弟弟提过一个叫大兴的地方吗？"

"大兴？"陈玉一脸茫然，"没听过。"

"那在你弟弟出事前，去过外地吗？"

"外地？陈江他一直去外地啊，经常跑去一些地方淘一堆瓶瓶罐罐回来。"

"那最近一次呢？他去过哪里？"

陈玉想了想，道："他没说，但这次回来黑瘦了很多，人也疲惫。我记得回来那天他澡也没洗，就把自己关在屋里，一直到第二天晚上忽然出去说去找人，这一去就再也没回来。"陈玉说完又哭。

姜璃听得皱起眉，又问道："那陈江的屋里或者行李里有没有发现长途车票根之类的东西？"

陈玉边哭边道："你们警局都来搜过了，如果没有，就没有了，我是没看到啊。"她这样说着，但忽然又道，"不对，他那天是开自己车来回的，没有坐长途车。"

自己开车，那更不可能去太远的地方，最多是近郊。

姜璃和侯千群对看一眼，姜璃站起来准备告辞。

出店时，姜璃随意地扫了一眼店里摆着的古董，最后在一尊白色的佛像前停住了。

单凭眼睛看，很难看出那是什么材质，但看雕工和造型应该是明朝的东西，姜璃看着它，虽然那佛像慈眉善目，但莫名地有种恐惧感自心底里涌上来。

"怎么了？"身后的侯千群问道。

"没什么。"姜璃吁了口气,走出店去。

两人回到局里,已经不早了,姜璃心里有事,对侯千群说道:"我去一下档案室。"说完,也不等侯千群反应,直接走了。

身后侯千群看着姜璃的背影,第一次有种被人忽略的感觉,表情变幻莫测。

姜璃一口气跑到档案室,虽然易兰泽说三天后再来找他问,但她真的等不到三天后。那人是她老爹,已经有两天打不通电话了,她已经急到连上班都没兴趣了,哪等得到第三天。

她一路冲进档案室旁边的 IT 部,看到易兰泽的位置是空的,便拉着经过的档案室同事问道:"易兰泽呢,去哪儿了?"

那同事看了眼易兰泽的位置,道:"请假了,今天上午交了请假单就走了。"

"他说去哪儿了吗?"

"说是回次老家。"

"老家?老家是哪里?"

"我怎么知道啊?"那同事嘟着嘴,"姜璃,你怎么了,有事可以打他电话嘛。"说完走开了。

姜璃站在那里一个人生闷气,这个易兰泽,根本就是骗她,什么三天后,两天就开溜了,三天后她找谁问?

她摸出手机真的打电话给易兰泽,但很快被按掉了。

姜璃瞪着手机屏咬牙,但终于无可奈何,气呼呼地回自己的办公室去。

一下午都没有心思上班,到下班时间,姜璃想了一下,去档案部要了易兰泽在警局留的住址,直接打车赶去易兰泽家。

只是个普通的小区,姜璃拍了半天门都没人应,看来是不在家。姜璃才不相信他回什么老家,直觉告诉她,易兰泽的离开一定与这次的案情有关。

姜璃只好垂头丧气地回家,本想直接回自己住的地方,但想想,决定到姜唯明那边再找找看有没有线索。

一进屋，她就看到几张纸掉在地上，是客厅的窗户没有关，被吹在地上的。

姜璃换了鞋，一张张地捡起来，发现是上次自己看的那份县志。

她也懒得按页码理好，捡起来，随意放在茶几上，准备站起身去关窗时，愣住了。

大兴。

她竟然在这份县志上，看到"大兴"两个字。


## 02 骨冢

姜璃背着包从长途车上下来，在车站旁边的小店里问路。

"大兴村啊？没听过。"小店的店主是个年轻的男人，看到姜璃长得漂亮，态度很殷勤，转身问店里另一个年长的老人，"爷爷，你听过大兴村没有？"

老人正在边抽烟边看电视，听到孙子问他，想了想，道："大兴村早没了，迁村跟其他大村合并了。"

"那原来的大兴村在哪里呢？"姜璃人扒在柜台上问。

"这个啊，这里可没车过去，得走过去，不过最近也怪，总有人往那里去，那里可不是很太平，不然就不用迁村了。"

总有人？姜璃听到这句，人有点兴奋，拿着手机翻了翻，找出姜唯明的照片递给老人："您见过这个人吗？"

老人戴上老花眼镜，拿着手机，远远近近地看了一会儿，才摇头道："没印象了。"

姜璃有些失望，但想了想，陈江是自驾过来的，老爹很可能会坐别人的车，那就不可能经过这个车站，老人没见过也正常。她拿回手机又翻了翻，找到易兰泽的照片，这照片还是上次去迷幻谷的路上随便拍的。

她递给老人，旁边的年轻人却先叫出来："这个见过，还在这里买了水和好几包饼干，那天我妹妹在，看到他直说帅，所以我记得比较清楚。不过他没问大兴村在哪里，而是问向河谷谷口怎么走。"

"那不就是原来大兴村的位置嘛。"旁边的老人插嘴，"告诉你啊，姑娘，那里以前可是个很热闹的地方，听老辈说古时那里有个大户人家，连出好几个御医，周围种满了各种草药，这全国的病人啊都慕名而来。一条山道上都是求医问药的人，渐渐就有了集市，那大兴村就是这样形成的。"

"那后来怎么沦落到迁村的地步？"旁边的年轻人感兴趣道。

"俗话说物极必反，那个大户人家家道中落，但还好有大片的草药在，所以那里又成了草药买卖的大集市，又繁荣了很久。但解放后中医渐渐不流行了，大兴村那些药农的日子就越来越难过，但这并不是迁村的原因，原因啊……"老人的声音忽然低下来，年轻人马上把耳朵凑过去，老人继续道，"那里出现了猛兽，可以把人的胸膛撕开，把里面的内脏吃得一干二净。"

"哦，这个我听过，死的好像是外地人，好几年前的事了，当时到处都在传，不过这事也没登报，也不知道是不是真的。"那年轻人叫起来。

"所以啊，姑娘，你还是别去那里了，危险。想旅游的话，我们这里就不错，我们家还开了农家乐，土鸡啥的都有，要不让我孙子带你去看看？"

竟然做起广告来了，姜璃有些哭笑不得，但脑中却在飞快地运转。

吃内脏的猛兽，她忽然想到陈江。

看来，自己找对了地方。

她昨天在那份县志上看到了"大兴"两个字，仔细看才知道是一个村庄的名字，就位于近郊，不算远。

姜璃也是病急乱投医，第二天就请假过来了，现在听老者说这些，还说见过易兰泽，她便觉得自己是找对了。

拒绝了老人去农家乐的好意，姜璃照着老人所指的路往大兴村的方向走。

一直走到晚上，才走到向河谷谷口，那里果然有一片村落，虽然杂草丛生，但并不像老人所说的已经废弃，而是还有几户人家亮着灯。

　　姜璃又饿又累，直接敲了一户人家的门。

　　开门的是个上了年纪的老头，看到姜璃愣了半天，才回头对着屋里喊："老婆子，又有人来了。"

　　果然，不一会儿，从屋里又走出一个老太太，看到姜璃，又看看她身后，确定就她一个人后，道："就你一个人吗？一个小姑娘往这里跑可不安全。"

　　姜璃只好道："我一个人出来玩，迷路了才跑到这里，老婆婆，可以借宿一晚吗？"

　　老太太"嗯"了一声，道："进来吧，只是没什么好吃的，我们无儿无女，穷着呢，没什么好招待你。"

　　姜璃进了屋，这才看到这家人果然是家徒四壁了。桌上摆着干巴巴的两碗饭，还有一碗看不出菜色的菜，心里不太好受。

　　"老婆婆，我看这村子几乎都空了，就几户亮着灯，是怎么回事啊？"姜璃放下身上的包，坐下来道。

　　"迁村了，大部分人都搬走了，就我们几户无儿无女，也没钱，又不想离开这出生的地方，就留在这里。"老太太盛来一碗饭，递上筷子，"吃吧。"

　　姜璃应了一声，扒了几口饭，硬得很，有些难以下咽，看着两个老人低着头吃得慢，心里更难受，放下碗，道："刚才老爷爷说又有人来，这里有其他人来过吗？"

　　老爷爷抬起头，道："有啊，昨天还有个年轻人来过，就住在不远处的老王家。姑娘，我也不问你是不是真的迷路来这里，反正，今天住一晚，明天就走吧，这里不是你们这些年轻人玩的地方。"

　　没想到老人还很精明，姜璃干脆不隐瞒，拿出自己的手机，找到姜唯明的照片，道："老爷爷，我在找人，你见过这个人吗？"

　　老人对着照片看了很久才看清楚，看完，把手机递给旁边的老太太，道："你看看是不是那个姜专家？"

老太太也看了半天，点头道："没错，是姜专家，姑娘，你是他什么人啊？"

"我是他女儿，他前段时间失踪了，我想他可能来了这里。"

两个老人互看一眼，道："前几天？这我们可没注意，不过我们两个老的年纪大了，眼神不好，耳朵也背，估计他已经进了林子也说不定。"

"林子？"

"对，村后的林子。"

"那林子怎么了，里面有什么？"

老头犹豫了一下，有些不太想说，但最后还是放下筷子，道："是古时候一个大户人家的宅子，空了几百年了，听说里面关了吃人的野兽，我们村里人是绝对不敢去的。这不几年前来了一组专家搞文物发掘，姜专家也在，进去十八个人，却只有七个人出来了，其他全被野兽吃了内脏。这也是我们这里迁村的原因，那林子也被封了，没人敢进。"

老头看看姜璃皱起的眉，似乎看透她的心思，道："姑娘，你爸是专家，还带了人进去，不会有事，你就乖乖等着，别多事。"

老人那是关心，姜璃点点头，道："你放心，我不会多事的。"

老头叹了口气，似乎并不太相信姜璃的保证，道："你想知道的我都说给你听了，时间不早了，快吃饭，吃完饭，住一夜，明天就回去吧。"

姜璃只好点头，快速地往嘴里扒了几口饭，又夹了筷那菜吃了一口，发现是咸菜，姜璃不由得又在心里叹了口气。

第二天，姜璃起得很早，钱包里只留下些路费，其他的钱全拿出来放在桌上，一个人悄无声息地开门出去。

她要进林子，当然不可能乖乖回去，但又不想两个老人担心，所以在他们起床之前离开。

外面露水很重，姜璃没走一会儿，腿上就湿了，还好这个时候天气不算冷了，不然还真的不好受。姜璃干脆卷起裤管，又走了一段，看到村外那处树林，并没有想的那么大，也没有那么密，只是周围围着铁丝网，上面挂着"闲人勿入"的牌子。

姜璃看了一会儿,抬脚往前时,看到一个人从旁边的路走出来,人瘦高,一身防风服。

姜璃竟然只看背影就认了出来,叫道:"易兰泽。"

易兰泽看到姜璃愣了一下,然后眉就紧紧地皱起来。

"你果然在这里。"姜璃道。

易兰泽看着姜璃一身露水,头发凌乱,道:"你怎么找来这里的?"

"我当然有自己的办法。"她一下凑近易兰泽,"你也要去林中的那处老宅?你知道些什么?"

易兰泽口气冷冷道:"进去不就知道了。"

他竟然也不阻止姜璃,转身拉开林外围着的铁丝网,钻了进去,姜璃则跟在他身后。

林子不密却杂草丛生,一看就知道已经有很久没有人进来过了。易兰泽并不看地图,也不用指南针,而是顺着一个方向走,姜璃有些奇怪,问道:"你知道方向?"

易兰泽没说话,用手中的树枝拨开旁边的杂草,露出一尊小小的石像,姜璃凑上去看,是个捧着草药的童子。

"这是什么?"姜璃问道。

易兰泽还是不说话,树枝又往前拨,前面竟然还有,一尊、两尊……一直往前延伸。

"跟着这些童子雕像走就可以了。"易兰泽终于道。

"看来以前是路边的装饰,就像桥上的石狮,"姜璃这才看出端倪,问易兰泽,"你怎么知道的?"

易兰泽道:"我不知道,但我比你眼尖。"

姜璃瞪他一眼,道:"你就装吧,我看你知道得不少。"

易兰泽轻笑一下,也不争辩,转身又往前走。

姜璃不死心,跟上去,道:"易兰泽,为什么我上次一问大兴,你就偷偷地跑来这里,你知道些什么?既然我人都跑来这里了,你就不能告诉我吗？"

易兰泽停下来，望了望这林子，道："我并不知道什么，我只是比较喜欢探险和一些古代的东西，我可以告诉你，这里我来过，但那是很久以前的事了。至于后来发生过什么，我也不清楚，我也是好奇才跑来这里。"

"那你为什么不说一声就跑来了？"

"不说一声？"

"我那天问你大兴的事，你说三天后去找你，但只过了两天你就开溜了。"

"开溜？"

"难道不是？"

姜璃生气地瞪着易兰泽，易兰泽也看着她，两人在一片杂草中隔了一米远互瞪着，忽然易兰泽一伸手，将姜璃用力扯过来，另一只手里的树枝很快一挑。

姜璃是被他极用力地扯过来的，撞在易兰泽硬邦邦的胸膛上，七荤八素的，正想问易兰泽想干吗，回头却看到易兰泽手中的树枝上挑着一条碧绿的小蛇，正冲两人吐着芯子。

一看就是有毒的。姜璃倒吸了口冷气，抬头看易兰泽，易兰泽三两下把蛇甩出去，放开姜璃："这里几乎没人来，蛇虫鼠蚁最多，看好脚边。"

姜璃本来的怒气被这个插曲打断，顿时什么气势也没有了，脸撞得有点疼，她手往易兰泽胸膛上一拍，道："跟堵墙似的，一个 IT 男，肌肉练这么好干吗？"

易兰泽下意识地看看自己的胸膛，竟然回了一句，道："你们女人不是都喜欢这样的？"

姜璃挑眉，道："那你是为了讨女人喜欢？"

易兰泽，道："不是，但我是天生的。"

"哈！"姜璃失笑，这个人就是有办法用无表情的脸说出超自恋的话，脸还不带红的，"易兰泽，你还有什么不敢说的？"

"我说的是实话。"易兰泽很认真地说，说完不理姜璃，继续往前走。

姜璃只有翻白眼的份，默默地跟在后面，

两人又沉默地走了一个多小时，路上果然很多毒蛇出没，幸亏易兰泽开路，姜璃虽然不怕，但也吓得够呛，紧紧地跟着易兰泽，最后甚至抓着他的衣角走。

太阳渐渐地升高，露水逐渐蒸发，因为树林并不密，阳光照进来，杂草尖上晕出漂亮的光圈。姜璃往前望，看到林中不远处有一座小小的房子，爬满了树藤，黑簇簇的一片。

看房子的大小，并不像是有钱人家的宅院，更像是守林人的住所，或者是一个岗哨。易兰泽和姜璃朝着那小屋走近，姜璃这才看到那房子檐角上翘，完全是古代的建筑风格，门和窗已经朽烂了，被藤蔓遮住，但门的地方，藤蔓却被锋利的工具砍断，显然是有人来过的。

姜璃很容易想到是自家老爹来过，人有些激动，立即自门的地方往里面望，却被易兰泽拉回来。易兰泽将手机调到手电筒模式往里面一照，姜璃吓了一跳，里面挂满了一只只双眼血红的蝙蝠。

"你这次怎么这么毛躁？"易兰泽皱着眉。

姜璃退了一步，沉默了会儿，道："我很担心我爸，而且有你在，我确实会不自觉地放松警惕。"说完无辜地望着易兰泽。

这是实话，担心自家老爹，心里急是肯定的，但是易兰泽给她的感觉，虽然神秘，但同时却又有种莫名的安全感，似乎没有他不知道的，而他总有办法解决。

这厢的易兰泽竟然因姜璃的话表情有些不自然，两人就这么沉默地站了会儿，忽然一只蝙蝠从屋里面飞出来，自姜璃的头顶掠过，姜璃吓了一跳，人直接往易兰泽身上扑。

只有林中的鸟叫着，四周一片寂静，姜璃心里一阵悲怆，果然是依赖啊，这一上午已经两次扑入这个人的怀抱了，跟自家老爹也没这样过啊，这也完全不是自己的风格啊。

她心里这样想着，却没有像电视剧里演的那样迅速地弹回去，而是继续抱着易兰泽道："易兰泽，万一我再受几次惊吓，扑习惯了爱上你，怎么办？"

"没有下次了。"易兰泽将她推开，脸不知道是被气的还是怎样，有些红，人动了动，可能是怕蝙蝠再飞出来，正好挡住门口的方向，才正色，道，"我想你已经听过有关这里的传说了，不管真假，给我提起精神来，不然你就回去。"

姜璃看他认真的神情，点点头，也不再开他玩笑。

两人坐在树木稀疏的地方吃了点饼干，吃饼干时，姜璃有点希望易兰泽能像上次去迷幻谷那样，拿出口锅煮点面什么的，但是显然那个背包里没有锅，姜璃只能咽着口水，快速地把饼干吃完。

吃完两人再出发，这次没有花多少时间，便走出了那片林子。

出了林子，眼前不是空旷的空地，而是一大片半人高的杂草，而在杂草的深处，竟然有一个宅院，斑驳的围墙里面是一幢两层高楼，上面到处爬满了藤蔓，让那幢楼看上去像张着嘴、长满棕毛的巨兽。

"大兴庄。"一旁的易兰泽低低地唤了一声。

姜璃望着那处宅院，心道，这半人高的杂草，一时半会儿还走不过去。

转身看身旁的易兰泽，发现他已经走到别处，她马上跟过去，看到这里的杂草被砍出了一条小道，一直延伸到深处。

"果然是有人来过，"姜璃口气兴奋，"可能我老爹就在里面。"

易兰泽没说话，看着只容一人通过的小道，又蹲下来看被砍去的杂草尖，应该有几天时间了。他站起来，对身后的姜璃道："你跟在我身后。"说着走了进去。

两人一前一后地走，不停地有老鼠或者其他的东西自脚边蹿过，姜璃已经稳下情绪来，对这些东西尽量忽略。

杂草的范围不算太大，两人走了没多久，就来到那处宅院门口。

真有点像电影里的鬼宅，即使现在阳光灿烂，也觉得从里面透出森森寒意。门上的藤蔓已经被砍断，可以看到两扇有点歪的将军门，门板很大，虽然被腐蚀得厉害，但还可以看到当年的威风，门环上锈迹斑斑，依稀可辨认出上面的椒图造型凶猛。

"看来是个大户人家。"姜璃伸手碰了下门环，一股寒意透进指尖，她慌忙缩回手。

"确实是大户人家。"易兰泽应了一句，伸手推门。

门发出近似惨叫一般的声音，歪斜着打开，里面还是一片杂草，只是铺了地砖，并没有像外面那样杂草丛生。

"老爹。"姜璃冲里面喊了一声。

没有回音。

"姜唯明。"她又喊了一声。

还是没有回音。

"难道不在这里吗？"姜璃皱着眉看易兰泽。

易兰泽却正抬头看着门上的那块匾额。

上面写着"大兴庄"。

包金大字，此时也缠满了藤蔓，暗淡无光。

姜璃瞪了那几个字半天，忽然道："奇怪。"

易兰泽这才转头看她："哪里奇怪？"

姜璃道："村庄边的大宅院，又是全铜的椒图门环，又是包金大字，这里荒了这么久，这些东西早该被人盗得什么都不剩，怎么还能完整保存？还有，这种明朝风格的建筑，应该由政府好好保留下来，但竟然任着它朽掉，长满杂草，你不觉得太奇怪了吗？难道真像他们说里……里面有野兽？"

易兰泽道："也许传说是真的。"

姜璃皱眉："听说是吃内脏的野兽？双爪可以轻易地撕开人的胸腔。"她说到这里停了停，看看宅院里，表情有些不好看，"进去看看。"

她在担忧姜唯明，村外的老人说姜唯明进了林子，怎么她刚才唤就没有人应呢？照说这宅院就是姜唯明的目的地，他不可能再去别的地方。

两人进了院子，避开杂草，尽量沿着铺着地砖的地方走，走进了刚才远看就可以看到的这幢二层小楼。

小楼盖得很是威风，完全的明朝风格，斗拱、枋、柱，一应俱全，看墙上斑驳的颜色，当年的色彩应该非常鲜明，只是年代久远，现在是满目

171

的暗淡。

楼前挂着的匾上写着"聚宝楼"，依然是包金大字，龙飞凤舞，姜璃看了一眼，推门进去。

一股凉意夹着霉味扑面而来，屋里一样的破败，到处都是蜘蛛网，地上积得厚厚的灰尘上留了几个脚印，让人知道曾经有人来过。

"老爹，姜唯明。"姜璃叫了一声。

声音在屋里回荡了一下，没有人应。

是离开了吗？还是……

姜璃不敢想，只是低着头，四处看了看，并没有打斗的痕迹，也没有闻到血腥味。

"去楼上看看。"一直没说话的易兰泽，道。

两人找到楼梯，木楼梯已经完全损毁了，根本没法上去，两人只好走到外面，自楼外往楼上望。

看不出个所以然。

易兰泽看看楼旁一棵黑松，把身上的包递给姜璃，道："拿着，我上去看看。"

黑松上也缠满了藤蔓，要死未死的样子，但反而便于人爬上去，平时易兰泽都是冷冰冰的木桩样，爬树竟然非常敏捷，三两下爬上树，一跃已经跃上了二楼。

二楼因此掉下几块木板和灰尘来，姜璃眼看着易兰泽推门进去，一个人拎着包四处张望。

不知道是不是错觉，从她一进那片杂草，就觉得有双眼睛在不远处盯着她，当她转身寻找的时候又什么都没有，也许是心理作用吧。

"里面有什么吗？"等了一会儿，见楼上的易兰泽没什么反应，姜璃冲楼上喊，楼上却没有回音。

"易兰泽。"她又喊了一声。

依然没有回音。

怎么回事？她心里发瘆，把手中的包往地上一扔，准备借那棵树爬到二楼去，却感觉身后忽然有人靠近，她反应极快地回身，出手，伸出的拳头被人抓住。

"是我。"易兰泽推开她的拳头道。

姜璃看到他，顿时就松了口气，却又火大起来，怒道："刚才叫你，你怎么不吭声啊？"

易兰泽也不理她的怒气，道："跟我来。"

姜璃气得不肯走，易兰泽拉着她的手腕，把她往宅院外拉。

"去哪里？"姜璃被拉着走出宅院，站在大门口问道。

易兰泽却已经从包里拿出一把兵工铲，算了下距离，开始砍那些杂草。

姜璃不明所以，看着易兰泽铆足了劲砍草，料想这草里面一定有什么。她脑子转了转，任易兰泽在那边锄草，人又进了宅院，来到刚才那棵黑松前，脚一蹬，上了树，三两下往上爬，然后自高处看那片杂草。

果然。

如果只是站在地面上看，只看到一大片半人高的草，但现在站在高处，却看到杂草的中间有一大片空地，不知道是什么。

"怪不得要锄草。"姜璃站在树上，转头看着身旁的二楼，想了想，跳了上去。

等易兰泽锄完草再去看吧，自己先参观一下二楼。

二楼依然是破旧不堪，一共有三间房，姜璃随意地推开一间进去，看样子并不是卧室，因为没有床，只摆着圆桌和凳子。墙上本来应该有字画，但因为年代久远的关系，只有掉在地上的玉石卷轴，她走上去捡起那玉石卷轴查看，触感冰凉，但莫名地有种很不舒服的感觉。

似乎在哪里见过，包括这种感觉，姜璃蹲在那里，想了半天，还是没想出来，只好放下卷轴，拍拍手，看其他两间房。

其他两间也都不是卧房，更像是招待客人休息的处所。其中第三间的后窗开着，姜璃自后窗往外看，这宅院比她想象中的要大，远远望去一大片院落，她忽然想到琅琊庄里走不完的长廊，估计两家真的不相上下。

开着的窗下也有棵树，易兰泽应该就是从这棵树上下来的，怪不得没看到他下楼，就已经站在自己身后了。

她从房中退出来，再看那边的易兰泽，他已经接近那边的空地了。

过去看看，她拍了拍手，准备从树上下去，忽然那种被窥视的感觉又升起，她迅速地往四周看看，但还是什么也没看到。

易兰泽已经开出一条路来，直接通到那片空地。姜璃跑上来，与易兰泽一起看着那一大块空地，有种发现了麦田怪圈的感觉。

易兰泽没多说话，拿着工兵铲上前去，姜璃也跟上，发现这一大片到处有被挖过的痕迹，地面不平，或高或低。易兰泽就着一处被挖过的地方一铲一铲地往下挖，挖到快两米多深，以为什么也挖不到时，坑里的易兰泽忽然停住了。

姜璃凑上去看，顿时吓了一跳，是一具具动物的骨骼，有些甚至还没烂透，因为埋得深，所以气味没有透出来。

"拉我上来。"易兰泽冲姜璃伸出手。

姜璃忙把易兰泽拉上来，易兰泽平日一身干净利落，现在满身泥和汗水，他也不介意，拿起铲子去挖别的地方。

还是骨头，一堆的骨头，姜璃甚至在其中发现了人的骸骨。

易兰泽精疲力竭地坐在地上，姜璃则愣愣地盯着眼前的白骨，她看了一会儿，忽然想到什么，拿着易兰泽的工兵铲，去拨开那些还没烂透的动物尸体。

血腥和腐臭味冲天，姜璃皱着眉翻了半天，脸色越来越沉，半晌，回头对易兰泽，道："全都没有内脏。"

## 03　林羽离

天渐渐暗下来，易兰泽用工兵铲将那些骨头埋好，抬头看姜璃，见她拿着手机站在那里发呆。

"这里没有信号。"他收起工兵铲，走到姜璃跟前道。

姜璃，道："我知道。"声音有些沉，拿手机的手轻轻地发抖，"易兰泽，这回我真的很担心我老爹。"

易兰泽应了一声，那些骨头里有人骨，姜璃看到人骨后，脸色就不好了，他道："也许你爸已经离开这里了，就算有事，我们挖到的人骨也已经腐烂很久了，时间对不上。"

易兰泽是想安慰她，姜璃却用力地捶了他一下，声音有些许的哭腔，道："有你这样说话的吗？易兰泽，你连安慰人都不会。"

易兰泽任她捶了两下，站在那里。

"站近些。"姜璃道。

易兰泽不知道她要干什么，听话地站近些。

姜璃却已经靠在他身上，但除了脸埋进他的肩膀，其他部位并没有接触到。

夕阳的余晖终于在这一刻全部收起来，周围传来古怪的鸟叫声，易兰泽以为姜璃是想哭，所以没有动，更没有推开她，而她只是靠着，什么声响都没有。两人安静地站了很久，易兰泽低下头，看到姜璃顺滑的头发上，一片叶子粘在发间，他伸手摘掉，手触到她的头发，却没有马上收回，有些鬼使神差地用掌心盖住她的头，滑下到发梢，再往上，再滑下，如此往复，僵硬又柔软。

也不知过了多久，姜璃终于抬起头来，已经脸色如常，她抬手抓了抓自己的头发，盯着眼前站得笔直的易兰泽，道："你摸我头，洗过手没有？"

易兰泽看看自己的手，道："没有。"

姜璃露出嫌弃的表情："挖过尸体的耶。"

易兰泽点头："嗯。"

晚饭还是饼干，因为两人并没有带其他的干粮。

姜璃和易兰泽站在杂草地的边缘，姜璃边吃着饼干边看着那座宅子，黑夜中的宅子像一只蛰伏着的野兽，那开着的门就是它的巨口，阵阵寒意正从那巨口中弥散开，让人不寒而栗。

"那宅子我可不想住，瘆得慌。"姜璃道。

易兰泽也看了眼那宅子，道："这里晚上露水太重，不能睡外面，我只带了一个睡袋，等一下我们在宅子里睡，我把睡袋给你。"

难得易兰泽这么体贴，姜璃竟然有些反应不过来，心想自己再矫情就不对了，只好道："这样也可以。"

这次姜璃走得急，除了几套换洗衣服和洗漱用具，什么也没带。两人进了宅子，直接往那聚宝楼里去，聚宝楼的地上都是灰，易兰泽事先割了一捆杂草，进去把杂草往地上一铺，算是床了，又变戏法似的从包里拿出一截蜡烛点燃，屋里看上去总算没那么阴森了。

当易兰泽把睡袋递给姜璃时，姜璃真心有些不好意思，但还是接了，她可不想睡在那堆杂草上。

姜璃钻进睡袋，还好是薄款的，不会太热，睡袋里并没有什么异味，看来易兰泽事先清洗过。姜璃眼见着易兰泽从包里拿出一截香来，用火点燃，一股异香弥散开，感觉整个人都放松下来。

"这是什么香？"姜璃好奇。

易兰泽正背对着她脱身上的T恤，用T恤擦身上的汗和泥，听她问，答了一句，道："蚊香。"

呃，好吧。

天气已经算得上热了，姜璃还好，易兰泽却是一头一脸的汗和泥，但现在的天色，不可能再去找水源，就只好先将就一晚。烛光下，姜璃看着易兰泽精瘦的背，抬手擦汗时，背上的肌肉线条毕露，简直是赏心悦目。在这恐怖而寒气逼人的宅子里，这背算得上是这里唯一的暖色了吧。

姜璃盯着那背胡思乱想，以至于易兰泽回头时，看到姜璃正眼都不眨一下地盯着他，他的表情有些不自然，快速地把干净的T恤穿上，刚想躺下，却看到姜璃的睡袋离自己的"草床"极近。

"你可以睡远一些的。"他说道。

姜璃眼睛扫了下屋里，道："其实，易兰泽，我真的有点怕这宅子。"

易兰泽哼了哼道："还是神神道道小组的呢。"却没有再说什么。

两人靠得很近地躺着，虽然隔着睡袋，但在这寂静的夜里，连对方的呼吸也听得清楚，易兰泽吹灭了蜡烛，这屋里就更是静得吓人。

姜璃也不知道为什么，她对这宅子有种莫名的恐惧感，反正从白天一进来，就感觉整个人都不好了，那阵阵的寒意、被窥视的感觉，还有那杂草中的森森白骨，她从来都不是个胆小的人，但这次她的心总定不下来，总觉得这屋子里有只可怕的东西在等着他们。

点燃的香还在散发香味，也不知道是因为香有安定作用，还是她身旁躺着易兰泽，她总算渐渐有些许安全感，让她有了睡意，却在快睡着前从睡袋中伸出手来，自黑暗中找到身旁易兰泽的手，握住了。

"做什么？"易兰泽动了动手。

"怕你晚上忽然不见。"姜璃道。

"我记得你的胆子没有这么小。"

"这回很小呢。"姜璃说话的声音有些迷迷糊糊，却死死抓着易兰泽的手。

易兰泽没有再想挣，姜璃以为就这样了，过了会儿，易兰泽竟然就将她的手回握住了。

心里一下子觉得大大的安定，姜璃很快睡了过去。


有什么东西在摇，然后是"嘚嘚"的马蹄声，姜璃睁开眼，看到四周光线明亮，而鼻端是一股让人心醉的香。

她定了定神，看到眼前一个面无表情的女子，有些面熟。

是林羽离。

她不声不响地坐在那里，神情冷淡。

不对啊，她为什么会看到林羽离？就算是进入梦境，也不应该是自己看到自己啊？

姜璃有些莫名其妙，再看旁边，是苏鎏，他看着林羽离一脸不悦，道：

"你准备待会儿见了你父母也这样冷冰冰吗？无后？哼，我们连洞房都没洞，当然无后，就算这次归宁再给你调养也没用。"

他这样说着，那端的林羽离终于抬头看他一眼，手中牢牢地抓着一把只有手指长短的桃木剑，口中道："相公，你中邪了。"

苏鎏眉一皱，道："又说我中邪，我哪里中邪了？"

林羽离道："你总是说一些奇怪的话，什么庙里、什么虫子、什么我抱着你差点掉下山崖，我怎么不记得这些事？"

苏鎏愤愤地瞪着林羽离："你为什么不说自己中邪了呢？说过什么，做过什么全都不认账，像换了个人一般。"

林羽离抓着桃木剑，冷声道："我很正常。"

苏鎏被气得正要发作，猛然听到外面的车夫在喊："少爷，大兴庄就要到了。"

大兴庄？

这三个字猛地蹿入姜璃的耳中，她正想自己是不是听错了，却看到苏鎏拉开马车的帘子往外看，前面是条车道，正是在一片林子中，车道旁一长溜的童子石像，童子抱着草药。

果然是大兴庄。

姜璃一下来了精神，然而眼前却忽然一暗，马车、林羽离、苏鎏，一下全部消失。

姜璃猛地惊醒，四周一片漆黑，她第一个反应就去看旁边的易兰泽，还好，易兰泽还在旁边，但他是坐着的。

她下意识地伸手拉了拉易兰泽的衣角，易兰泽似乎高度警觉，被猛地一拉，吓了一跳，整个人转了过来，看到是姜璃，手中要挥出的刀停在那里。

姜璃正要开口，易兰泽的手已经上来捂住了她的嘴，人同时躺下来，与姜璃只隔了一层睡袋贴在一起。

"有东西，别出声。"他的声音极轻，贴着姜璃的耳朵说道，呼吸微微有些急，热气喷进姜璃的衣领。

姜璃屏住呼吸，头靠着易兰泽的肩，听了一会儿，却什么也没听到，但明显感觉有什么东西就在周围，带着股阴冷的气息，让她全身的寒毛不由自主地竖了起来。

就在姜璃感受那东西时，易兰泽的身体紧绷起来，像一把被拉满的弓，而同时只听"嘀"的一声，有一团黑的东西朝两人扑来。易兰泽手中的刀同时挥出，姜璃则极快地打开手机的手电筒模式，一道光向那道黑影照过去，但还没看清是什么东西，那黑影对着姜璃的手机就是一拍，同时蹿进了旁边的木案下。

姜璃的手机被拍在地上，她慌忙地捡起来，照过去，却什么也没看到。

她回身用手机对着旁边的易兰泽，易兰泽还拿着刀，上面还滴着血，他拉起姜璃，道："快起来，有好几只。"

姜璃听到有好几只，吓了一跳，忙从睡袋里出来，跟在易兰泽的身后。

她没有带什么防身的东西，忽然想到易兰泽背包里的兵工铲，忙蹲下来去拿易兰泽的包。人刚蹲下，一团黑影又冲了上来，姜璃想也不想地抬脚踢去，只觉得与踢在人身上的感觉差不多。

那东西挨了一脚，又蹿回去，姜璃慌忙去捡包，找到兵工铲拿在手中，顿时安心不少。

两人背靠背地站着，姜璃用手机扫过前方，却看不到什么奇怪的东西。她再扫一圈，只见两团光在手机电筒的照耀下，发出与猫眼一样的光。

"什么东西？"姜璃只觉得那是野兽的眼睛。

"应该就是这宅子里藏着的野兽。"易兰泽道。

"野兽？"姜璃的声音略略地提高。

"而且有好几只。"易兰泽回答时，手中的刀又挥出，砍向冲过来的黑影。

这回姜璃看到了野兽的样子，一身黑毛，看不清脸，身形比人略小，佝偻着身体，发出"呵呵"的声音。

实在是有点瘆人，姜璃心里想，人却不敢分心，举着兵工铲，对身后的易兰泽道："我们得想办法出去，出去有月光，可以看到它们的攻击。"

易兰泽应了一声，两人往外面慢慢移去。

只是刚动，几个黑影又蹿了上来，姜璃挥铲过去，那东西反应极快，工兵铲竟然挥空，姜璃手背上被狠狠地抓了一下。

姜璃顾不了这么多，抬铲对着又朝她冲上来的黑影挥过去，这下将那黑影砍个正着，那黑影惨叫一声，缩回黑暗中。而那头易兰泽也砍中一只，顿时让其他野兽有了忌惮，躲在黑暗中，暂时不敢再攻上来。

两人移到楼外，外面月光够亮，两人依然不敢放松，易兰泽看到脚边一丛已经干枯的杂草，拿出兜里的打火机，顺手点燃，杂草燃起来，易兰泽带着姜璃躲到火堆后面。

那几只野兽果然隐在屋里的暗处不敢出来。

"看来怕火，"姜璃道，"不过这点杂草烧不了多久。"她手背上被抓到的伤口剧痛，此时只能强忍着。

易兰泽，道："那你还不快跑？"

"我跑了你怎么办？"

"我挡着。"易兰泽道。

姜璃一怔，想他这时也不可能跟她开玩笑，心里有些感动，口中道："跑了多不厚道。易兰泽，就这几只，我们俩一定有办法对付的。"

易兰泽看了一眼旁边即将燃尽的杂草，道："你再不跑就没机会了。"

姜璃想也不想，道："不跑。"扔下同伴跑掉，不是她姜璃能做得出的事。

易兰泽没说话，抬手拉住姜璃的手道："那就一起跑，趁这堆火还能挡他们一阵，我数到三，一起跑。"

"跑哪儿去？"

易兰泽，道："跟着我就是了，一、二、三，跑……"

易兰泽喊出"跑"字，就拉着姜璃跑，却并不是往院外去，而是向着小楼后面跑。

"去哪儿？"姜璃完全搞不清楚易兰泽想跑去哪里，但脚下不能停，只能被易兰泽拉着跑。

易兰泽似乎对这处宅院很熟，拉着姜璃左转又右转的，看到院门就直接拿脚踹，看到有枯草就直接点燃。两人跑过一个个院落，直到再跑进了一个小院才停下，易兰泽看到有干枯的杂草就用打火机点燃，然后拉着姜璃在院里找了一圈，最后找到杂草中的一口井，用刀割断上面的藤蔓，又搬开上面盖着的石头，道："跳进去。"

"啊？"姜璃瞪着那口井。

"跳进去！"易兰泽的声音有些急，而那些野兽追来的脚步声已经到了院门口。

姜璃不敢再迟疑，这回只能信易兰泽，也不管这洞中黑洞洞的，她一咬牙，直接就跳了下去。

以为会是几百年不用的井水，没想到却是一口枯井，只觉得脚底下软软的，也不知道是踩着烂泥还是什么其他东西。

"易兰泽。"她对着井口喊。

"来了，你站边上一点。"易兰泽声音刚落，人已经跳了下来。

井底很窄，易兰泽跳下时怕伤到姜璃，人抓着井边跳下来，两人站在一起，身体也不得已贴在一起，姜璃现在没时间在意这些，抬头望着井口道："这不是进了死胡同吗？"那些野兽跳进来，他们两个该往哪里逃？

易兰泽没理她，黑暗中他拿着刀柄在井壁上东敲敲西敲敲，姜璃与他身体贴着，跟着他的敲的方位，转了一圈，听到他急促的呼吸声，看来他并不是不着急，而是很着急。于是姜璃也不敢多问，听着井口的野兽喘息声越来越近，她虽然不知道易兰泽要找什么，但也拿着手中的铲子在井壁上敲。

敲到一处时，姜璃听到这处的声音明显与其他地方不同。

"这里，易兰泽。"她拉拉身后的易兰泽。

易兰泽回头，顺着姜璃手的牵引，找到那处井壁，又用刀柄敲了敲，听到声音确实不同。黑暗中也不知他是什么表情，姜璃只觉得他的呼吸频率变了变，然后只听"咯"的一声，有什么东西似乎被打开，一股带着霉味的冷风自脚边吹来。

"什么东西？"姜璃吓了一跳，拿着手机照过去，却见脚底下的井壁打开了一个一米不到的口子，里面一片黑。

"钻进去。"易兰泽道。

"好。"这回姜璃没迟疑，也不管里面黑得吓人，人一矮，钻了进去。

里面空间竟然不小，姜璃钻进去后，向后退，空出给易兰泽的位置来，一会儿易兰泽也钻了进来，他拿过姜璃的手机在里面的墙壁上照了照，找到一个凸起的东西，按了一下，那一米不到的口子关住了。

易兰泽迅速地背对着入口坐下，挡住入口的地方，他是怕入口不牢，或者不小心被打开，他好挡一挡。

外面传来野兽的喘息声和类似指甲乱抓着墙壁的声音，与姜璃他们只有一墙之隔，姜璃只觉得全身的寒毛都竖起来，两人在一片黑暗中，只盼着外面的声音快点结束。

然而，外面又传来敲墙壁的声音，似乎与刚才姜璃他们一样，换着地方一处处地敲。

不对，那些东西怎么知道敲墙，难道是有智慧的？姜璃心中一阵恐惧，里面的空间不大，她有些坐不住，人不自觉地靠在易兰泽身上，想以此来缓解心中因为紧张而生出的凉意。

易兰泽伸手将她抱住，两人相依着煎熬地听着外面敲墙的声音，姜璃只感觉易兰泽抱着她的手臂随着那敲墙声越收越紧，心中竟然又没那么恐惧了，极轻声地对易兰泽道："虽然你觉得我配不上你，但看来也没办法了，我们很可能会死在一块儿。"

"我们不会死。"易兰泽答了一声，本来抱着她的手，在她头上轻轻地拍了一下，惩罚她的胡说八道似的。

又过了一会儿，似乎应了他这句话，外面的声音静下来，两人还是不敢动，又等了好久确定外面没有再发出声音，两人才同时松了口气。

姜璃本来整个神经都紧绷着，此时放松下来，忽然感觉整个人都疲惫，昏昏沉沉地躺在易兰泽身上。

易兰泽也是刚刚放松下来，正准备推开姜璃，手碰到她的手背，愣了一下，抬手直接抚她的额头，急问道："你的身体怎么这么烫？"

姜璃只觉得呼吸困难，那处被野兽爪子抓过的地方，脉搏突突地跳着，滚烫而且越来越痒。

"把我手机给我。"姜璃连声音也虚弱起来。

易兰泽打开手机，递还给她，姜璃接住，对着受伤的那只手照过去，吓了一跳。

那只手已经肿得不像话，伤口的地方现出淡淡的紫色。

她这一照，易兰泽也看到了，伸手将她的手抓过来，问道："什么时候受的伤？"

"在那小楼里的时候。"

易兰泽爬了起来。

"干什么？"姜璃拉着他的衣角道。

"我包里有解毒剂，但是在小楼里面，我去拿。"说着，他开始找墙上的开关。

姜璃一把将他拉住道："它们可能还在外面，而且就算不在外面，你确定你能活着回来？"

易兰泽道："总得试试。"

"你从来没有这么不冷静过，易兰泽，"姜璃还是死死拉着他，她人已经相当虚弱，道，"等天亮再说。"

"如果等到天亮，你就没命了。"易兰泽声音竟然有些急。

"不会，我会活着。"姜璃的语气坚定，"反正天亮前不许打开这道门。"她说着，伸手死死地抱住易兰泽。

易兰泽被她滚烫的手臂缠着，只得又坐下，将她抱在怀中，道："好，我不出去。"


全身烫得厉害，人也越来越没力气，但脑子却是清醒的，姜璃靠在易兰泽的怀中，听到他有力的心跳声，竟然莫名地觉得安全。

也不知是不是人中毒，嗅觉也出了差错，她竟然从易兰泽身上闻到了一股极淡却熟悉的香味，她记得那是属于苏鎏的特有香气，清冽，让人忍不住想多闻几口。

是产生幻觉了吗？

"你怎么知道这个地方，易兰泽？"她不想自己的脑子跟着那幻觉变得混乱，她想至少要保持清醒，于是开口跟易兰泽说话。

"我说过我以前来过。"易兰泽的声音就在头顶，语气没有以前那么冷漠。

"你什么时候来过？当时也有那些东西吗？"

"很久以前了，当时有没有，我不知道，反正没有遇到。"

"嗯，看来我们这次倒霉遇到了。"姜璃的声音又低了些，口齿也有些不清楚了。

她努力地睁着眼，找话聊，道："易兰泽，我有没有说过你很帅，虽然中了毒，但这样躺在你怀中还是很受用的。"

易兰泽没有马上接话，若是平时照他的脾气是绝不会接这种无聊的话题，但过了一会儿，他竟然道："我很少这样抱一个人，所以你现在好好享受，等天亮你吃了解毒剂就结束了。"

姜璃在他怀里轻声地笑，道："你偏要这么自我感觉良好吗？好，那我问你，你以前还抱过谁，你这样的脾气有过爱人吗？"

这回易兰泽没有答，姜璃只是听到他轻轻的一记叹息，她手揪着易兰泽的领口，道："我问了不该问的？"

易兰泽过了会儿才道："我以前有过妻子。"

"啊？"姜璃觉得自己仿佛被下了一剂猛药，一下子清醒了不少，"你结过婚？那你妻子呢？"

"死了。"

"死了？"姜璃有些反应不过来，这易兰泽顶多二十五六岁的样子，竟然已经结过婚，而且成了鳏夫，怪不得他脾气会这样冷。那一定是一段非常痛苦的过往，姜璃想起他平素不爱理人，更不爱被女生追求的冷漠样子，忽然有些心疼起这个男人来。

"你跟她脾气很像，连说话的口气也像。"那头易兰泽又道。

"嗯。"姜璃听着，等易兰泽往下说。

"所以，我有些怕你。"

"怕？"

"嗯，怕。"

"为什么？"姜璃起初只是想闲扯，好让她保持清醒，但现在的对话，让她有些跟不上节奏，是中了毒的缘故吗？

这回易兰泽真的没有答，黑暗中一片沉默，只是一静下来，姜璃就感觉呼吸困难，她轻轻地咳了几声，觉得脑子也跟着混沌起来。而那头易兰泽拿过她受伤的手，又开始帮她挤毒血。他刚才用刀割开了她的伤口，帮她挤过一次毒血，但显然不管用，这次，姜璃感觉他温软的唇贴在她的伤口上。

"干什么？"她的神志如同就要掉在地上的气球，又猛然浮上空中，手往后缩，"不许用嘴巴吸，会中毒的。"

"我会吐掉。"易兰泽抓着她的手道。

"你以为我电视剧看多了吗？这里没有清水漱口，你吐得干净吗？"姜璃挣扎，但没有多大力气。

"反正我不会有事，你不要再动。"易兰泽抓紧她的手，唇又含住她的伤口。

"没用的，易兰泽你不必这样。"姜璃没有力气，只能任由他去。

易兰泽没理她，对着伤口又吸了几次，然后又将捆在姜璃手臂上的布绳紧了紧，阻止毒液往上流。

其实只是徒然，刚才奔跑时整个人气血流动加快，毒液应该早就蹿到全身了，不然姜璃现在也不会全身发烫，头晕目眩。

"易兰泽，原来你也会做这种无用功的傻事。"姜璃疲惫地笑，人靠在易兰泽身上因为呼吸困难，拼命地喘气。

"你少说点话吧。"易兰泽又将她抱在怀中，伸手抚着她的额头，还是一样的烫，而姜璃明显地感觉他整个人焦躁起来。

"我会活着的。"姜璃按住他放在她额头上的手，道。

易兰泽反手回握住，道："我也不会让你死的。"他说着，拿着手机看了下时间，才刚过凌晨三点，离天亮至少还有两个多小时。

易兰泽抱着姜璃靠在身后的墙上，心里想，如果再等两个多小时，就算姜璃能撑到那时候，可能外面的解毒剂也未必有用了。

"你能睡一会儿吗？"他对姜璃道。

"我是很想睡，但我怕你趁我睡着时去取药。"姜璃道。

"我不会！"易兰泽嘴上这么说，但抱着她的手臂不自觉地紧了紧。

姜璃笑道："不管你会不会，反正我得醒着，对了，你还没回答我为什么怕我呢？说说看，万一我熬不到天亮，至少也可以没有遗憾地死。"

易兰泽不答她。

"是不是怕喜欢我？我这么美丽，身材也不错。"

"是。"这次易兰泽竟然轻易地答了。

这回姜璃不知道怎么回应了，只是干笑了两笑，道："怎么就又配得上你了呢？算了，当你是在安慰我好了。"

易兰泽没有说话，有些不置可否的意思。

姜璃也不敢再聊这个话题，她觉得这个时候的易兰泽就算自己求他亲自己一下，他也会照做，而这种顺从，让她觉得自己真的要死了，不然以易兰泽的脾气，是绝不会这么好使唤的。

眼皮重得厉害，而她绝不能睡，她未受伤的手死死地抓着易兰泽的衣领，脑子里想着继续找话题聊，但是这时脑子竟然也没有力气再转了。

易兰泽身上的香气又袭过来，姜璃昏昏沉沉的，受伤的手摸到自己一直带在身上的那只盘丝耳环，如果自己会死，那要不要在死前再去看一眼苏銮呢？

不行，她不能睡着，不管是昏睡过去，还是被那只耳环带回去，姜璃又放开那只耳环，拼命地睁着眼，口中道："易兰泽，你绝不能出去。"

"我不出去。"易兰泽答了一句。

"嗯。"姜璃心满意足地应了一声，然后猛然感觉有热热的东西滴在自己的唇边，她没有力气动，只能任着那东西流进自己的嘴里，一股血腥味。

是血吗？

"易兰泽？"她唤易兰泽的名字。

没有人应她，她想把口中的血腥液体吐出来，有人却按住她的嘴，强迫她将嘴里的东西咽下去。她挣扎了几下，本来放开那只耳环的手，下意识地又握紧了，口腔里都是血的味道，带着易兰泽身上的香味，让她渐渐失去意识。

再接着，就如前几次那样，脑中一片黑。

她现在暂时不想去找苏鎏啊。


姜璃的头被磕了一下，醒了过来，她睁开眼，果然不在那间暗室里了，眼前明亮，四周晃动，脑中还是浑浑噩噩的，就像她每次进入梦境一样，她努力地让自己清醒，眼睛看向四周。

苏鎏？是苏鎏靠在另一侧，眼睛看着外面，而他们两个还在马车里。

这次，她又没有借助任何东西回来了？

姜璃昏昏沉沉地想着，马车却在同时停了下来。

帘门被拉开，大兴庄就在眼前。

姜璃有好几秒的愣神，几百年前的大兴庄与她之前看到的满目疮痍完全不同，眼前的大兴庄金壁辉煌，特别是那幢小楼，简直可以用奢华来形容。姜璃前几分钟还经历了在这个宅院里拼死逃命，觉得这宅院像地狱一样恐怖，然而这一刻，眼前的一切，又有哪一点可以和地狱、恐怖联系在一起？

她被丫鬟搀扶着下了轿，门口已有人迎接，是一对中年男女，身后还有各色人等，姜璃只知他们应该是大兴庄的主人。

"小离，你回来了，可让为娘想死了。"中年妇人先上来，眼中已经满是泪水。

姜璃愣了愣，为娘？难道这大兴庄是林羽离的娘家？

她没有答，只是愣愣地看着那妇人，而旁边的苏鎏开始行礼："女婿见过岳父岳母。"

果然是了，姜璃忽然想到前一次自己莫名进入梦境时，苏鎏说归宁，她怎么也没想到，这在她看来恐怖无比的地方竟是自己这具身体主人的家。

耳边听着自己的"娘"说林羽离瘦了，责怪苏鎏没有将她照顾好，旁边又有人劝，一来二去地客套着。姜璃抬头，正好与那中年男人视线相对，那男人长得仙风道骨，表情却冷淡，脸色过于苍白，就这么冷冷地盯着姜璃。

与她"娘"站在一起，那就是她"爹"了？怎么一副拒人于千里的样子？

虽是自己的"爹娘"，但姜璃却一点也没有亲近的意思，任由苏鎏去寒暄。虽然苏鎏平日里与她相处是个动不动就会脸红的主儿，但此时的样子却是不卑不亢，气质淡然却并不冷淡，脊背挺直，一副尊贵的富家公子模样。方才还在车里冷战，此时他却回身拉姜璃的手，体贴的样子，道："羽离，我们进去了。"

姜璃看着他修长的手握着她的，忽然想到易兰泽，此时此刻那边的易兰泽是否已经冲出去取解毒剂了？

她下意识地回握住，只是这个举动让苏鎏一愣，看了她一眼，却也并不说什么，直接进了庄去。

接着，还是客套，姜璃不敢多话，因为眼前的是林羽离的家人，对她可谓再了解不过，自己稍有说错话可能就让人怀疑。幸亏林家人体谅他俩一路旅途辛苦，没有客套太久，就安排她和苏鎏回到原先林羽离未嫁时住的小院。

回去时，林羽离的母亲拉着姜璃的手送出来，口中轻声说道："小离，你的性子怎么还是像你爹这般冷清？娘之前就提醒过你，婆家不似娘家，在娘家无论你什么性子都是爹娘的宝贝，到了婆家若还是这般，谁会怜惜你？你老实说，嫁去这么久都未怀上，是不是相公不喜你的性子，冷落了你？"

姜璃一时不知道怎么答，眼睛看着走在前面的苏鎏，又看看身旁一脸担忧的林母，说道："没有啊，女儿已经改了很多了，不过相公也是喜静的性子，与他相处并没有什么不妥。"

"那就好。"林母拍着姜璃的手，说道，"我们女人嫁了以后，这下半辈子就全仰仗着自家相公了。羽离，你可要用心些，最好趁这次归宁就能怀上，这样才能绑住相公的心。"

看来是要开始大聊婆媳关系、婚姻相处之道了，姜璃头有点大，她实在是不怎么喜欢这样的话题，而且是跟最熟悉林羽离的林母聊天，稍有不对，就会露出破绽。

她稍稍清了清喉咙，调整了一下，准备闪人。

"头好晕，相公，相公。"她知道演技浮夸了些，但能脱身就好。

苏鎏本不想回头，但一个是碍着岳母就在身后，一个是他这娘子的声音实在是娇柔媚软，让他忍不住就回头看了她一眼。

只见姜璃一只手捧着头，一只手朝他伸着，五根雪白的青葱玉指无力地举在那里，轻轻地朝他招了招。

瞬间，他觉得有些异样，眼前的娘子似乎变了，又变成在庙里那时的样子，他喜欢的……他摇摇头，不想理会这种莫名的感觉，走上前，伸手扶住姜璃。

一旁的林母这才识相地退在一旁，脸上露出满意的笑。

这才对嘛。


小院精致，植着各式花卉，还有一口井，让姜璃看到时愣了愣，似乎很眼熟。

苏鎏一进小院就甩开了姜璃的手，转头盯着姜璃。姜璃被他盯得发毛，干脆回眸冲他眨了眨眼，浅笑道："相公，你看什么？"

苏鎏盯着她不说话，冷着脸凑近她一点。姜璃觉得他此时的眼神简直跟易兰泽一模一样，不觉有些愣神。而同时苏鎏忽然伸手往她身上一扯，姜璃下意识地往后一退，苏鎏却扯下了挂在她腰间的那把手指长短的桃木剑，指着她道："恶鬼退散，你怕不怕？"

姜璃本来还有点被苏鎏唬住了，猛然听到苏鎏的话又乐了，恶鬼？什么鬼？

"相公，你这是干什么？"

"你还给我装蒜，说，你是什么妖怪？竟敢附身在我夫人的身上？"

附身？姜璃一怔，还真是附身呢？只是她不是妖怪啊。

她见苏鎏抓着那把小小的桃木剑凑近她，人竟然往前凑了凑，笑道："我是妖怪，那相公不如将我杀了？"

苏鎏看她雪白的脖子凑上来，玉一样的皮肤就要碰到桃木剑的尖端，虽然只是一把小小的手指长短的剑，但还是可以戳破柔嫩的皮肤，他不由得向后缩了缩。

"你……"他为自己避开姜璃的脖子感到生气，盯着姜璃眉头皱起来。

姜璃也看着他，忍不住又想逗他，道："那相公是喜欢我这个妖怪还是你夫人呢？"说着伸出手臂软软地挂在苏鎏的脖子上。

果不其然，苏鎏的脸霎时红了，慌忙拿开姜璃的手臂，道："你这个妖孽！"

姜璃笑起来，伸手又去捏他的脸，他脸更红，拍开姜璃的手，姜璃却整个人往他身上倚过来，他没来得及躲开，姜璃结结实实地倒进他怀中，他人顿时就僵在那里了。

他竟然没推开。

姜璃只想笑，心里盘算着，玩笑开完了可要想个合理的理由，不然苏鎏真当他的妻子是妖孽，他们夫妻关系就要破裂了，她的罪过就大了。

"那个……"她边想着理由边想从他怀里起来。

不料，一双手臂将她搂住了，有些紧。

这回轮到她僵住了。

什么情况？

"不管你是不是妖孽，你能不能一直就这样，不要离开了？"苏鎏的声音很轻，就在头顶。

姜璃惊得说不出话来，这个万事都古板的苏鎏，他……是什么意思？

她又想从他怀中离开，苏鎏却将她按住："不要离开，你答应我。"

姜璃只好不动，轻声道："我不是一直都在。"

"不一样，刚才、之前，那不是你，在庙里时、我们新婚时，那个才是你，我知道。"

看来她与林羽离的性格差异太明显，他可能早就发觉了，而他此时说的话明显是在向姜璃表白。

她心里顿时有些乱，之所以无所顾忌地逗他、开他玩笑，是因为她只是个过客，而他对她故意的玩笑深恶痛绝的样子，让她觉得开个玩笑也无妨。但现在，这种不该有的情感发生了，她随时来这里，但随时离开，可能再来，也可能再不出现，一切全不由她控制，莫名的情爱是不能发生在这个不属于她的时代的。

姜璃心里慌乱，想着怎么处理此事，却在这时看到丫鬟带着一个人进院来。那人也是中年模样，穿着一件深蓝色的衫子，脸与林羽离的爹多有些相似，只是眼睛更细长，下巴也更尖，此时笑看着她和苏鎏拥抱，整张脸看起来像只狐狸的脸。

"年轻人果然恩爱啊。"他看了半晌，才走进院来，故意提高了声音好打断相拥的两个人。

这回苏鎏总算放开了姜璃，红着脸，看到来人，马上正色地行了个礼，道："二叔。"

被叫二叔的人"嗯"了一声，道："侄女婿不用客气了，我也是刚从宫里回来，听说侄女归宁，所以跑来看看，没想到看到两人这么恩爱，也是小离之福啊。"

他说着，手很自然地拉过姜璃的手诊起脉来，半晌，点头道："身体是比出嫁前略差了一点，但不至于影响给苏家生个大胖小子，等一下二叔给你开几服宫中的娘娘们吃的养生方，保管很快能怀上，或许就在归宁这几天。"他说完笑看着眼前两人，暧昧非常。

苏鎏的脸不由得又红起来，姜璃只是配合地低头浅笑，装作不好意思，心里想，他提到宫里，料想是做御医的，也不敢盯着他看，怕被他看出破绽，只听那人又道："不要在屋里待着了，小离难得回来，不如来看我从宫里回来的路上所得的收获。"

于是，姜璃与苏鎏不得已又被带进了林家的那幢小楼，小楼里此时的陈设当真奢华，谁会想到几百年后会杂草丛生，落满灰尘。

楼里的厅中摆着个大木箱，里面的东西已经被人取出来，姜璃看过去，都是些西洋玩意儿，这在当时确实是稀罕物，她却是看多了，也没有太多惊喜。

这时二叔亲自从那个木箱里取出一个小木箱来，还没打开，就神秘地说道："这个是我在回来的路上所得，听说是几个月前从天上掉下来的石头，化成雪白玉石，我请道人看过，此乃太上老君炼丹炉中所炼之物，不慎炉底烧穿才从天上掉了下来。"他说着得意地打开盒子，"我重金买了下来，请人刻成佛像，准备放在这楼中，镇宅之用，大哥看看如何？"

二叔说着从盒中拿出那尊佛像，姜璃看过去，只是一眼，一股让人极不舒服的感觉袭来，她不由得向后退了一步，猛然想起那尊佛像她在陈江的古董店中见过。

"羽离，你哪里不舒服吗？"姜璃的反应苏鎏第一个看到，他扶住姜璃问道。

姜璃盯着那佛像还是感觉不好，她本来想摸一下看那到底是什么东西，但发现自己连靠近都不想，她下意识地抓着苏鎏的手，想把他也扯远一些。

幸亏其他人只当她累了，林羽离的二叔笑道："看来这些东西我侄女是不感兴趣了。也罢，侄女婿，扶我侄女去休息吧，我与她爹有事要说。"

苏鎏应了一声，拉着姜璃的手，带她离开。

跨出楼时，姜璃回头又看了一眼那尊佛像，那佛像已被二叔拿在手中，爱不释手的样子，而那佛像落在姜璃眼中还是罩着层恐怖的光。

"以后，不管发生什么情况，都不要靠近那块石头。"姜璃在心里斟酌了一下，轻声对苏鎏说道，手同时用力回握住苏鎏。

苏鎏一惊，也回头看看那尊佛像，并没有发现什么不对，低头又看看被姜璃握紧的手，难掩心喜，不由得点头道："好。"

回去时，又经过那口井，却见几个丫鬟正从井里用篮子吊水果上来，姜璃看了一会儿，走上去。

"小姐，姑爷。"丫鬟看到姜璃和苏鎏忙放下手中的篮子，里面正放着一只碧绿滚圆的西瓜，看来这井是夏天用来当冰镇水果用的。

姜璃走到井边看着井中的一汪清水，忽然转身问道："那井下可有暗格？"

丫鬟一怔，道："禀小姐，没有暗格。"

姜璃皱眉，围着那口井缓缓走了一圈，道："通知管家，让他找人在这口井下做个暗格，可容两人便可，速速去办。"

丫鬟一脸疑惑，却不敢多问，应了一声，去了。

"羽离？"一旁的苏鎏不明所以，看着姜璃不知道她想干什么。

姜璃懒得解释，也无法解释，心里却感慨，原来救了自己和易兰泽的，正是她自己，只是那个小小的暗格真的能挡住那些东西吗？她站在井边不动。

"羽离，你还在吗？"旁边的苏鎏小心翼翼地问道。

姜璃回过神，听他这么问又愣了一下，随即明白他这么问的意思，抬头看他正有些惊慌地看着自己，心里没来由地揪了一下，这个苏鎏，她轻声叹气，冲他笑道："我一直都在啊，相公。"

她那一笑犹如春花绽放，温柔如水，苏鎏看得呆住，忍不住伸手抚上她的脸，珍惜而小心。

姜璃任由他的手掌抚过她的脸颊，脑中想如果一直不离开，跟这样一个男人共度一生也不错啊。

她正这么想的时候，脑中有些恍惚，眼睛看着苏鎏那英俊无匹的脸，却瞬间又想到易兰泽。

易兰泽？对，易兰泽，你还活着吗？

她这样想着，右手忽然莫名地传来痛感，像是那被怪物抓伤的伤口引发的，而本来还算清醒的脑子忽然混沌起来，是要回去了吗？她眼睛用力眨了眨，似乎又嗅到了那阴暗的井中弥漫着的霉味和潮湿的气息，但再一眨眼，却猛然听到有人在喊。

"小姐，姑爷。"

她即将被扯走的魂魄似乎一下又被拉回来。

"何事？"苏鎏皱眉应道，对这不识相的打断感到很不悦。

姜璃看过去，却见丫鬟手里捧着件东西，用红布盖着，看到两人便行礼，道："二老爷专门让人刻的送子观音，说是让夫人、姑爷回去时一并带回供着。"

"二叔真是想得周到，替我谢谢他。"苏鎏即使心里不快，但毕竟是客人，马上客气地应道，抬手掀开那红布看了一眼，是一尊不算大的白玉送子观音，雕工细致，栩栩如生，虽然算得上精品，但苏鎏见过的宝贝举不胜举，这送子观音根本算不得什么，"放屋里去吧。"

等丫鬟离开，苏鎏回身看姜璃，却见姜璃正盯着那尊送子观音看，一愣，问道："怎么了？"

"明天便回。"姜璃的眉紧紧地皱着，眼睛看着那尊观音，"别带任何东西，尤其是它。"她指着那观音道。

"为何？"苏鎏不解。

"你若将我放在心里，你就听我的话，明天就回去，别带任可东西。"姜璃不知道怎么跟苏鎏解释，不管是这观音还是二叔口中的那块陨石雕刻的佛像，那种危险的气息铺天盖地而来，她心里有种声音让她不要靠近，但人却还是往那观音跟前去。

虽然在陈江的古董店里见过类似的东西，但当时远没有现在这么浓的危险和让人厌恶的气息，现在这个东西就在眼前，姜璃虽然心里警铃大作，却还是想要看看，这危险的气息到底从何而来。

姜璃越靠近，身体的警告越强烈，心脏也跳得飞快。姜璃很想转身不看它，但还是咬牙压下心里的恐惧，将手放在那尊观音上。

脑中顿时天旋地转，眼前先是一片漆黑，然后有一点光照过来，她转头朝着那光的方向看过去，是一个巨大的火球，她不由得叫了一声："那不是太阳？"紧接着，一个不明物体朝她劈头盖脸地砸过来。

她尖叫一声，人不自觉地挣扎了一下，感觉自己似乎处在一团温暖中，睁开眼，眼前还是一团黑。

"醒了吗？"有人在她耳边说道。

她一怔，那声音是易兰泽的，苏鎏的声音没有这么冷淡，她花了好长时间才适应周围的光线，果然，她又回来了。

"嗯。"她应了一声，想从易兰泽的怀里坐起来一些，但发现根本没有力气，只能照这个姿势又躺回去。

"现在是什么时候了？"

"快天亮了。"

"那些东西还在吗？"

"不知道，也许还在。"

"那我们天亮再出去。"既然过了这么久那些东西都没有冲进来，而自己也没有死掉，那就安心等天亮吧。姜璃轻轻舒展了一下身体，忽然发现被那些野兽抓过的手竟然不痛了，只是有极轻微的麻痒感，她用手指碰了一下，那伤口竟然已经结痂了。

"你出去拿解毒剂了？"姜璃问的时候头不自觉地抬起来，额头碰到一片湿软，姜璃意识到那是易兰泽的嘴唇，忙又缩回去，心里想，真的拿了解毒剂回来了吗？他是怎么做到的？而且就算在她昏迷的时候让她喝了解毒剂，那伤口也不至于结痂这么快，又不是仙药。

"是啊。"没想到易兰泽的回答是肯定的，却并不多说，回身抬手往洞口的墙上摸索了一会儿，只听"咔"的一声，那洞口弹开了一道缝隙，有光自外面照进来。

是天亮了吗？

外面没有动静，没有什么东西冲进来，看来真的是天亮了。

姜璃在松口气的同时，已经惊出一身冷汗，不由得责怪起易兰泽来，为什么不先说一声就把门打开了，万一有东西冲进来，两人又要怎么逃？

天只是蒙蒙亮，井里依然暗沉沉的，但确实已经没有东西在里面了。两人还是不敢放松，易兰泽让姜璃在里面待着，自己先钻了出去，怕万一那些东西还在，只是在井外等着，至少姜璃还来得及再躲进暗格里。

姜璃的心"怦怦"直跳，眼见易兰泽出去很久都没有声音，心里更加慌，正想也跟着爬上去看个究竟，却听到易兰泽的声音。

"上来吧。"

清晨的光线仍然昏暗，四周露水浓重，一片寂寥，昨天被点燃的那些干草化成了一堆草灰，那些东西已经不见了踪影。

姜璃整个人都是软趴趴的，是被易兰泽拉出井去的，刚刚跨出井沿，她大大地吁了口气，回看这些小院，杂草丛生，残垣断壁，哪还有她在幻境中看到的鲜活奢华。她想了想，也不管易兰泽，人踉踉跄跄地往这小院的屋子里走去。

屋里早就毁得不成样子，姜璃在屋里看了一圈，没有找到那尊送子观音，人因为没有力气蹲在那里，心想，苏鎏到底有没有听她的话？是不是还是将它带回去了？

"你在找什么？"易兰泽也跟了进来，问姜璃的时候却并不看着她，而是看着屋里那早已破败的梳妆台，眼神略显迷离。

"也没什么。"姜璃站起来，头晕目眩。

她缓了缓，回身对易兰泽道："我去收拾东西回去，这里太危险，你跟我一起。"她不是在询问，而是很明确的肯定句。

易兰泽看着姜璃的样子，人因为虚弱站都站不稳，脸更是苍白得吓人，略思索了下，道："好。"

两人回去整理物品，他们的行李竟然被翻动过，地上有几摊血，而昨天被姜璃和易兰泽砍中的那几头野兽已经不见踪影。

姜璃有些发怵，她敢肯定，昨天至少杀死过一只野兽，如果那些是野兽的话，尸体应该还在，如果被同伴吃了，那应该只是被吃空内脏，这是清理了现场吗？而且这些东西竟然还翻了他们的行李……姜璃猛然想起那块草地中间埋了无数遗骨，不对，动物是没有这些行为的，而这些行为明确地说明了一点。

它们有智慧，而且智商不低。

"那些真的是野兽吗？"姜璃忍不住把自己心里的疑问问了出来。

易兰泽看着她，脸色也并没有好到哪儿去，显然也想到了这些问题，却并没有回答，道："你脸色不好，我们现在就回去。"

从大兴庄出来，需要坐一个小时左右的公交车才可以到长途车站再坐车回去，而那辆公交车一天只有一班，两人紧赶慢赶地总算赶上。大城市里淘汰下来的公交车，因为一天只一班，人满为患，塞满了人不说，还有鸡鸭和各种蔬菜，站的地方都没有，更别提有位置坐。

出大兴庄时姜璃只是有些虚弱，也不知是赶得太急还是什么原因，到车上时人已经累得站都站不住，不只是累，神志竟然也开始不清楚，浑身滚烫，却又觉得冷，虚汗直冒，连头发都被汗浸湿了。

上车时，姜璃看了眼自己被抓伤的手，那里还是好好地结着痂，并没有发炎，不像是感染了，那为什么自己会变成这样？

公交车里混杂着各种味道，姜璃和易兰泽被挤在小小的一块地方站着，车不住地晃荡，姜璃抓着扶手，人虚弱到极致，脸上全是汗，连眼睛都无力地闭了起来。窄窄的柏油马路上，公交车为了避让一辆拖拉机，车身剧烈地晃了一下，姜璃再也站不住，人软下来，心里想，这时候谁发扬一下雷锋精神，给她让个座啊。

没有人给她让座，但腰部被人一捞，她整个人被那力道一带已经撞进了那个人的怀里，当然是易兰泽。

易兰泽怕她再滑下来，一只手抓着扶手，一只手扶着她的腰用力地往自己身上按。

姜璃累得睁不开眼，只是双手用力地抓着易兰泽的衣服，滚烫的呼吸全喷在易兰泽的脖子上。易兰泽皱了下眉，没有多余的手，只能用脸贴在姜璃的额头上，试她的体温，一片汗湿，额头滚烫。

两个人这样的举动在别人眼里异常亲昵，坐着看好戏的人窃窃私语，谁会想到给两个亲昵着的年轻人让座？

"易兰泽，我觉得我快死了。"现在的感觉比在井中的暗格时还糟，姜璃神志不清地说。

"坚持一下，很快就到了。"易兰泽道。

"可是我觉得好冷啊，你能……你能再抱我紧一些吗？"姜璃嘴里喊着冷，口中喷出来的气却烫得吓人。

她说话时，汽车靠站停了下来，易兰泽松开抓着扶手的手，身体往后仰，让姜璃尽量靠着自己，然后才腾出双手，将身上的外套脱下来，盖在姜璃的身上，然后又用力地抱住，让她的脸贴着自己裸露在外面的皮肤。

两个人的气味混在一起，比起在井中暗格时贴得更近，姜璃的双手本来挡在两人之间，此时为了取暖，改为抱住易兰泽的腰，两人贴得不留空隙。

心跳贴着心跳，渐渐变成了同一个频率，姜璃脑子不清楚，偏却控制不住地胡思乱想，似乎除了老爹，自己第一次靠一个男人这么近，就算大学时的那次恋爱，唇齿接触间也没有这么亲近的感觉。没有一点的排斥，不然就算是累极了，她也会尽量保持着距离，而这个人，这样的拥抱，紧得几乎将她的灵魂也嵌进去了，让她撤去了所有的防备。

是因为苏鎏吗？还是只是因为他是易兰泽？

哪儿来的安全感？他分明是那么神秘。

"她是不是不舒服啊，快来坐。"旁边的妇女终于发现了两人并不是在亲昵，站起来道。

易兰泽点了点头，说了声谢谢，松开姜璃让她坐。怀抱骤然一空，姜璃觉得心里空落落的，本来闭着的眼睛看向易兰泽，也不知道自己脸上现在是什么表情，却听易兰泽道："我就在旁边，不会离开，你乖乖坐着。"说着用那件外套将姜璃紧紧地裹住。

姜璃愣了半晌，仰着头呆呆地看着易兰泽，乖？自己一定是病糊涂了，却仍是笑了笑，答道："好。"她平时精力充沛，自有一股英气，此时病态而柔弱，却另有一种无助而让人心疼的魅力。

易兰泽看着她，觉得自己一定是被她的表情蛊惑了，呼吸竟然也跟着滞了滞，手抬了抬，拉起那件外套上的帽子，将姜璃的脸也盖住了，道："睡一会儿，马上就到了。"

到了坐长途车的镇上，已经是下午了，易兰泽没有带姜璃去坐长途车，而是直接去了医院。

姜璃烧得厉害，已经走不动了，两人搭了一辆出租车，下车时是易兰泽直接将姜璃抱进医院的。

"你是她的家人？"医生看了她的化验报告，皱着眉。

"同事。"

医生点了点头，眉头还是紧紧皱着，道："病人的各项指标都不在正常水平，你最好联系到她的家人。"

"她的家人……"易兰泽停了停，"暂时联系不上，她什么情况，你可以告诉我。"

那就不是单纯的同事了，医生咂了咂嘴，又看了眼那张化验单，道："病人以前有恶性疾病病史，或者她家里人有得过白血病的吗？"

"白血病？"

"是的，就我们现在的化验结果看，病人体内的造血干细胞明显异常，我建议去大医院做个全面的检查，越快越好。"

易兰泽沉默下来，低头看了眼自己的手，在井中暗格时，他曾经将它咬破，此时早已经完好如初了。

"我知道了。"他终于应了一声，站起来。

说是镇上的医院，其实也是大医院，各项设施完备，只是没有大城市那样人满为患，因为是下午来的，所以不至于没病房住。

天已经黑了，易兰泽想到他和姜璃从中午到现在都没有吃过东西，人转身出了医院。

他一直是一个人，一个人生活太久了，所以差点忘记了该怎么照顾人，他在街灯亮起的路上走着，寻找什么食物比较适合给姜璃吃。夜风吹过他的脸，他深深吸了口气，风还是那风，但并不是一成不变，时间凌厉，生命如烟，他的心态早已如老僧入定，起不了波澜，但是现在，他却在担心一个生命的流逝。

他走了一段，终于停下来，口中喃喃道："她，不会死吧。"

他买了粥，鱼片熬的，自己则在店里快速地吃了碗白粥，混着过辣的咸菜，吃得满头的汗。

病房里，邻床的女孩子在跟男朋友撒娇。

"我脚冷，你帮我捂捂。"女孩边说边伸出雪白的脚，让男朋友帮她捂。

男孩的手在女孩的头上轻推了一下，道："你没病吧，都快夏天了，脚冷？我看是脚臭吧？"说着捂着鼻子故意退开点。

"我就是有病了，不然来医院干什么？"女孩噘着嘴骂，"你这没良心的，居然敢嫌本姑娘的脚臭。"说着抬起脚往男孩子的脸上踹。

两人打闹起来，姜璃醒着，看着他们闹，忽然很想自家老爹，人只有在生病的时候才会变得特别软弱，何况现在姜唯明根本就不知去向。她挣扎着坐起来，想从包里拿手机打给爸爸，但挣扎了半天都没坐起来。

"你是不是想喝水啊，我来帮你倒。"旁边的男孩子看到了，停止了与女朋友打闹，跑了过去。

姜璃笑了笑，道："不是喝水，你能帮我拿下那边的包吗？"

姜璃长得漂亮，现在生着病，更是柔弱得让人心疼，男孩子看她对自己笑，红着脸跑去拿包。

姜璃只听旁边的女孩哼了一下，低低地骂了句什么，姜璃只当没听到，接过包，道了声谢谢，开始在包里找手机。

还是无人接听，姜璃失望得快哭了，她从来没有这么无助过，她一向自信而坚强，一场病却将她彻底击垮，找不到爸爸，还发着高烧，她甚至连起床拿包的力气都没有，原来这世上除了爸爸，她真的没有什么人可以依靠了。

她看着手机发呆，脑中想到昨晚那些吓人的怪物，如果爸爸已经出了意外，她要怎么办？手不自觉地发着抖，她没有发觉眼泪正顺着脸颊滑下来。

易兰泽进来时，看到的就是这样的情景，邻床的女生本来正张大嘴打哈欠，看到易兰泽，慌忙抿上嘴，理了理头发，被身边的男朋友看到，气愤地用力将她的头发揉乱，两人又打闹起来。

易兰泽根本看都不看他们，径直走了进去。

"吃饭。"他把手里的粥放在床头柜上，也没有别的话。

姜璃抬起头，这才意识到自己在哭，擦也来不及了，忙拉过被子盖住自己的脸。易兰泽站在床边，道："我看到你哭了。"

意思是你没有必要遮，姜璃一阵胸闷，却瞬间没了刚才的顾影自怜，在被子里闷了一会儿才将被子拉开，道："买的什么？"

"鱼片粥。"易兰泽说着，一只手将姜璃扶坐起来，一只手抽出枕头垫到她身后，然后去拿鱼片粥。

粥还冒着热气，让姜璃食指大动，但不知道是因为生病还是饿太久的缘故，拿勺子的手抖得厉害，粥到嘴边就已经抖掉了大半。

姜璃气急，干脆整只手抓住勺子，笨拙地再舀下去时，一只手拿过了她手中的勺子。

姜璃看看易兰泽，只见他舀了一勺到她嘴边，心里莫名升起一种异样的感觉，嘴上却有些赌气地说道："你不吹一下吗？"

易兰泽停在那里，他从来不擅长做这些，这已经是极限了，所以他口气有些生硬地说道："张嘴。"

姜璃只好乖乖张嘴，两人沉默着，一个喂，一个吃，竟然很快将一碗粥都吃掉了。吃完，易兰泽扔了张纸巾给她擦嘴，自己转身将空饭盒扔掉。

一碗粥下肚，姜璃感觉好了很多，人又躺下来，忽然想到什么，问道："刚才医生怎么说，是不是伤口感染引起的发烧，不过我的伤口已经结痂了，护士也没有帮我处理啊？"

易兰泽将窗帘拉下，回身道："明天回去得再做次检查。"

姜璃一怔，道："很严重吗？"

易兰泽看着她，说道："我又不是医生。"

看来易兰泽又恢复到原来的样子了，姜璃心里想，有些怀念刚才公交车上的那个他了，虽然当时她痛苦不堪。

她闷在被窝里，痛苦地说道："我是病人，你不能对我温柔一点吗？"

易兰泽不置可否，人在床边坐下，忽然伸手抓过姜璃被抓伤的手看，果然已经结痂了，他的眼神意味不明，就这么盯着不说话。

"你看什么？"姜璃问道。

易兰泽松开她的手，却并不回答她的话，站起来，道："你还有什么让我做的吗？没什么事的话我走了，我在医院旁边找了个旅馆，明天再来。"

姜璃动了动身子，她其实很想洗个澡，昨晚夜宿大兴庄，洗澡是不可能，今天车上又是一身汗，整个人都臭了。但现在的情况，吃饭都已经要人伺候了，还哪儿来的力气洗澡，难道也要易兰泽帮忙？

姜璃直接将这个想法否决，心想，还是等他走了自己换身干净的衣服吧，于是略微扭捏了一下，道："我想上厕所。"

第二天，易兰泽来得很早，给姜璃送来了早饭，就跑去办出院手续。姜璃一晚上都在做梦，早上醒过来，除了脑子昏昏沉沉，人竟然比昨天好了很多，连烧也退了。

她三两下解决易兰泽买来的早饭，坐在医院大门外的楼梯上等他，一只猫跳过栏杆，看到她，冲她叫了一声，她伸手逗弄。

易兰泽不一会儿就出来了，猫看到他，嘴里"咻"了一声，露出尖牙，转头就走了。他不以为意，拎起姜璃的行李，直接向停在不远处的一辆沃尔沃走去，沃尔沃的司机下车来接行李，姜璃有些意外地问道："怎么坐这车啊？"

易兰泽道："我预定的专车，直接坐回市里。"说着让姜璃上车去。

直接坐回市里？还是专车？这距离可不短，那得多少钱啊？姜璃愣了半晌，看司机殷勤地打开后座的车门，想了想，还是没说什么，上了车。

易兰泽坐副驾，一路没声音，司机是个很会看眼色的人，本来应该坐一起的男女，现在一前一后地坐着，应该是吵架了，所以只敢开了收音机，小声地放着音乐，来调节车里的气氛。

姜璃坐得无聊，翻看自己的病历，最后看到了那张化验单，各项指标和一溜的医学名称，她根本看不懂，只是看到好多项都高于或低于健康水平，反正没事做，她拿着手机一一地搜，搜了几个脸色就变了。

"医生到底说我是什么病？"她问前面的易兰泽。

易兰泽眼睛一直看着窗外，听姜璃这么问，稍稍迟疑了一下，道："医生没有明说，但有白血病的可能，所以等到了市里要全面复查一下。"

"白血病？"姜璃吸了口冷气，有些难以置信地重复着这三个字。

"还没定论，复查了再说。"易兰泽语气淡淡的，却有安慰的意思，要知道他平时这样的话都懒得多说一句。

只是姜璃此时根本什么都听不进，只是颓唐地靠在靠背上，她还以为自己恢复了呢，原以为只是一次普通的发烧而已，却原来这么严重。

她觉得浑身发冷，连呼吸都觉得失去了力气，人看着窗外，再也不发一言。

易兰泽自后视镜里看着她，他不擅长安慰人，而且他不觉得那张化验单就是定论，至少，以他的经验来说，不是。

"相信我，会没事的。"他不知不觉又说了句安慰的话。


替姜璃看诊的是姜唯明的朋友，是这家大医院的权威，他看了眼刚出来的化验单，又看看之前在镇上医院做的单子，满脸疑惑。

"怎么说啊，崔叔叔？"姜璃此时真的很紧张。

崔医生将刚摘下来的眼镜又戴上，抬头看着姜璃，道："从这份最新的化验单来看，你身体很健康，除了有点炎症，一点问题都没有，但是……"他又看看另一份化验单。

"但是什么？"

"但是那家医院我是知道的，我上半年时还去那里坐诊过，各项设备都不错，应该不会有这么大的误差，看指标也不像弄错了单子，真是奇怪。"

"那要不要再做一次检查？"

"要，你过几天再来做一次，我有点不放心。"权威专家最后做了决定。


出了医院，阳光正烈，已经过了吃中饭的时间，可能是查出来没什么问题，姜璃轻松很多，肚子这时叫得欢。她回头，看身后的易兰泽，因为没刮胡子的关系，脸上青黑一片，却无损他的英俊，反而是另一番味道。

"易兰泽。"她忽然叫他。

他看向她。

"你真的不考虑一下做我的男朋友吗？"她想起这两天易兰泽的照顾，半开玩笑地说。

他眉头一皱，没有说话。

203

WODENANYOU
LAIZIMINGCHAO

"不说话是同意了？"姜璃凑近他，她是开玩笑的，却又有些当真，要是能同意就好了，因为到这个时候她真的有些依赖他了。

"我送你回家。"易兰泽却挣开她的手臂，没看她一眼，一个人走在前面。

出租车里，这回两个人一起坐在后座，易兰泽还是一路沉默，眼睛就这么看着窗外。外面是这座城市的车水马龙，摆满水果的小摊、牵着女儿的妈妈、被学生踢得飞起的饮料罐，眼前一切都是真实，又非真实，与以往的画面混杂在一起，密集嘈杂，猛然又变成飞灰，瞬间所有声音和画面都消失，只有身边的姜璃。

他心里竟然因此有股暖意涌上来，他忽然想起姜璃刚才的话，心绪不免一动，侧头看了眼姜璃。姜璃正一遍遍地用手机打给姜唯明，眉微微地皱着，感觉到易兰泽在看她，转过头来，两人视线对视却都没有移开，气氛顿时暧昧，姜璃收起皱着的眉，猫儿一样地凑近他，他还是没有移开视线，眼睛停在姜璃的脸上。

姜璃道："你看什么？"

易兰泽这才移眼，低着头，有些突兀地说道："姜璃，你知道正常人类的生命很短，我们不合适。"

姜璃完全莫名其妙："什么意思？"

易兰泽却再不说话，表情现出极淡的哀伤，却很快又转头看窗外，让姜璃看不清他的表情。


姜璃第二天去上班，特意去侯千群那边问了一下，案情毫无进展，当然更没有姜唯明的下落，没找到姜唯明，她始终坐立难安。

吃中饭的时候，姜璃没有看到易兰泽来吃饭，问了一下，他竟然还在请假中，不是回来了吗？怎么还没来上班，姜璃心里泛着嘀咕。

这次在大兴的遭遇信息量太大，她昨天一夜没睡好，理着头绪，但却是越想越乱，找不到突破口。

邻座，一个中年刑警一直在夸他最近新淘到的一块和田玉，边说边拿在手里把玩。姜璃看了一眼，忽然就想到在幻觉中那尊用陨石刻成的白玉佛像，脑中一闪，人站了起来。

"我出去一下。"她对一边的泉朵说道。

如果要说突破口，就只有那尊佛像了。

还是陈江的那个店，店里有好几个人在，正一样样地在看店里的那些"宝贝"，陈江的姐姐陈玉也在，跟其中一个戴眼镜的人正说着什么。

姜璃看他们在忙，没马上上去打扰，听了一会儿，原来是陈玉已经把这个店盘给戴眼镜的人了，正在估算店里的古董的价值。

姜璃迅速地扫了眼那些古董，并没有看到那天放在架子上的玉佛，姜璃担心玉佛的下落，正要上去询问，却听到有人惊呼一声，姜璃看过去，原来是工人搬一盏青铜灯时，一失手，灯砸在地砖上，灯台掉了下来。

灯是赝品，姜璃看一眼就知道了，掉下的灯台正好暴露了藏在里面的焊接点，连造假也造得这么粗糙，但姜璃的注意力被另外一件事吸引了。

掉下的灯台正好砸裂了地砖，露出一个洞口来，没想到，地砖下面是空的。

几个人凑上去，里面竟然有挺大的空间，放着一个用铁钉钉住的木箱子，这种如同发现宝藏的感觉，让几个人顿时来了精神，连陈玉的眼睛也亮起来。

"闲人不要在这里啊，先回避一下。"戴眼镜的十分精明，看到店里还站着个姜璃，怕真是找到了宝贝，不想给外人看到，挥着手让姜璃离开。

姜璃知道古董界里规矩多，她对宝贝不感兴趣，她来的目的是问玉佛，于是拿出自己的警官证。几个人顿时不吭声了，毕竟这一行面上白净，私下多少都沾着黑，警察在面前，怎么也硬气不起来。

"我想看一下那玉佛。"姜璃直截了当。

"玉佛？哦，卖了，就昨天的时候。"陈玉回忆着说道。

"卖给谁了？"

"一个年轻人。"

姜璃有些沮丧，问道："长什么样？知道他买去做什么？"

"很高，长什么样……他当时戴着口罩，没看清，至于做什么用，我没问，佛嘛，肯定是家里有信佛的人，供着吧。"

　　陈玉看姜璃皱起眉，心里开始打鼓，搓着手又道："不会跟我弟弟的案子有关吧？上次那个侯警官已经仔细查过这个店了，没发现什么与案子有关的东西，说我可以继续营业，不影响的。"

　　姜璃根本没听她的话，想了想，又问道："那个人有留地址吗？"

　　"没有，连电话也没留。"

　　姜璃彻底失望，心想人家盘店也就不要多待了，既然玉佛卖了就走吧。她想着就要走，不知为何，回头又看了眼那个木箱，这才出去。

　　让姜璃没想到的是，她刚回到警局，就看到警队的警车已经启动，正准备出发，侯千群戴上帽子正要上车，看到姜璃似乎想说什么，但还是什么也没说，上了车。

　　姜璃看着警车开出去，回头正好看到泉朵也在往警车离开的方向张望，走上去问道："又有案子？"

　　泉朵看到姜璃一愣，随即抓住姜璃的手臂，有些急切地说道："头儿，刚有人报的案，在那个死者陈江的店里发现一具尸骨。"

　　姜璃听到"尸骨"两字，脑中"嗡"的一下，陈江死了，老爹失踪，现在发现尸骨说明什么，她一下有点站不稳，扶住泉朵，声音都变了，道："走，去看看。"


　　尸骨就在先前姜璃看见的那个木箱子里，被侯千群原封不动地运了回来，此时正在黄眷的解剖室里。

　　姜璃心急火燎，人冲进停尸间，看到侯千群和黄眷几个人正围着那具尸骨，便上去问道："怎么样？"

　　黄眷回过头，看到姜璃苍白的脸，知道她在担忧什么，直接又冷漠地说道："不是你爸爸。"

　　姜璃眉一皱，虽然黄眷说话直接，却让她心里定了下来，人上前一步，心道才刚运回来，没道理这么快确认身份，便道："是女的？"

　　"你自己看。"黄眷让开点位置，让姜璃看到解剖台上的尸骨，"可能连人都不是。说实话，这是我工作这么多年来，第一次无法确定这是人骨还是其他物种的骨头。"

这具尸骨只有一个五六岁小孩子的高度，腿短，双臂却很长，站立时估计可以碰到地面，头骨大小与常人无异，但眼窝的直径却比人类要小，不是人类，也不像猿类。她吃惊地瞪着这具尸骨，脑中几乎立刻就联想到那天在大兴遇到的"野兽"，全身不由得一寒，是不是就是它了？

"你想到什么？"侯千群看她表情不对，问道。

姜璃心里很乱，半天才抓住个头绪，道："照你看，这个东西的手能撕开人的胸膛吗？"

她这么一问，侯千群和黄眷都是一愣，黄眷迅速地看了看那具尸骨的手和手臂，道："只看骨头，非常粗壮有力，但能不能撕开人的胸膛还要看肌肉构成和神经构造，嗯……不好判断。"

旁边的侯千群问道："你是怀疑就是这个东西杀了陈江？"

"不可能，虽然不确定是不是人类，但可以断定这东西至少死了两年了，死了两年的东西怎么可能会杀前几天才死的人？"黄眷抓着那东西的手骨还在看。

"或许还有另一只，"姜璃皱着眉，回头对侯千群道，"侯队，我想再去陈江的店里看看。"

侯千群沉吟了一下，点头道："我跟你一起去。"

陈江的店紧锁着，侯千群让人开了门，一眼就看到屋里的那个洞。姜璃直接走到那个洞口，那个木箱被拿走了，露出挺大一个空间。姜璃整个人蹲下来往里面看，除了放木箱的地方，还有另一个木箱大小的空间，里面放了个铁笼子，只是笼子里面是空的，姜璃干脆跳下去查看笼子里的情况，却什么蛛丝马迹都没有。

她看了半天，抬头见侯千群也在看着那个笼子，便道："侯队，你看出什么来？"

侯千群盯着那笼子道："里面曾经应该关有东西，不然没必要占据这个空间，而且应该是活物，"他伸手往洞里笼子的栏杆敲了敲，"而且是很凶猛的活物。"

他说完看着姜璃，姜璃知道他的意思，点点头，道："对，很可能就是我说的另一只。"

"你知道些什么？或者你见过这个东西？"侯千群看着她的神情皱眉问道。

姜璃暂时不想说出大兴庄的事，摇头道："没有，我也是猜的，如果我见过它，它这么凶猛，我还可能活着站在你面前吗？"

她是笑着说的，心里却在想，是差点死掉。

侯千群盯了她半晌，并不怎么相信地移开眼，却也没再问，道："我会让人把这个店彻底地查一遍，看还有没有什么线索，我希望你查到什么也能告诉我。"

姜璃当然点头，道："那是当然，都是为了破案嘛。"

两人出了店，天彻底黑了，看来局里是不用去了，姜璃拒绝了侯千群说要送她的好意，一个人往地铁口走，正好整理一下思路。

正是下班的时间，很多人往地铁口走，脚步匆忙，只有姜璃走走停停。


陈江第一次出现是来家里找老爹，她听到的唯一一句话就是：大兴出事了。

大兴就是大兴庄，那里流传着野兽的传说，照前两天大兴庄那对老夫妻说的话，老爹是去过那里的，他作为猎奇爱好者去这种地方再正常不过。而陈江这个做古董生意的，喜欢往有古迹的地方走也没什么奇怪，很可能还是某方面的专家也不一定。老爹和他，应该还有其他几个人结伴去了大兴庄，说不定也遇到了那天她与易兰泽遇到的怪物，具体是否有人受伤或被杀死，并不清楚，但抓回了一只活的和一具尸骨做研究。陈江那天来时说"大兴出事了"，而今天发现那具尸骨还在，笼子却是空的，出事了是不是指活的那只跑了？而陈江第三天就出事了，是不是被跑掉的那只杀死的？不然真的很难想象远在大兴庄的那些怪物坐着车跑来这里杀死了陈江。

姜璃边走边在心里推测着，本来想直接回家，但想了想还是决定打电话给易兰泽，毕竟他们共同经历了那个恐怖的夜晚。对于这种野兽的恐怖也只有两人最清楚，或许易兰泽还能给她更多的线索。

然而电话还是没人接，姜璃简直气愤，这个人总是这么神秘吗？她有些不甘心，却也没办法，挂了电话准备回家，找出租车时却发现自己所在的地方离易兰泽的住所并不远，她犹豫了一下，决定去看看。

她脑子里有种想法，易兰泽今天没来上班，打电话又不接，如果家里也没人，那他会不会又去大兴了？

上次她到底是没问清楚他去大兴的目的，如果不是自己受伤，他必须送她回来，离开大兴也许并不是他的决定，所以他刚送她回来，又赶去也不一定。

姜璃越想越觉得有这种可能，跑到易兰泽家门口时，敲门便不自觉地使出大力。

然后，门还是开了，并没有像姜璃想的那样，易兰泽在家里，脸色却意外的苍白。

他只穿着睡衣，赤着脚替她开门，并没有让姜璃进门的意思，只是冷冷地道："你有什么事？"说话时还皱着眉，似乎姜璃完全是个陌生人。

"你生病啦？"姜璃瞪着他。

"我没……"他话还没有说完，人就已经倒了下来。

屋里非常乱，地上是随手扔着的衣裤，带着血迹。姜璃看到血衣，吓了一跳，回身检查被她扶在沙发上的易兰泽，却并没有伤，那到底是谁的血？

姜璃忽然警觉起来，人警惕地摸到厨房拿了把刀，在各个房间里看了一眼，并没有其他人，她这才放心，人走回易兰泽身边探他的体温，并没有发烧，反而比常人体温要凉一些，他这副样子很像失血过多，但偏偏身上没有伤，难道是吐血了？

她又跑到易兰泽的卧室抱了条毯子过来，把易兰泽盖住，然后才坐在沙发边准备拨 120。

手刚要按拨通键，忽然听到沙发上的易兰泽低低地叫了一句：

"羽离……"

姜璃整个人僵住，猛然转头看向沙发上的易兰泽。

他刚说的那两个字是什么？是不是自己听错了？他说得很轻，要不是姜璃听过这个名字，她几乎以为是别的什么，一定是自己听错了。

但是，这个人偏偏跟苏鎏长着一模一样的脸，他又叫着这个名字，让姜璃心中疑惑难消。

不可能，老爹说过，奇迹可能发生，就如同自己的特异功能，它的发生只有几亿分之一，如果频繁发生那就不叫奇迹了，所以一定是自己听错了。

姜璃盯着易兰泽的脸希望他能再说一遍，好让自己听清楚，然而易兰泽却醒了。

他的眼神只有半秒的混沌，随即就清醒了，瞪着姜璃道："你怎么在这里？"

姜璃也盯着他，认真地问道："林羽离是谁？"她其实只听到两个字，却带着试探地加了"林"字。

易兰泽一愣，挣扎着坐起来，却又虚弱地靠回沙发上，冲姜璃道："能帮我倒杯水吗？"

姜璃点点头，跑到厨房倒了杯温水出来，易兰泽已经又挣扎着坐了起来。姜璃把水递给他，他刚喝了一口，却用力地咳嗽，呛出几口血水来。

姜璃吓了一跳，伸手拍着易兰泽的背，叫道："你怎么回事？要不要送你去医院？"

易兰泽只是摆手，把手中的杯子递还给姜璃道："没事，死不了。"

姜璃看了他半晌，没再坚持，伸手替他捡起掉在地上的毯子，道："怎么弄的？"

易兰泽看了眼不远处扔得满地的血衣，犹豫了一下，道："我遇到了那个东西，它袭击了我。"

"那个东西？"姜璃一惊，盯着易兰泽，不太确定他讲的是不是那个怪物，问道，"大兴庄的那个东西？"

易兰泽点头。

"在哪里遇到的？"姜璃追问。

"这个小区不远的绿地，"他回忆着，"地铁出来就是那片绿地，从绿地里的小路走回小区会比较近，我一般都会从那里走，当时很晚了。"

"那它是针对你的，还是只是碰巧遇到？"

"我不知道。"易兰泽答道，他应该是怕冷，不自觉地扯了毯子裹住自己。

姜璃看着他的样子，总觉得哪里不对，她回头又看看那堆血衣，忽然道："衣服上都是血，你身上为什么没有伤？"

易兰泽因为疲惫闭了闭眼，道："那是它的血，我的刀划伤了它，我只是被它推倒撞在树上。"

他说得轻描淡写，远没有地上那堆血衣那么触目惊心，似乎很合理，姜璃却还是觉得哪里不对，但又说不上来，于是抿着嘴不说话。

易兰泽知道她不相信，也不解释，事实确实远没有那么轻松，他差点成为下一个陈江，被开膛破肚，现在皮外的伤已经愈合，内脏却还未好透，咳血就是这个原因。虽然身体逐渐在恢复，但那可怕的恢复力也在消耗着他的元气，如同死了一次，而这些是绝不能让姜璃知道的。

"你还没说你来干什么？"易兰泽打断她的疑惑。

姜璃一屁股坐在沙发边的地毯上，道："我和侯千群刚才在死者陈江的店里发现了那个东西的骨架，还有一个笼子。我们判断陈江可能抓过一只活的，只是逃走了，很可能杀死陈江和攻击你的是同一只。"

易兰泽一怔，思索了一会儿，问道："那骨架呢？"

"在黄眷那里。"

"什么样子？"

"很像人的骨架，但又有些不同。"姜璃想了想，问道，"那你遇到的那只呢？是什么样子？"

"全身都是黑毛，双脚直立行走，高度刚到我的腰部，不像我见过的任何一种动物，更像是……"他停了停，"更像是个人。"

姜璃一惊，忽然有种醍醐灌顶的感觉，会不会真是人，人类还没发现的野人？

她瞪大了眼，只顾吃惊。易兰泽看着她，从他的角度看到的是姜璃的侧脸，她这段时间明显瘦了，下巴变尖，还好脸色不错，皮肤白皙，扎着马尾，露出细而长的脖子，显得优美而活泼。

他定定地看着，可能是太累，连移开视线的力气也没有，以至于姜璃回头看他时，正好与他对视，又是那种感觉，易兰泽觉得姜璃某些时候的眼神太熟悉，与她很像，而且不止眼神，连性格也是。

这一瞬间一股疲惫感猛然压上来，他闭上眼，定了定神才道："你来就是跟我说这些？"

"这难道不是一条线索吗？"姜璃反问，"因为只有我和你见过那东西，我当然来找你，或许我们两个人一起分析能找出我老爹的去向，但你不接电话，所以我才跑来。"

易兰泽的体内还在不停地修复着，小伤可能无知无觉，但这么重的伤，他的记忆里似乎没几次，上一次他记得昏睡了一天，整整一个星期都靠卧床来恢复体力，这次，可能更长些。

"我可能帮不了你什么，"他现在只想让姜璃离开，她待得越久，发现他秘密的可能性越大，"我很累，想休息了。"

姜璃看着他脸色苍白得厉害，知道他不是在说假话，但毫无结果多少让她有些不甘心，却也没办法，站起来道："你睡一会儿吧，我刚才看到厨房里叫的外卖冷了，我帮你熬点粥再走，正好谢谢你上次照顾我。"说着，不等易兰泽回答，直接走进了厨房，顺便捡起了地上的血衣。

这个女人，脸皮有点厚。易兰泽想，她听不出自己在下逐客令吗？他想阻止的，但看着她的背影，张着的嘴又闭上了，为什么连背影也觉得有点像了呢？

姜璃当然知道他在下逐客令，她的脸皮也没那么厚，只是一个生病的人，饭也没吃，就这么裹着毯子垂死在沙发里，是不是有点可怜，还有，上次去大兴庄是他在照顾她。

她从冷掉的便当里舀出白饭在锅里煮粥，又开了水龙头把血衣扔进去洗，一股浓重的血腥味飘出来。她边洗边想，到底是有意的攻击还是只是在找食物，如果它真的受了伤，它又会躲在哪里？如果那东西真有智慧，活捉它是不是可以给老爹的去向提供点线索？

灶上"哧"的一声，是粥溢出来了，她回过神，迅速地关小火再煮，然后在冰箱里翻箱倒柜。

还好易兰泽属于会做饭的那一类人，冰箱里并不是空空如也，她随意地找了点东西，配了点小菜，在锅里炒了一下，眼看粥也熬好了，她盛了一碗，端出去。

易兰泽睡着了，但显然睡得并不安稳，眉紧紧皱着。姜璃轻手轻脚地把粥放在桌上，又坐回地毯上看着他。

她还是第一次这样看着他。

易兰泽这样静静沉睡的样子完全与苏鎏一模一样，她忽然想到他刚才在梦中喊的名字，他是在叫林羽离吗？还是自己听错了？

她就这么趴在沙发上看他，不管是苏鎏还是易兰泽，都好看得不行，她并不是颜控，所以起初并没有被易兰泽吸引。但不得不承认她确实与姜唯明是父女，越神秘的东西越能吸引他们，易兰泽很神秘，她不由自主就关注了。而这段时间的相处，她发现易兰泽也并不像表面那样冷漠无情，好几次关键时刻的相救，让她对这个人渐渐生出依赖来。

她是心动了吗？现在静静地看着他的脸，心就跳得好快，而这时候又忽然成了颜控，那张漂亮的脸，让她忍不住想轻轻地触碰，用力地掐两下。

呃，有点变态，她打断自己的思路，背过身去，靠着沙发，看放在矮几上正冒着热气的粥。

那个东西受伤后会不会又回到陈江的店中？易兰泽在小区外被攻击，这里离陈江的店又不远？姜璃脑中忽然冒出这个想法，她猛地站起来，回头看了眼还在熟睡的易兰泽，准备再去陈江的店看看。

到门口时，她蹲下身捡起刚才进门时为了扶易兰泽而掉在地上的包，视线与旁边的鞋架平行，她不经意地扫过，然后愣住了。

那尊佛像。

陈江店里的白玉佛像。

她心头一惊，难道陈江姐姐口中那个戴着口罩和帽子的神秘买主是易兰泽？她想也不想地伸手拿起那尊佛像，还没碰到，却感觉眼前有一个黑影一闪，她还来不及反应，人已经被推倒撞在门上。

姜璃头撞了一下，眼睛穿过客厅，看到卧室门开了，被风一吹又关上了，撞得有点重。她昏沉了一下，视线才渐渐地收回，看到近在眼前的东西。

一身黑色的犹如头发一样的毛发，看不清长相，嘴里发出"嘶嘶"的声音，手中正抓着那尊佛像。

是它。

姜璃心里"咯噔"一下，警惕地看着那东西，它竟然自己跑来了。

就这么僵持着，姜璃不敢动，她知道那个东西力道惊人，并不是她一个人能对付的，她眼睛迅速地扫了扫四周看是否有可以当作武器的东西，无奈，除了鞋子没有任何东西。

不能坐以待毙，她不打算叫醒沙发上的易兰泽，一个伤得这么严重的人并不是好帮手，最好是把那东西引开，不然两个人可能都得死，她缓缓地站起来，却又停住了。

它不是被易兰泽刺伤了吗？溅得易兰泽一身血？

但是，它似乎并没有受伤。

易兰泽在骗她？还是它的伤短时间里痊愈了？

她竟然在这个时候走神了，而那东西已经扑了上来。

"羽离！"猛然间有人叫了一声，那东西动作一滞，姜璃看准时机一脚踹了上去，正中那东西的腹部，那东西叫了一声，向后一跃，伏在那里冲姜璃"嘶嘶"地叫。

姜璃确定没有听错，叫的是"羽离"，她甚至顾不上那只东西，看向发出声音的人，是易兰泽，他醒了。

羽离，他在叫羽离，是在叫眼前这个东西吗？

然而她来不及问什么，那东西转身朝易兰泽扑过去。姜璃扑上去一把扯住它身上的毛发，同时纵身一跃，抬脚朝那东西又踢过去。

我的男友
来自明朝

那东西吃疼，回身，锋利的双爪朝姜璃抓来，姜璃见识过那东西爪子的厉害，慌忙向后一躲，人已经落在门的另一侧，抓住一把椅子就朝那东西砸过去。

"别伤它。"那头易兰泽叫了一声。

姜璃才不理会他，铆足了劲将椅子扔过去，那东西险险避开，手中的玉佛却没拿住掉在地上，竟然没碎。

那东西回身想捡起来，姜璃一脚将玉佛踢开，一俯身正要捡，那东西尖叫一声，本以为它会朝自己扑来，不想竟然反身扑向易兰泽。

易兰泽受了伤，向后急退，姜璃不得已拿了鞋架上的鞋子扔过去，那东西听到风声，回过头来，身上的毛发被它甩在一边，那东西的脸初见端倪。

竟然跟古时的林羽离有几分相似。

姜璃吃惊地瞪着那张脸，想再看清楚些，但那东西跳起来已经去抢玉佛。姜璃哪肯给它机会，抬脚又是一踢，那东西身形娇小，不得不躲开姜璃，玉佛就从它的爪间溜过，姜璃得意地朝那东西笑了笑，那东西顿时气得"嘶嘶"乱叫。

竟然还有情绪，但不可能是林羽离吧，林羽离是几百年前的人，而且身形也没有这么矮小，手臂更没那么长。姜璃不由得看向站在那头的易兰泽，他的注意力全在那东西身上，神情警惕又复杂。

他确实叫了林羽离，那他又是谁？姜璃关心的是这件事。

他又是谁？

她这样想着，人一分心，那东西已经朝她飞扑过来，她只能向后退，却撞在身后的门上，无路可退了。

姜璃手头没有武器可挡，只好蹲下身去捡那尊佛，拿来当锤子用也是可以的。

她蹲下身去捡，那东西的爪子已经带着风声抓过来，她心里哀叹，看来是来不及了，正想着手已碰到那尊佛像，同时爪尖的寒意也渗入她的皮肤，那头却忽然"咻"的一声，那东西应声倒在地上。

姜璃猛然抬头，却见易兰泽手中拿着一把十字弩正对着那东西，而那东西胸口中了一箭。

姜璃惊魂未定，不自觉地用力抓住手中的佛像，正想说什么，忽然感觉眼前一黑，然后又骤然一亮，一幅星系图一样的东西自她眼前飞过。


## 04　再回不去了

这感觉，不是吧……

似乎是做了一场颠来倒去的梦，好久，她又睁开眼。

四周漆黑，她还在分辨这是在现实还是梦境，就听到有人在大喊："着火了！"

姜璃猛地清醒了，坐了起来，发现自己睡在床上，她摸黑跳下床，感觉踩到一样东西，没站稳跌在地上，着地时踩到一块又硬又软且带着温度的东西。

是个人。

"啊！"那人叫了一声，应该是坐了起来，与姜璃的头撞在一起，"嘭"的一声。

姜璃被撞得七荤八素，捧着头叫道："是谁躺在那里啊？"

那人不说话，黑暗中似乎捧着头站了起来，然后屋里就亮了，是易兰泽，不是，是苏銮点亮了蜡烛。

到底还是又过来了。

"你不知道我就睡在地上吗？直接往我肚子上踩，是要谋害了我？"苏銮睡眼惺忪，表情却愤怒。

"睡糊涂了，忘了，相公不要生气。"姜璃看看四周，原来苏銮在床下打了个地铺，她微微吃惊，难道林羽离与苏銮到现在还是分床睡的？

她不由得抬头看苏銮，在烛火中看着苏銮俊美得不可方物的脸，她忽然就想到易兰泽，想到刚才在现实里他说的话，一时有些恍惚。

"着火啦！"外面又叫了一声，她回过神，也不理苏銮的抱怨，站起身往外跑。

一开门，一股焦味直冲鼻端，外面守院的几个丫鬟从旁边的厢房跑出来，边扣衣服边往外冲，姜璃叫住她们，问道："是哪里着火了？"

"禀小姐，好像是长生斋那里。"

看着丫鬟们跑出去了，里面的苏銮也跑了上来，边披上外套，边说道："你待在这里，我也去看看。"说完也跑了出去。

外面的一处火光冲天，姜璃披上外套，站在院中，想着要不要也去看看，却在这时见到林母披头散发地跑进小院来，看到姜璃，就叫道："小离，快，快跟娘走。"

姜璃一惊，林母一向端庄，怎么会变成这副疯婆子的样子？

"娘，怎么了？难道着火的地方是你和爹的住处？"

林母不理她，拉住她的手便往外走，口中道："你爹和那骚蹄子长生不老了，想杀了我们，快，快跟娘走。"

林母看似娇小，此时却力气极大，姜璃完全不明白她在说什么，人却不自觉地被拉着走。刚走出院外，迎面上来两个黑衣人，看到她和林母，手中的刀一挥就冲了上来。林母表情一变，推开姜璃道："快，快走，"说着张开双臂挡在那两个人面前，口中道，"她是你们主子的亲生女儿，她什么都不知道，放过她，放过她。"

那两个黑衣人哪会理她，举刀就冲林母砍了下去，姜璃大惊，反手将林母一扯，抬脚就朝砍过来的那个黑衣人踢去。那人没想到姜璃还有这一招，手中的刀被踢飞，愣了愣，而旁边的另一个黑衣人已经举刀又砍过来。

真是歹命，毕竟不是自己的身子，林羽离平时又养尊处优，一双小脚更是够呛，纵然姜璃在现实中身手了得，但现在对付这两个人却吃力得很。

只见那黑衣人举刀过来，她身子一矮，去捡地上被自己踢飞的刀，本来还想伸腿绊那个人，结果根本做不到，只勉强捡起那把刀来，抬手就对愣在那里的那个黑衣人砍下去。刚砍下，就听身后林母惨叫一声，姜璃大惊回身，林母腹上已经中了一刀，姜璃没时间吃惊，趁那人还没拔出刀，一刀又朝那黑衣人砍过去了。

还好两个黑衣人都是三脚猫的功夫，本来以为只是对付个老妇人，没想到姜璃有这么一手，顿时死不瞑目地倒在地上。姜璃扔了刀去抱住林母，林母口中有血流出来，眼看着姜璃刚才的身手，有些陌生地看着姜璃。姜璃也没办法解释，只能问道："到底发生了什么事？"

血不断地自林母的口中流出来，她抓着姜璃的手道："你爹和你二叔炼成长生不老药的事被宫里知道了。你爹不肯交出来，但眼看着献药的时间就要到了，今夜是故意放了这场火想诈死躲起来。他看我年老色衰，又只有你一个女儿，所以想不要我们了，带着你二娘和两个儿子一起躲起来，但我……我知道了内情，他是……"林母一口血喷了出来，喉咙里嘶嘶作响，好不容易才继续说道，"他是想杀我灭口，这样就没人知道他们是诈死，藏身在何处。小离，不要管我了，快跟你的夫婿离开这里，至少……至少你还有苏家这个依仗，我……我也不会让他们得逞……"

林母说到这里竟然笑起来，伴着喉咙间血的气泡声，说不出的恐怖却又意味深长。姜璃来不及细想，不远处猛然传来一阵闷响同时感觉到一股巨大的冲击波，紧接着惨叫声此起彼伏地传来，姜璃吓了一跳，像是发生了爆炸，她低头再看怀中的林母，竟然已经气绝。

事情发生得太过突然，姜璃完全搞不清到底发生了什么事，她低头看着已死去的林母，口中自言自语："长生不老吗？"

火势直到天亮的时候才被扑灭，那间所谓的"长生斋"被付之一炬，因为是大兴庄的禁地，所以周围一圈都是空地，大火并未波及四周屋舍。倒是听下人们哭诉，大老爷和二老爷当时都在里面炼丹，已无生还可能。而二夫人和两位公子救人心切，不顾阻拦冲了进去后就再也没出来，看来也是凶多吉少，至于大夫人，一直未见人影。

姜璃这才明白林母死前的话，应该是这中医世家炼成了传说中的长生不老药，却被朝廷得知，为逃避朝廷索药，故意诈死。要知长生不老便是超越生死，原本家与国的概念不复存在，谁会要个又老又丑的女人与自己长生不老，于是林母就被抛弃了，而选择了貌美又给自己生了两个儿子的二房。但林母知道事情原委，为了杀人灭口，才有了半夜里的这次杀戮。

她想到这里，心里发凉，眼睛不由得看了一眼正在指挥善后的苏鎏，大兴庄主事的没了，苏鎏这个新姑爷就成了主心骨，一干仆人全都以苏鎏马首是瞻。

说到底那都是人自私的本质，他也会是这样的人吗？

她这样想着，前面的苏鎏如有感应，回头来看她，见她正皱眉看着自己，走上来道："你在这里干什么？还不回房去。"

姜璃刚想答话，却看到有下人已经自灰烬中挖出几具烧焦的尸体来，她盯着那几具尸体，心里疑惑，如果林母说的是真的，那这几具尸体必定是替死鬼，而这么大火再加上爆炸，那几个活人又是从哪里逃生的？

只有一种可能，就是下面有地道。

"好了，别看了，晚上会做噩梦，还不回房去。"看姜璃盯着那几具尸体发愣，苏鎏挡在她面前说道。

姜璃回过神，看到苏鎏的神情，心里一动，对了，这是林羽离的家，摊上这样的事应该哭天抢地才是，自己却盯着尸体发愣，苏鎏一定是认为自己伤心过度，傻了。

姜璃只好"嗯"了一声，苏鎏已经吩咐丫鬟把她带回房了。

姜璃不觉又一次回头看了眼那片被烧焦的废墟，算了，等天黑了再来看看。

到傍晚时骤然下起雨来，宫里的人竟然也同时上门，说是替皇帝来取药，却怎么也没想到遇到了这样的变故，一时也不知道怎么反应。姜璃清楚，所说的"取药"应该就是取长生不老药，所以林家两位当家的才急着诈死来逃脱。对于林母的死因，宫里人问的时候，姜璃只说是有贼人趁乱打劫，才致林母被杀。

宫里的人将信将疑，最终决定留一部分人将大兴庄控制住，一部分人回宫报告此事，庄里的下人见情势不对，趁夜时逃走，又被抓了回来，一时庄里人心惶惶。

外面大雨滂沱，苏銮睡不着在屋里来回地走，姜璃坐在床上，看着地上的地铺还是昨晚的，因为发生了火灾所以无人收拾。

猛然一记闪电，守在外面的官兵的身形便映在门上，那尖锐的矛头影子尤其惊人。

"相公，为妻有一事要告诉你。"姜璃想了想，还是决定把林母死时说的话告诉他。她不是这个时代的人，无权决定这件事该怎么处理，所以只有告诉苏銮，让苏銮决定。

苏銮回头，因为这一天的忙碌与惊险，脸有些苍白，问道："什么？"

姜璃组织了一下思路，将昨晚的事说了一遍。她并没有说打倒那两个黑衣人的事，只说碰巧遇到受伤的林母，从而听到林母所说的话。

苏銮听完，盯着姜璃半天不说话。

姜璃问道："要不要把这事告诉宫里派来的人？"

苏銮摇头道："事已至此，已是欺君，再说出来，反而会把事情变得更糟。"

他看看姜璃，迟疑了一下道："你、你还好吧？"

姜璃一怔，又忘了要呼天抢地这茬了，酝酿了一下，没酝酿出来，只好放弃，道："我爹做出这样的事有什么好伤心的，倒是我娘……"她说着捂住脸，勉强做出伤心的样子。

苏銮看着她，半晌，道："是你回来了吧。"

姜璃戏演到一半，一愣，抬头看他，道："什么我回来了？"

苏銮忽然上前几步握住她的手，道："不一样的，就算你没说过几句话，我也知道你回来了，你们两人的感觉根本就是不一样的。"

姜璃这才理解他的意思，所谓的附身说。

她不置可否，只道："我一直都是林羽离啊。"

"不一样的，"苏銮却道，"那个林羽离根本不是这样的，我知道的。"

我的男友 来自明朝

说着伸手抚了抚姜璃的脸，分外珍惜。

姜璃心中无端涌起一股暖流，现实中易兰泽的脸又浮现出来，他在叫林羽离的名字，他是不是跟眼前这个人是同一个人？可是不可能啊，人不可能活几百年而长生不老。

对，长生不老。

外面又是猛然间一记闪电，她吓了一跳，抓住苏鎏的手臂，苏鎏以为她是害怕打雷，将她拉过来抱住，道："不怕，有我在。"

姜璃靠在苏鎏的怀中，道："相公，你相信长生不老吗？"

苏鎏显然是愣了一下，道："岳父跟二叔不是炼成药了吗？"

"那你相信他们会长生不老吗？"

"我不知道，因为如果长生，我们看不到。"

"那你想长生不老吗？"

苏鎏推开姜璃，道："你怎么老在长生不老上转？在我看来，长生没什么好的，所有亲近的人都死了，只留下你一个人生老不死，那多孤单，若是活得不开心，那更是一种折磨。"

确实是这样，何况长生不老到现在还只是传说，姜璃是不相信一颗药就能永生，感冒都要吃上好几颗药才能治好，而且以后还会不停地犯，何况长生不老？

姜璃看着苏鎏，伸手一寸寸地抚过他的脸，真的长得一模一样，这本来并不奇怪，历史尚在重演，何况人的长相，但易兰泽为什么能叫出林羽离的名字？难道说他也正好认识一个叫林羽离的人？这是不是太巧了？

"娘子，你在想什么？"苏鎏抓住她的手，放在嘴边亲吻。

姜璃一笑，道："相公长得太俊，为妻一时看呆了。"

苏鎏当即脸就红了，随即一本正经道："为夫当然是绝世风华，这是娘子的福分。"

姜璃好不容易才忍住笑，呃，性格好像差了太多，也许真是自己想太多了，事情就是这么巧呢？几百年前的苏鎏和几百年后的易兰泽，根本只是一种巧合。

外面的雨不停，姜璃靠在苏銮的怀中看着窗外，想到地道的事，如果大兴庄真有地道，那会不会有很多秘密藏在这地道中，也许找到地道，就能找到老爹的线索了。

只是抱着她的人啊，必须哄睡了他才能出去看那边有没有地道。

她故意打了个哈欠，抬头对苏銮笑道："相公忙了一天，明天看来还要继续应付那些宫里来的人，不如早点安歇吧。"

苏銮点头道："是有些累了。"说完牵着姜璃的手走到床边。

姜璃脱了鞋和外套上床，正想躺下，却见苏銮也上了床，她一惊，道："相公不睡下面吗？"苏銮不应该睡下面的地铺吗？

苏銮看着姜璃脸就红起来，嘴上却哼了一声，道："外面下着雨呢，这么潮，你让你的相公睡地上吗？何况，你不是怕打雷，我还不是为了你。"可能是怕姜璃看到他的脸红得厉害，他顺手就吹灭了蜡烛，不由分说地将姜璃抱住一起躺下盖上被子。

姜璃被他紧紧抱在怀中，听到他的心脏跳得厉害，心也不觉地跟着狂跳，刚想说些什么，却听到苏銮轻声道："何况，是你回来了，我才想抱着你。"说完在姜璃的额头上吻了一下。

姜璃瞬间就觉得狂跳的心停了一下，脑中有个声音在喊着：姜璃，你完了。

苏銮身上那股若有似无的香气将她包裹着，让她竟然有种强烈的安全感，让她整个人放松下来，她不由得留恋地抓着苏銮的衣服，也留恋起这个人来。

有点不想回去了呢。

苏銮没有再进一步做什么，真的只是抱着她，外面的雨声渐渐停歇，苏銮抱着她的手臂也放松下来，应该是睡着了。

她动了动，看他没有反应，这才从他的怀里挣脱开，黑暗中模模糊糊地看着他的脸半响，下了床去。

她蹑手蹑脚地走到门口听了听，官兵还守在那里，她想了想又走回去，以前电视里也这样，她一直不太懂古人的逻辑，守住了门不是还有窗吗？

这屋四面有窗，从后窗翻出去就可以了。

姜璃又蹑手蹑脚地走到后窗，刚开窗准备爬出去时，整个人忽然被人拦腰抱住，她吓了一跳差点就叫出来，手肘一抬就对着身后人打了过去，身后人闷哼一声，跌在地上。

外面即刻就有反应，冲屋里叫道："屋里怎么了？"

"跌……跌下床了，没什么事，娘子，你……你半夜里就不要闹了。"是苏鎏的声音。

他说得暧昧，外面顿时就没了声音。

姜璃愣在那里，却听苏鎏道："疼死我了，你还不扶我起来。"

姜璃这才伸手将他扶起来，轻声道："相公，你干什么？"

苏鎏道："我才问你要干什么呢？"他说着将姜璃的手牢牢地握着，"你刚才一下床我就醒了，你开窗干什么？"

姜璃道："闷。"

苏鎏怒道："你刚才分明是想爬出去。"

姜璃道："屋里闷，想出去透气。"

"鬼话，"苏鎏轻骂，"这屋的四角都有人，你一爬出去就会被人看到。"

"这样？"看来这果真不是电视剧。

"你出去到底想干什么？"苏鎏又问了一遍。

姜璃只好实话实说道："如果我娘说的是真的，那么长生斋下一定有地道，不然火烧成那样，那几个人怎么脱身？"

"你想找地道？"

姜璃点头。

"不可！"苏鎏摇头道，"我们最好不要插手这件事，这事不揭穿比揭穿好，如果处理得不好，我们苏林两家都会出事。"

苏鎏虽然傲骄爱害羞，但此时却非常强势而认真。

姜璃知道是出不去了，她也并非为了揭穿，只是想找找地道的入口，那可能是找到老爹的线索。

这些苏鎏自然是不可能了解的，见姜璃不说话，他还以为她是不甘心母亲被杀，于是叹了口气，道："羽离，我们这些世家子弟不是见惯了这种骨肉相残？就如同我，我大哥一直想置我于死地，上次若不是你提醒我那些药丸的事，我恐怕早死了，现在不还是当什么事都没发生地与那些人继续待在同一屋檐下，羽离，"他扳过姜璃的肩，"至少我不会这么对你，我们要做一对相敬如宾的夫妻，任何时候都不会抛下对方。"

他说得真诚，姜璃抿着唇听着，她来这里时一直是以一种局外人的心态，与苏鎏相处也多是游戏的成分，但此时那份游戏的心却怎么也提不起来，他的话句句出于真心，姜璃知道她已经做不了局外人了。

姜璃拉开苏鎏放在她肩上的手，握在手中，本来是有种冲动想说出真相，但话到嘴边又改了口："会的，不过相公，我要跟你坦白一件事。"

"何事？"

"我小的时候因为一次生病，差点就死了，病好后性子却变了很多，平时都是正常，但某些时候因为害怕或者其他不知道的原因会变成另一种性子。就比如说现在，这件事过了就又会恢复，所以相公所说的附身是不对的，那都是我，"她说到这里见苏鎏想说话，伸手捂住他的嘴道，"你能也试着喜欢另一个我吗？"

两人就这么对视，苏鎏眼神百转千回，半晌拉开姜璃的手，道："如果都是你，我会试一下的。"声音很轻。

姜璃听出他的不情愿，却也想不出更多的话说服他，她的感情不该陷在这里，这里对她就像是一场梦，她不受控地来又不受控地走，又怎么给眼前这个动了心的男人同样的承诺，万一她再也不能回来呢？还不如让他将她和林羽离当成同一个人，好好过他自己的人生。

想到这里，之前的心动和感动变成一种无奈，冰冰凉凉地裹住了自己心，难受，空落落的。

"睡觉。"她站起来，率先走回床上。

苏鎏跟在身后，两人都不吭声，姜璃上了床就直接躺下来，苏鎏没有上床，而是坐在地铺上。姜璃知道他不相信她的话，或者相信了却不想接受，他肯定觉得她在找个借口躲避他的感情，他刚才的一腔真情被拒绝了。

两人各自躺着，姜璃翻来覆去睡不着，她知道苏鎏也没有睡着，四周静得吓人，只留两个人的呼吸声，而正在这时苏鎏忽然说话，问道："你听到了吗？"

姜璃一愣，道："什么？"

"你过来，这里。"苏鎏耳朵贴着地面冲姜璃道。

姜璃莫名，却还是跳下床，人也躺在地铺上，学苏鎏一只耳朵贴着地面，隐隐听到似乎有人的脚步声，就在这地底下。

姜璃压低了声音，道："下面有人。"

苏鎏点点头。

看来这里也有地道，不止长生斋，这大兴庄的地道已经四通八达了。

姜璃爬起来，摸黑想在屋里翻找，苏鎏跟过去道："你干什么？"

"看看有没有机关可以打开地道，"她想了想，又补充道，"我们就在这屋里找，不会被外面人发现的……"

她说话间回头，却惊出一身冷汗，黑暗中一个人不知何时出现，刀正抵着苏鎏的脖子，白刃在黑暗中让人惊心动魄。

那人声音很轻，冲姜璃道："别出声，跟我走。"

说着，那人扯着苏鎏往角落里的衣橱走，衣橱的门不知是什么时候打开的，里面背墙没了，透出淡淡的亮光。

姜璃正好想找地道，他们却送上门来了，不用那人多催，她便跟着走了进去。


刚走进去，一个人自黑暗中冲出来，自姜璃背后捂住她的嘴，另一只手同时掐住她的喉咙。她其实早听到暗处的呼吸声，制伏那个人分分钟的事，但苏鎏在他们手中，她不敢轻举妄动。

经过一条不算幽深的隧道，可能是怕外面人发现，很长一段才会有一支蜡烛，所以光线非常昏暗。姜璃真怕那人脚下不稳，弄伤苏鎏，还好，地面渐渐地平稳了，光线也亮起来，姜璃和苏鎏被两人用绳子捆住，嘴巴也被堵住了，他们没说一句话，又从原来的隧道离开。

姜璃和苏鎏都已经认出那两人是林家二房的两个儿子，却不明白两个人这么做的用意，面面相觑。隔了大概半小时，那两个人才又回来，脸上皆是凶狠的表情，其中一个拉过姜璃，扯掉她嘴上的布，怒道："说，那老女人是不是藏了一颗药勺，放在哪里了？"

药丸？姜璃一下子就想到那所谓的长生不老药，藏了一颗吗？并没有听说啊！她回想林母临死前的话，猛然想起林母发出的那记恐怖又意味深长的冷笑，是指这个吗？

"快说！"她正发愣，一记巴掌已经打在她的脸上。

看到姜璃被打，一旁的苏鎏想阻止，无奈嘴被堵着，身体也动弹不得，只能狠瞪着两个人。

姜璃脸上火辣辣地疼，脑中却飞快地转着，他们被带进来，这两人肯定就没打算让他们活着出去，不然也不存在杀林母灭口的情况。而那长生不老药肯定是偶然炼成几颗，且不可复制，不然何必诈死欺君，而他们被绑来，就说明数量有限，现在少了一颗，不够分赃。

姜璃想了想，冲林家弟弟道："你过来，我告诉你。"

一旁的林家哥哥怒道："要说就直接说，耍什么花招。"

姜璃道："那我就不说了，反正被你们抓来也不会放我们活着出去，我为什么要告诉你们？"

林家哥哥还要上去打人，林家弟弟阻止道："算了，哥，我先听听看，他们的命在我们手里，还能耍什么花样？"说着，凑了上去。

林家哥哥本想阻止，但终于还是没走上去，眼睛却凶狠地瞪着姜璃。

姜璃凑到林家弟弟耳边，道："你哥哥手里还有刀呢。"她第一句故意说得莫名其妙，见弟弟也跟着莫名地皱了皱眉才继续说道，"其实我娘确实给了我一颗药丸，但今日宫里来人已经被收走送进宫去了，想找回来肯定是不可能了。你觉得如果我刚才直接说出来，你哥哥会怎么想？只有一颗了呀，要怎么分？长生不老呢。"

她看准了兄弟间哥哥强势，所以才故意找弟弟说。果然她说完，林家弟弟不由得看了眼自己哥哥腰间的刀，脸苍白起来。

"怎么说？"林家哥哥已经凑了上来，手习惯性地握在刀把上。

林家弟弟不由得向后退了退，才说道："哦，说是藏在一个秘密的地方。"

"哪个秘密地方？"林家哥哥又逼上一步，却忽然又释然地退后了一步，"既然有另一颗的下落，那我这就向爹要我的那颗去，你那颗你来问出来吧。"说着就要转身走开。

"谁说那颗一定是你的，爹又没说。"林家弟弟说话间已经扑了上去，伸手就要抢林家哥哥腰间的刀。

林家哥哥力大，猛力一扭身，推开自己的弟弟，怒道："你做什么？"

林家弟弟咬牙，道："实话告诉你，丢失的药已经被送进宫中了，我跟你只有一个人可以长生不老，我不会让给你的。"

林家哥哥冷笑道："我是你哥哥，当然是我先吃，药丢了是你命不好，何况，你打得过我吗？"说完亮了亮腰间的刀。

"我不管，我们让爹去评理。"林家弟弟伸手去扯林家哥哥。

林家哥哥甩开林家弟弟的手道："去就去，不过去之前先把这两个人解决……"

他"掉"字还没出口，人已经向前扑倒——正是姜璃趁两个人说话，狠狠地撞过去，她手脚被捆住，只能用撞的，但那力道却也不小，林家哥哥被撞个措手不及跌在地上。

姜璃冲林家弟弟道："你还在等什么？"

林家弟弟愣了愣，看看自己的哥哥又看看姜璃，一咬牙，扑上去按住哥哥，自他腰间抽出刀，扬了起来。

林家哥哥双目圆瞪，大叫道："你敢！"

林家弟弟本来要刺下去的动作滞了滞。林家哥哥趁机一脚踢开林家弟弟，林家弟弟被一踢已经疯了，举刀又冲上去，林家哥哥怒不可遏，看到一旁的姜璃，拉过她就挡在前面。

姜璃没想到林家哥哥会来这么一招，她手脚被绑着，毫无反抗之力，眼看刀就要刺过来，一旁的苏鎏竟然拼尽全力站了起来，双脚跳了几步，飞身挡在姜璃面前。

"不要！"姜璃大惊失色，却已经来不及，林家弟弟的刀狠狠地刺入了苏銮的腹间。

姜璃只觉得心神俱裂，任由兄弟两人在那边打斗，被捆着的手拼命想挣开，苏銮不要死！千万不要死！

血自苏銮的腹间涌出来，他的嘴角也涌出血来。他说不出话，只是看着姜璃，嘴巴在动，发不出声音，但姜璃知道，他在说：快跑。

姜璃拼命想挣开的手被绳子磨出血来，却感受不到痛，她在被绑住后就一直在想办法挣脱，此时拼了命。姜璃手上的皮被狠狠地磨掉了一块才挣开，她顾不得解脚上的绳子，伸手捂住苏銮的伤口，叫道："苏銮别死，别死！"伤口太大，刀又被拔了出来，怎么办？怎么办？她完全束手无策，眼泪也被逼了出来。

那边有人惨叫一声，林家弟弟捂着胸口跌在姜璃的旁边，圆睁的眼正好瞪着姜璃。姜璃回过神，才猛然意识到这时候得先解决这兄弟俩，不然没办法救苏銮出去。

姜璃迅速地解开脚上的绳子站起身，却见林家哥哥举着刀正瞪着倒地的弟弟，眼睛血红。姜璃知道现在这个身体不像自己的身体那样灵活，只能出其不意，所以不待他回过神，抬脚已经踢了上去。

兄弟俩都是世家公子，平时不学无术，根本没什么体力，林家哥哥刚刚经过打斗已经没什么力气，看似虎背熊腰，被姜璃这么一踢便直接跌倒在地，刚想举刀爬起来，姜璃已经扑了上去，使出擒拿，夺过刀反手用刀柄对着林家哥哥的头打下去，他即刻晕了过去。

她这才回身帮苏銮解开绳子，却发现苏銮已经只有出的气没有进去的气，她的手不自觉地抖起来，不行，他现在这样子不能搬动，得先止住血，她撕开自己的裙边，想将苏銮的伤口包住，一颗东西却在这时从裙摆掉了出来，掉在苏銮的身上。

那是颗血红的药丸，拇指指甲盖那么大，姜璃只顾包扎根本没注意到，却听到旁边还没死的兄弟中的林家弟弟，道："长生不老药，给……给我。"

说着朝姜璃爬过去。

姜璃这才看到那颗药丸，一脚将他踢开，捡起药丸放在手中，心里动了动，这就是长生不老药吗？

她不由得看向苏鎏，他脸上已经有死气，也许……

她稍稍犹豫了一下，扒开苏鎏的嘴，将药丸喂了进去。她不相信长生不老，但这时却宁愿相信这药可以救苏鎏的命。

别死，千万别死。

她一只手还在拼命地按住苏鎏的伤口，眼睛看着苏鎏的脸色变化，而苏鎏只是闭紧了眼，如死了一般，没用吗？还是还没有起效？

她心急如焚，一股困意却在这时不合时宜地袭了上来，她不受控制地闭上眼，眼前一片黑。

这种感觉……

她努力地想再睁开眼，但是已经来不及了。

不是这个时候，不是。

她不要回去啊。

四周很静，但姜璃知道自己回来了，因为空气的味道和温度变了。


姜璃忽然就回不去了，她找出那只盘丝耳环，握在手中，闭上眼，睁开眼，还是在现实中，回不去了。

是因为苏鎏死了吗？或者林羽离死了，所以她才回不去？

姜璃心乱如麻，却没办法，且不管那些幻境是不是真的，是不是几百年前的某段历史，它不是发生在现实中的某一地方，她没办法借助现在任何一件交通工具回去。

一连几天现实在她眼中变得缥缈起来，庄生梦蝶，到底哪里才是真实。

然而，易兰泽也忽然间消失了。

那天她在易兰泽家中的沙发上醒来，易兰泽已不见踪影，向局里的人事询问，称还未回来销假。

要不是局里的人包括泉朵向她证实确实有易兰泽这个人，姜璃甚至怀疑，连易兰泽也只是幻境里的一部分，她回不去了，有关易兰泽的幻境也消失了。

浑浑噩噩地上了几天班，姜璃去了一次黄眘那里询问那具骨骸的情况，被告知已经被相关科学部门取走了，具体结论还没出来，或者说已经出来了，但不便告知，反正是没戏了。至于案情，更是毫无起色，姜璃第一次觉得生活原来可以这么艰难。

老爹的手机已经彻底关机了，再打也没有用，姜璃想着在幻境中看到的那个地道，决定还是要再去一次大兴庄，但那里有可怕的怪物，她可能天亮去天亮就要回，不然当晚就会被撕成碎片。

晚餐毫无胃口，她一边想着明天一定要请假再去大兴庄，一边已经走到了单翎的店门口。单翎正在给人点菜，依然是牛仔裤、夹克衫，从侧面看还可以看到长得惊人的睫毛，点菜的是一桌小女生，都是一脸的花痴。

姜璃走进去，看看没位置，就只好往柜台的地方一坐。

单翎吸了吸鼻子，回头，正好看到姜璃坐在那里，笑了笑，走上去，道："怎么来了？"

"解决晚餐来了。"姜璃撇了撇嘴，有气无力地说道。

"老姜还没消息吗？"单翎心知肚明。

姜璃摇头："一点消息都没有，"她整个人趴在柜台上，"三爷，我都绝望了。"

单翎拍拍她的头，道："我给你做好吃的。"说着转身进了厨房。

姜璃在他身后道："我想再去一次大兴。"

单翎停住："再去是什么意思？"

姜璃道："大兴是个地方，我前几天刚刚去过。"

单翎眉一皱，道："一个人？"

姜璃迟疑了下，道："一个人。"

单翎又走回姜璃跟前，道："乖乖上你的班，别再去那个地方。"

姜璃盯着单翎："你知道大兴是不是，你那天是骗我的？"

单翎往柜台上一靠，道："我知道。"

"那天你为什么不说？"

"因为你那天并不知道那是个地方，我说了不是恰好给你指引，"他认真地看着姜璃，"那里很危险。"

"那你知道我老爹在哪里吗？"

"我不知道，这段时间我也在试图找他，但是没有结果。"

单翎的表情不像是在隐瞒，姜璃刚升起的希望又破灭了，她只能退一步问道："那你能把你了解的大兴告诉我吗？"

单翎只说了两只字："怪物。"

"怪物？"

"对，很多年前，我和老姜还有其他一些人去过那个地方。那是明代一个大户人家的宅子，本来是当地政府准备修复后作为景点开发的，但当时却遇到了我说的怪物，大部分人都死了，只有几个人回来。"

"是不是跟人一样高，全身是毛，手臂很长几乎垂地的怪物？"

单翎一怔："你看到了？"

"对，差点没命。"

"那你还要去？"

"你知道那些怪物是什么？或者，老爹说过没有？"姜璃却不理会他的质问。

单翎知道她的脾气，叹了口气道："老姜说那是变异，某些原因让它们从人变成现在这个样子。"

"它们以前是人？"

"老姜不确定，只是猜测，本来想研究，但因为太危险，所以没有再跟这件事。"

姜璃不由得回想那天在易兰泽家里看到的那只怪物，它是人吗？

她愣愣地想了半天，问道："你认识陈江吗？"

"认识，当时少数几个逃出来的人之一。"

"他抓了一只活的和一具这种怪物的尸骨你知道吗？"

单翎一惊，停了一会儿，喃喃道："看来他又去过大兴了，当时几个人就他最心有不甘。"

"那只活的后来逃了，是它杀了陈江，我老爹也是因此失踪的。"

单翎抿着唇不说话，似乎是在思考。

姜璃于是接着道："我一定要再去一次，我要你帮忙准备点武器。"

单翎却抬起头看着姜璃，道："我跟你一起去。"


## 05    我们一起死吧

第二次去，是单翎开车去的，单翎话少，但并不像易兰泽那样铁板一块，再加上姜璃跟他算熟，所以处起来并不算尴尬。

还是那寥寥几户的农户，还是浓密的杂草，姜璃不由得想到易兰泽，然后就想到地道里替他挡了刀的苏銮，再看眼前破烂不堪的大兴庄，那种好不容易调节过来的恍惚感又涌了上来。

单翎穿着万年不改的牛仔裤、白背心、黑色夹克衫，只是原来的球鞋换成了靴子，有点长的头发绑了起来，背上背了一个长布袋，姜璃看那形状像是一把长剑，这身搭配让他整个人看上去像个异世界的侠客。幸亏是自己开车，不然不仅过不了安检，就算过了安检，单翎气质独特，平时隐于油腻的小巷已经引人注意，这回出来，免不了也会招人侧目。

单翎给姜璃配了短刀和护身的专用衣服，姜璃身为警察，平时可以配枪，但局里对枪支和子弹管理非常严格，她也并不觉得黑暗中近身搏斗适合用枪，所以锋利的刀正合适。

两人走进去，姜璃想也没想地直接往苏銮和林羽离住的小院走，单翎没有说话跟在她身后。

小院破败不堪，完全没有当年的精致，姜璃直接走进屋里，房间的两扇门倒在一边，雕花床也塌了一半，姜璃眼睛扫过去，最后停在那个衣橱的前面。檀木的衣橱，歪倒在一边，姜璃将衣橱推开，露出背后的墙，再正常不过的墙。

姜璃拿了刀柄在上面敲了一会儿，最后气馁地回头对单翎道："这里的地道似乎被堵住了，以前应该是个暗门。"

单翎看着她道："你怎么知道这里有暗门？"

姜璃道："我梦到的你信不信？"

单翎笑道："信。"说着伸手去摸墙壁，墙上的石灰已经掉得差不多，但里面的砖却仍然牢固。

单翎手指在砖头间游移了一会儿，对着一块砖用力地往里面一推，砖被推了进去，掉在了里面，一股霉味从里面传了出来，他吸着鼻子嗅了一会儿，转过身对着姜璃道："里面应该确实有暗道的，但我们不能进去。"

姜璃道："为什么？"

"因为那些东西白天应该都在里面，我们进去无疑是找死。"

姜璃眉一皱，想到那些吓人的东西凑在一起缩在黑暗的地道中，鸡皮疙瘩就不受控制地冒出来。她忍住心中的恐惧，道："但我们也不能等在这里，一到晚上，连外面也危险。"

单翎道："你觉得老姜在里面？"

姜璃道："我不知道，但我确实没有其他线索了，不进去看一下，我不甘心。"

单翎点点头，道："那我们等到晚上再行动。"

姜璃看着单翎，思考了一会儿，道："我们得先躲起来，跟我来。"

屋外那口枯井四周长满了杂草，上次被易兰泽割去的地方也有一些绿叶抽出来，姜璃指指井里面，道："里面有个暗室，我上次就是躲在里面才逃过一死。那些东西虽然白天躲在暗道里，但对庄里来了什么人却一清二楚，我们不能冒险在外面待着等天黑，不如先躲在这里，等天黑了那些东西出去觅食再进暗道看看。"

单翎看着那口井，耸了耸肩，道："似乎也没有更好的办法了。"

因为天色还早，两个人决定去庄外的农户家搭伙，姜璃原来住过一晚的那户人家两个老人还在，正在院子里晒干草，看到姜璃和单翎，尤其是看到姜璃时有些意外，惊道："小姑娘，你竟然还活着啊。"

单翎笑道："什么意思？"

老人道："这里来过几批探险的人，没几个活着回来的，好不容易逃出几个也疯了。我也是苦口婆心地劝，不要进去，不要进去，没用，小姑娘你没事就好，不过，你还来干什么？"

姜璃把从车上拿下来的一大袋东西递给老人，也不回答他的话，而是指着东西，道："这些是给你跟奶奶的，上次住了一晚上，不好意思。"这是姜璃出发的时候专门买的一些适合老年人吃的东西。

老人忙推辞，道："已经给了钱了，还有什么不好意思的，东西你拿回去，我们两个老人用不着这些。"

两个人在院里客套，单翎站在院中吸着鼻子，看着这里四周开满的一种紫色小花，摘了一朵仔细地看，又看看老人晒在院里的干草，似乎是同一个东西。

"这叫紫小仙，当柴烧特别好，味道还能驱虫蚁，这里到处都是，年轻人，进屋吧。"这时老人跑上来道，手里拎着姜璃送的东西，看来是收了。他说话时抬头看着单翎，似乎想到什么，有些疑惑地说道，"年轻人，你多大了？"

单翎笑道："不小了，看上去年轻。"

饭是单翎做的，他带了点食材过来，又就地取材弄了点野菜和庄稼里种的菜，熬了一大锅汤，两个老人哪里见过这样的菜，反而像是自己成了客人，不好意思多吃。

席间老奶奶偷偷看了单翎好几眼，两个老人又交换了几次眼神，老太太才小心翼翼地问道："年轻人，你认识一个叫李亚萍的女人吗？今年应该也有四十多岁了吧。"

单翎正在喝汤，听到老奶奶问他，放下勺子，慢吞吞地说道："不认识。"

老太太于是责怪老爷爷，道："我说不可能是，就你瞎想。"

一旁的姜璃问道："那个李亚萍怎么了？"

老爷爷叹了口气，道："李亚萍原来就住在这个村，算是我的堂妹，她年轻的时候可是十里八村最漂亮的姑娘，求亲的都快踩烂门槛了，可最后却跟人跑了。那男人当年跟姜专家他们一个队进去的，也是几个活着回来的人之一。这村里不止亚萍，只要是年轻姑娘看到那个男人都跟丢魂似的，最后那个男人走了，亚萍就疯了似的出去找那个男人了，到现在都没有消息。"老爷爷边回忆边说，最后看看单翎，又道，"那男人跟你长得一模一样，但肯定不是你，年纪上对不起来，那男人现在少说也应该四十多了。"

单翎不说话，只是低头看着碗里的汤。

姜璃看看单翎，笑着对老爷爷道："肯定不是他。"

于是就没有再谈这个话题，饭后姜璃还帮老夫妻俩搬了一会儿干草，直到时间差不多了，才和单翎又进了树林。

老夫妻俩一路送到树林边，劝了半天，只能一脸惋惜地看着两人进了林子。

再到大兴庄时，暮光微沉，两人走到那处小院的衣橱边，就着原来被推掉的那块砖的地方又卸了好几块砖，留出可以让一个人通过的黑洞，这才来到井边准备进井里的那个暗室里躲着。

"李亚萍就是萍姨吧？平时照顾你起居，去年去世的那个，我记得你替她守了半年的墓，店都没开。"要跳进井里时，姜璃忽然问单翎。

单翎没有回答她，从衣袋里拿出一束紫色的花递给姜璃："带在身上。"

"紫小仙？干什么用？"

"那些东西到处吃人和动物的内脏，但只隔了一片小树林的村子都相安无事，这不符合常理，除非有什么护身符。"

"你是说那些东西怕紫小仙？"

"我只是推测，反正带着吧，万一真有用。"

姜璃于是把花塞进口袋里，爬上井栏，抓着井边跳下去。

里面的空间有限，还是一股子霉味，单翎人不比易兰泽矮，缩着身子道："你怎么知道这井里有暗室？"

姜璃不想说出易兰泽的事情，道："梦到的信不信？"

单翎叹气，道："信。"

两人缩在一起，一沉默竟然有点尴尬。姜璃往地上一坐，道："三爷，不如说说你的情史。"

单翎反将一军道："不如说说你的梦。"

两个都是有秘密的人，于是心照不宣地闭嘴，姜璃只好玩手机，没有网络，就翻出小说看，单翎也拿出手机，不过他玩的是斗地主。

恐怖的破败山庄，神秘的井底，两人各玩各的。

黑暗中两人一直玩手机玩到眼睛都疼了，单翎看了下时间，道："时间差不多了，等一下我先出去，叫你，你再上来。"说着不等姜璃回答，开了暗门出去。

外面一轮明月，温热的风迎面吹来，单翎伸展了一下有些麻木的四肢，放肆地吸了口新鲜空气，明亮的眼透着淡淡的光。

等姜璃上来后，两人直接走到之前挖开的洞口前，单翎往洞里闻了闻，道："它们都出去了，进去吧。"说着钻了进去。

姜璃拧亮了手电筒跟在后面，不算长的隧道布满了蜘蛛网，看来这条隧道被封住后就很少有人走了。果然与姜璃幻境里的一样，没走多久就走到了一个空间相对较大的地方，正是苏鎏为她挡刀的地方，想到当时苏鎏吐着血让她快走的模样，姜璃的心就被用力揪了下。她越过单翎，拿着手中的手电筒来回地照了一圈，如果苏鎏死了，会有人给他收尸吗？

没有尸骨。那是不是说明苏鎏当时没死，还是林羽离醒了后替他收的尸？还是别人？

原来时光的距离有这么远。

姜璃失神地看着当时苏鎏倒地的地方，莫名地湿了眼眶。

"集中点精神，我们还没走到最里面呢。"身后的单翎拍了下她的头。

她回过神，擦去眼角就要淌下的泪，道："现在走哪个方向？"

单翎吸了吸鼻子，道："跟着我走。"

接着又是一条隧道，越往前走，一股怪味就更浓，姜璃捂着鼻子，跟在单翎身后。

走了一段，姜璃发现每隔一段距离就会有一个相对大的空间，里面有时是空的，有时堆着一堆杂物。两人尽量屏住呼吸继续往前走，也不知道走了多久，眼前是一个非常巨大的空间。

姜璃拿着手电筒照了一圈，这里像是个祭祀的地方，四个方向都设了神龛，姜璃手电筒对准神龛想看清里面供着谁，这一照却吓了一跳，竟然都是盘腿而坐的干尸。

姜璃因为吓了一跳而移开了手电筒，却马上又将手电筒对着干尸，那干尸活着时的面目已无从考量，但那是人，没有长长的黑毛，没有过长的手臂。

姜璃又拿手电筒对着其他三个神龛，其他三个，分别是一男两女。

"它们供的是人。"姜璃道。

"或许是最早躲进这里的人。"单翎道。

姜璃心里一动，又快速地将手电筒对准那些干尸，最早躲进这里的人吗？那也不应该是两男两女，应该只有一个女人才对，另一个女人是谁？

姜璃努力地辨认那两具女尸的长相，但无奈光线太暗，就算在明亮的光线下，只剩一层皮的白骨也根本没办法看出活着时的长相。

"这里没有老姜的气味，他应该不在这里。"这时一旁的单翎说道。

姜璃被他一提才想到这次来是找老爹的，她竟然被这几具干尸吸引了注意力，不由得愧疚了一下，人往后退了一步，撞上身后的一样东西。她马上转身，用手电筒照过去，又是一个神龛，正是处于四个神龛包围的正中间，是最重要的位置。

姜璃用手电筒照进去，那神龛比其他的小很多，只够放一尊小小的佛像的样子，而且是空的。

姜璃看着空空的神龛内留下的玉石底座，没错，不用触碰只是感觉，就知道是让她觉得恐怖的玉石，而里面曾经放的是什么可想而知。

是陈江店里的那尊佛像。

看来陈江来过这里，这也是为什么那只被陈江抓住的怪物要将佛像夺回来的原因，它是这些怪物供奉的神。

一切看来是陈江自寻死路，这个神秘恐怖的地方生活着一群怪物，如果不去打扰，大家各自都会相安无事。

"我们离开这里。"既然老爹不在这里，那就没有再待下去的理由，姜璃道。

然而单翎却吸了吸鼻子，道："恐怕来不及了。"他说完迅速地抢过姜璃手中的手电筒，关掉，冲姜璃道，"虽然它们在黑暗中能看到，但亮光还是太引人注目，你拉着我的手，不要走散了。"

黑暗中单翎的眼睛发出与猫眼睛一样的亮光。

姜璃看着他的眼睛，点点头，黑暗中找到单翎的手，抓住了。


两人从原来的隧道退出去，这些暗道恐怕有很多入口和出口，但他们不知道在哪里，也没时间找，只能原路退回。那些东西看来已经回来，如果在这狭窄的隧道里狭路相逢，那其中的凶险可想而知。

两人的手心都在冒汗，握在一起一片冰冷，单翎走得非常迅速，而姜璃只能磕磕碰碰，当走到稍大的一处暗室时，单翎停了下来。

"它们来了，"单翎松开姜璃的手，"拿出你的短刀。"

姜璃依言拔出短刀拿在手中，其实不用单翎提醒，在这个封闭的空间里，那东西的气味已经蹿进姜璃的鼻端。

姜璃靠在一处墙边，黑暗中她什么也看不到，只能凭声音和气味，等对方来袭时再做应对。

那些东西发出"吱吱"的声音，叫得姜璃心烦意乱，却迟迟不攻上来，只感觉已经将她和单翎团团围住。

姜璃连呼吸都不敢大声，身上冷汗直冒，而那些叫声似乎有迷惑作用，让她的心越来越烦躁。她一咬牙将刀尖对着自己的手臂划了一下，强迫自己专注。

刺痛感让她瞬间冷静下来，而就在这时，一只怪物已经嗅到血腥味朝姜璃扑了上来。姜璃冷哼了一声，提刀刺了过去，只感觉刀刃划到了异物，那只怪物顿时"吱吱"狂叫，那东西应该是被划伤，浓重的血腥味在这个狭小的空间里散开。

血腥味让人兴奋，那些东西骚动得更厉害，却还是不敢靠近。

姜璃有些奇怪，根据上次的经验，这些怪物异常凶猛，这样的情况早就全都扑上来了，现在却似乎惧怕着什么不敢上来。

"看来那些紫小仙有用，"那头单翎说道，"但估计挡不了多久，血腥味已经将紫小仙的气味盖住了。"

原来是这些花，姜璃空着的手摸了摸口袋，不过只有一小束，看来真的挡不了多久。

她刚这样想着，耳畔风声响起，似乎不止一只扑了上来。

她只能凭感觉挥出短刀，刀刃扑了个空，她心里大叫不好，那头单翎的长剑已经挥出，当即两声惨叫，血腥又浓了很多。

"你看不见，到我身后去。"单翎叫道，人已经跑到姜璃前面挡着。

姜璃不与他客气，躲在他身后，但也不敢有丝毫放松。

一顿厮杀，姜璃看不见战况如何，但单翎的喘气声越来越大，而自己的身上也被抓了好几下，如果不是有防护衣，估计肉都要被撕下来。

情况有些焦灼，那些东西的攻击力和体力惊人，姜璃被血腥味熏得犯晕，忽然听到单翎道："你身后向右五步就是隧道，你快跑。"

"那你怎么办？"

"我死不了，有你在反而碍事。"

姜璃知道单翎的厉害，虽然自己的身手也不错，但在这黑暗中无非是个累赘，她说了声"好"就要走。

"等一下，这个抓在手中。"黑暗中单翎递给她一把东西。

姜璃摸了一下，是紫小仙。

"和你的那把放一起，这些东西怕这花，越多越好。"

"那你呢？"

"说了死不了，快走。"单翎虽然气息有点急，但语气非常沉着。

姜璃不再推托，抓了花就照单翎的指示找到隧道逃走。

她想找出手电筒打开，因为这时候无所谓引不引人注意，她就在那些东西的眼皮底下，但摸了半天没摸到，看来是掉了，也不能耽搁，只能靠双手摸索着隧道壁往前走。她知道单翎一定挡在隧道口为她争取时间，心里不由得祈祷，希望单翎没事。

　　黑暗中手脚并用，也不知道撞了多少下，头、肩、腿各个地方，还好那些东西似乎没有追上来，这让她稍稍放心，但不敢放慢速度，拼了命地往前走。也不知道走了多久，她来到了另一个相对宽阔的空间，在黑暗中摸索着另一头的隧道。

　　"吱吱！"安静中猛地响起几声怪物的叫声，不是来自身后，而是这个空间里。

　　有埋伏，姜璃一下停住，冷汗直接滴了下来，这是种非常恐怖的感觉，一群野兽围着你，它们将你看得清楚，伸着舌头，流着口水，亮起了爪子，随时向你扑来，而你什么也看不到。

　　姜璃靠着墙，至少确定背后不受敌，手从怀里抓出那两把紫小仙，一手握着，另一只手抓着短刀。她摆出防守的姿态，当刀刃的寒气划过脸颊时，她忽然又不怕了，要死也要先了结几个。

　　"吱吱"声就在耳边，那声音的频率和长短说明它们很兴奋，但又不敢靠近，姜璃抓着紫小仙的手默默地挤出汁液抹在自己的脸上、身上，然后猛地朝"吱吱"声发出的方向扔了过去。

　　惊慌四散的声音，姜璃在黑暗中辨到风声，直接砍了过去，似乎是砍中了一只，姜璃不敢追过去再砍，还是靠着墙，寻找另一头的隧道。

　　两方就这么僵持在那里，一方因为紫小仙的气味不敢上来，另一方则只能防守而不敢擅动，各种气味在小小的空间里混杂，僵持得越久，姜璃越没有信心，汗自她额头冒了出来。

　　"我数到三，你闭上眼睛再用手蒙上。"黑暗中有人喊了一声，然后就开始倒计时。

　　姜璃想也不想地照做，但还是感觉强烈的光一闪，同时那些怪物发出疯狂的惨叫声，是闪光弹吗？

光线快暗下来时，姜璃松开手，眼前的怪物们缩成一团，虽然光线暗下来了，但是那忽然的光亮还是让姜璃不适应，她第一眼先看准了另一头隧道的入口，人快速地移了过去，这才看到隧道里站着一个人，她还没反应过来，那人已经拉着姜璃的手往隧道里跑。

身后狂躁的叫声不断，似乎是追上来了，前面的人举着手电筒，姜璃也不管那个人是谁，跟着手电筒的光拼命往前跑。

正常情况，这些怪物眼睛不瞎掉至少也要晕半天，却没想到这么迅速就追上来，然而那叫声和混乱的脚步声，更像是被激怒后的失控报复。

没跑多久又是一个暗室，姜璃刚想跨出去，脚被抓住，人直接跌下来，她回身就是一刀，身后传来惨叫声，感觉抓住她的力道松开，她跌跌撞撞地又往前冲。

两人刚跑进暗室里，那群东西也已经进了暗室，那人拉住姜璃将她护在身后，说道："你先跑，我断后，手电筒给你。"说着将手中的手电筒递给她。

"易兰泽？"姜璃终于辨出了声音。

"快跑。"易兰泽却道。

"好。"姜璃应了一声，举着手电筒就往前跑。

手电筒的光在隧道里晃动，这条隧道并不长，她跑了一段发现前面就是他们进来的那个衣橱后的入口，心中一喜，正要加快速度，这才发现易兰泽没有跟上来。

"易兰泽。"她回头叫了一声。

声音在地道里回荡，没有人回应。

"易兰泽。"她又叫了一声。

还是没有人应。

前面就是出口，她不知道外面是不是还有怪物等着她，但她知道易兰泽不是单翎，单翎有足够的能力自保，而他没有。

她转身想回去，却听到易兰泽的声音："别回头，快走，外面没有埋伏。"

姜璃停在那里，易兰泽的声音有种分身乏术的急促，她忽然就想到苏鎏，那个替她挡了刀的苏鎏，她丢下他，就在那个暗室里，现在自己也要丢下易兰泽吗？

然而就这样回去也并没有什么帮助，她一咬牙，手脚并用地往出口跑。

外面一轮明月，空气清新得不像话，姜璃贪婪地吸了几口，看着进洞时扔在一边的行李，找出自己带的换洗衣服，绑在随意捡起的木棍上，木棍应该是屋里某个家具的残骸，也不知道是什么木材，竟然没有朽烂。她找出打火机点燃衣服，另一只手里又抓了几件衣服，深吸了一口气，又钻进洞里。

火光闪动，碰到到处都是的蛛网，空气中弥漫着奇怪的味道，姜璃一路往前，直接冲到易兰泽所在的暗室，入眼却是一只怪物爪子直接插入易兰泽的胸膛。

姜璃惊叫一声，将手中抓着的衣服点上火朝那怪物扔过去，那怪物想躲已经来不及，身上的毛发沾了火燃烧起来，它松开易兰泽，惨叫着四处逃窜，火波及其他同伴，顿时乱成一团。

姜璃趁机跑上去扶住易兰泽，道："快走。"

易兰泽气息不稳，道："你回来干什么？"

他声音刚落，那边几只已经疯了的怪物也不怕姜璃手中的火把了，沾了火星就朝姜璃抓过来，易兰泽一咬牙，抱住姜璃反转过身，那几只爪子就直接爪过易兰泽的背。

姜璃感觉就像是自己挨了一下，又是替她挡，又是这样，死了个苏鎏还不够，连易兰泽也要死吗？她隔着易兰泽抬脚将一只怪物踢开，手中的火把直接朝另一只的脸上打过去，但还有一只已经向他们两人扑来，举起手臂又要抓过来。

姜璃咬牙想把易兰泽推开，然而易兰泽却死死将她抱住，护住她，怪物跃起，这回是向着易兰泽的头。姜璃闭眼不敢看，然后有温热的液体溅在她的脸上，是易兰泽的血吗？她逼着自己睁开眼，却见那怪物已在半空断成两截，而劈开它的是一把剑。

单翎执剑站在那里，一身的血。

他看了易兰泽一眼，眉一皱："你快扶他走，我解决完这几只就上来。"

姜璃点点头，扶着易兰泽就往外走。

狭窄的隧道行动困难，混乱中姜璃听到易兰泽说："你松开我，我能走。"

姜璃却抱着他不肯放，易兰泽抓着她的手，道："我抓着你的手呢，你放心在前面走，我跟着。"

姜璃这才松开他，死死地抓着他的手，将他往外拖。

好不容易才走出洞外，易兰泽用光最后一点力气躺倒在地上。姜璃没有时间惊慌，从包里找出止血的药粉和纱布，死死地按住他胸口的伤口，同时探他的鼻息。易兰泽紧闭着眼，还有呼吸。

她一只手按着伤口，一只手从包里找解毒药，她记得那些东西的爪子有剧毒，手忙脚乱地找到瓶子，打开瓶盖，她松开按着伤口的手，人却愣住了。

月光明亮地从破败的窗口和屋顶照进来，她看得清楚，伤口的血止住了，伤口不知道是不是她的错觉似乎变小了。

怎么回事？是自己被这一系列的事吓晕了吗？她甩甩头，将瓶子里的解毒剂倒在伤口上，又用纱布盖住伤口，而这时洞口有响动，姜璃心中一慌，抓起一边的短刀，却看到出来的是单翎。

她心里一松，刀掉在地上，单翎一出来也不理她，直接将那倒了一半的床踢散架，捡起姜璃扔在一边还燃着的火把，去点燃那张床。这床的木头也是上等的良木，虽然朽败，但着火还是能燃，加上这几天都未下雨，木头干燥，不一会儿就燃烧起来。

见火旺起来，单翎才回头冲姜璃道："他怎么样？"

姜璃的声音有些怪异，道："你自己看。"

单翎看过去，火光下，易兰泽胸口的伤已经变得非常小了。

姜璃看着单翎，单翎也看着姜璃，抓抓头道："等他醒了再说。"说着一屁股坐在地上，拿了瓶水往嘴里猛灌。

也许是这大火，也许是那些东西也是元气大伤，这一夜姜璃他们没有再受到攻击，好不容易等到天亮，易兰泽竟然醒了，而身上的伤已经自动完全恢复。

　　姜璃靠在一旁睡着了，易兰泽默不作声地坐起，一阵眩晕涌上来，他定了定神，试着站了起来。

　　"要走吗？"在另一边靠着的单翎忽然睁开眼，开口道。

　　易兰泽低头看了眼自己胸口原本受伤的地方，道："要走。"

　　"那就趁她没醒快走吧，最好别再出现在她面前了。"

　　易兰泽没说话，人直接走到门口。

　　"你来这里干什么？"易兰泽要跨出门去时，单翎忽然问。

　　"取我想取的东西。"

　　"取到了吗？"

　　易兰泽没有回答，跨出门去。外面太阳已升起，易兰泽望了一眼，又回头看了眼屋里沉睡的姜璃，离开。


　　一切像是从偏离的轨道一下又扭正回来，让姜璃一觉醒来像是做了一场梦。

　　易兰泽消失了。

　　他向局里递了辞职信，消失无踪。

　　老爹出现了。

　　几天没通的电话忽然通了，他告诉姜璃，他已经回到市里。

　　而姜璃却再也不能借助古物回到过去，那里的一切真的如梦一场。

　　姜璃站在自己家的门口还有些恍惚，这种感觉就如同易兰泽从未出现过，而老爹也从未失踪，什么特异功能，什么虫子和怪物，都是幻觉，她只是一个平凡不过的警察。

　　她还未敲门，门就自己开了，姜唯明就站在门口，安然无恙。

　　姜璃眼眶顿时就湿了，扑过去抱住姜唯明道："老爹，你都跑去哪儿了？急死我了。"

姜唯明拍着她的背安慰，道："不是回来了吗？"

姜璃撒娇："去哪儿了，为什么不接电话？"

姜唯明笑道："一个秘密机构，那里信号完全被屏蔽了，本来想跟你说一声，但我也是半途被他们请去的。"

"什么秘密机构？"姜璃这才松开姜唯明，再确认了一遍眼前的老爹是真的，才放下心。

姜唯明道："我不便多说，但与长生不老有关。"

"长生不老？"姜璃听到这几个字猛地叫了一声。

姜唯明一愣，道："怎么了？"

姜璃却吸了吸鼻子，道："糖醋排骨煳了。"

糖醋排骨果然是煳了，但还是非常好吃，配上其他几个姜唯明的拿手菜，姜璃一下吃撑了，舔着手指道："情况就是这样。"

她边吃边将这几天发生的事说了一遍。

姜唯明听到地道里的那场厮杀时，脸上有悲悯之色，放下筷子道："你不该去的，这样你不会身处危险，它们也不会经受这场杀戮。"

"它们真的是人吗，老爹？"姜璃追问道。

"是，只是发生了变异。"

姜璃沉默了一会儿，道："单翎也提到过，那些怪物是变异了的人。"

"我们第一次去的时候也不清楚那些怪物是什么，虽然好奇，但因为危险，所以没有再继续研究。但没想到陈江却起了好奇心，他瞒着我和其他几个生还者，又去了一次大兴，如你猜想的，他的收获很大，活捉了一只，还挖到了一具骨架，对，"姜唯明停了停，"还有那尊佛像。"

"他带回那些东西后曾经请我去过几次做研究，变异也是那时候发现的，而变异的源头并不是你刚才猜的是因为几百年前大兴庄的主人吃了长生不老药，而是那尊佛像。"

"佛像？"

"对，如果你的梦境属实，这个天外来客其实是带着强辐射的陨石，辐射等级高于地球上的任何一种放射元素，这也是你为什么看到它时觉得恐惧的原因。而那些东西，就是受了辐射而逐渐变异成现在的样子，全身长毛，怕光，力大无穷，喜欢吃内脏，但是不可忽略一点，他们还是人，有人的智慧，所以，陈江死了。"姜唯明说到这里叹了口气，"这些陨石放射了几百年，到现在已经对人体没什么伤害了，但那些变异的人还是要带着变异的基因这样生活下去。我本来的想法是，他们虽然凶残，但隐于密林，与世无争，就没必要打扰他们，却没想到会变成这样，也怪我一直对你隐瞒了这件事。"

姜璃听姜唯明这样说，又回忆起洞里的气味和令人心烦的叫声，还有无边的黑暗，心中有种窒息的感觉。如果不是为了找老爹，那确实是不该去的地方，前一次的大兴庄之行无非是一场杀戮，姜璃到现在还记得三个人浑身浴血。

他们是人，至少曾经是。

心中有点不好受，姜璃站起来道："我来洗碗。"

她拿着碗筷进厨房，忽然又停在那里，她想到苏鎏，想到易兰泽。

"老爹，这世上到底有没有长生不老？"

姜唯明猛然听到姜璃这么问，一愣，想了想，道："我以前觉得我们现在的科学技术并不能达到长生，但现在看来，不一定。"

"什么意思？"姜璃听姜唯明模棱两可的回答，有些激动地回头。

"我不能再讲，但就如你有特异功能一样，世上的事远比我们所能想到的更神奇。

易兰泽打开了地下室的门，走了进去，那是他在这座城市的另一个住所，一座独幢的小楼。

他只是一走进去，屋里就传来"吱吱"的声音，像老鼠又似乎不是，等他开了灯，才看清偌大的地下室正中摆着一个铁笼，一个全身长毛的东西在里面狠狠地摇着笼子上的铁栏杆，冲易兰泽露出尖牙。

易兰泽熟视无睹，走到一边的冰箱旁拿出里面的几罐东西，摆在桌子上，又从冰箱旁边拿出一尊佛像也放在桌上。

笼中的东西看到佛像，平静下来。

易兰泽却缓缓地又拿一把锤子，想也不想地朝佛像砸了过去。

笼中的东西疯了一样乱叫乱抓。

易兰泽用手指沾起一点玉石的粉末放进一个搅拌机中，又扔了几块发黑的东西进去，启动了搅拌机。

机器发出巨大的声响在地下室里回荡，最后易兰泽倒出来时，那些东西变成了让人恶心且带着臭味的糊状，让人作呕。

"这些是从你们几个祖先干尸上割下来的肉，应该是最后一味了。"他把倒出的东西迅速地封上，直冲鼻端的臭气让他也受不了。

那笼中的怪物发出"吱吱"的叫声，盯着桌上那几瓶东西。

"我知道你不是，但你确实跟她有点像，到时我们一起死吧。"易兰泽回头对着笼中的怪物说道。

怪物发出低低的吼声。


## 06　长生

上次的事情过去足足有三个月了，姜璃因为假期预支得太多，所以这段时间一直安心地上班，只是到她手头的案子并不多，还有几次被重案组拉去做文职的工作，泉朵挺愤愤不平的，姜璃倒不觉得什么。

易兰泽一直没再出现，档案部门的几个女孩子在一起吃饭时偶尔会谈到他，姜璃就是默默地听着，她曾经向老爹提过易兰泽令人咂舌的复原力，她不清楚这样的复原力是否可以让人长生不老，而老爹的回答也是无法确定，她总觉得老爹隐瞒了什么，也许跟上次那个秘密组织研究的东西有关，所以才不想多说，于是她也就不多问了。

但可以确信的是，这世上隐藏着很多异类，不是通常所说的性格上的异类，而是生理上的，比如那些变异的怪物，比如单翎，比如易兰泽。

苏鎏到底是不是易兰泽？那颗被喂下的药丸是否真的让人长生不老？夜深人静的时候姜璃总是辗转难眠地想着这些问题，但早上醒来又有些恍惚，这一切真的发生过吗？或许根本没有苏鎏，也没有易兰泽。

快下班的时候，姜璃打完一个案子的案情总结，存了档准备明天再打出来交上去，人刚站起来，就听到楼下的警笛响成一片，又有案子了。

她从二楼的窗口往外看，看到侯千群戴上警帽从楼里走出来，上车时忽然抬头看了一眼，看到二楼的姜璃，冲她招招手，道："你，一起去。"

姜璃一愣，指指自己，侯千群不耐烦地又说了一声："下来。"

姜璃下了楼，跟着侯千群上车，问道："什么案子啊，我也要一起去？"

侯千群道："我也还没看到现场，听说又是什么怪东西，"他看了眼姜璃，"那不是你负责的？"

自从上次发现那具怪异的尸骨后，侯千群对姜璃的态度好了很多，而且两人还一起去查看了陈江店里的暗室，推断确实只怪物曾经被关在里面，这点，让侯千群开始相信这世间确实有一些无法用科学解释的事存在。

案发现场是居民楼里一户位于三楼的住户家里，那是个高档小区，严格的安保，随处可见的监视器，姜璃他们到时，楼下围了一大群小区住户。

姜璃和侯千群上楼去，黄眷正好摘了手套从里面出来，看到两个人点了点头。

"怎么样？"侯千群道。

"自己去看吧，"黄眷指指屋里，想了想又看着姜璃，道，"最好做好心理准备，尸体不是很好看。"

听他这么说，姜璃与侯千群对视一眼，两人都不是菜鸟，一般来说腐烂得差不多的尸体两人都看过，也没见黄眷事先提醒，这回这尸体是有多不好看？

姜璃不由得想到侯千群让她来的原因，难道，不是人类？

正想着，一位女助手从屋里出来，脸色苍白如纸，跑出去就对着墙干呕，然后就哭起来。

"看吧，我说过很不好看。"黄眷道。

姜璃被他说得心里直打鼓，但还是跟在侯千群身后走进屋去。

尸体仰躺在地上，四周并没有打斗痕迹，姜璃吸了口气，才把视线停在尸体上，却同时听到侯千群的惊呼："这……这是人吗？"

那是张根本不像是人脸的脸，鼻子、嘴巴和脸上增生出很多粉色的肉团来，让人全身起鸡皮疙瘩，确实已经不像是人的脸了，而是张比人所能想象出的怪物还可怕的脸。

"死亡原因是窒息，是那些肉团堵住了呼吸器官。"黄眷走进来，说道。

姜璃不想再看那尸体第二眼，说道："他怎么会变成这个样子？是疾病还是什么药物引发的？"

黄眷摇头，道："现在还不好说，一切等尸检后才知道。"

这时一个年轻的警察拿了笔记本进来，却只敢站在门口，拿着笔记本念道："侯队，我跟你说一下死者的情况，死者卢学扬，男，45岁，生物学博士。在一家药厂的实验室工作，离异，有一个儿子归女方，目前已经定居美国，平时很少与人来往，只有一个替他烧饭和理整房子的阿姨，尸体就是阿姨发现的。"

年轻警察说完把身旁的一个中年女人往前面推了推，中年女人也不敢进去，脸色苍白地侧身站着，根本不敢看里面。

侯千群皱了皱眉，瞪了那年轻警察一眼，才向那中年女人问道："你是这家请的阿姨？"

"是，先生离婚后就请的我。"

"你大概多久来一次？"

"因为要帮先生做饭，我天天都会来。

"那你今天来的时候死者就死在房间里了？"

"不、不是的，"女人说到这里人发起抖来，结结巴巴地说，"其实我来的时候先生还……还没死，他……他在浴室里摔了一跤，脸上都是血，我说去帮他拿药擦一下，他竟然笑嘻嘻地说，正好看看那药有没有用，说完就把自己关在房间里。然后不一会儿，我就听到惨叫声，冲进去，就……

就看到先生成了现在这个样子。我吓得半死，半……半天才爬起来报的警。"
女人说完抖得厉害，因为害怕眼泪不自觉地流了一脸。

药有没有用是什么意思？死者在药厂实验室工作，难道是他自己在试
新药？姜璃边想着边绕着房间走了一圈，房间陈设很简单，除了床就只有
一个床头柜和衣橱，床头柜上放着个相框，里面的照片应该是一家三口的
全家福。床上有点乱，是死者起床后的样子，床头堆了几本书，姜璃戴上
手套拿起来看，眉头即刻就皱了起来。

竟然都是有关长生不老的。

她盯着书发愣，一旁的侯千群走上来，道："有什么发现？"

姜璃摇头，放下书，侯千群看到书名，笑了笑，道："还博士，竟然
也看这种书。"

姜璃不置可否，说道："死者书房在哪里，我想去看看。"

结果书房里也有大量有关长生不老的资料。

"问问死者所在的公司，是不是在开发有关长生不老的药。"姜璃对
侯千群说道。

侯千群一脸不屑，道："这根本就不可能，就算做出来，你以为能拿
到生产批号？"

姜璃想想也是，但为什么死者会对长生不老这么感兴趣，还是他确实
私下里在做一些研究？

现场一无所获，侯千群对姜璃这么执着于长生不老这件事很不能理解，
回去的路上问姜璃："你不会真相信长生不老这种事情吧？"

姜璃看看侯千群道："说不定我就是几百年前的古人，一直活到现在。"

侯千群瞪她一眼，坐开了一个位置。

下了班，姜璃往单翎的店里去，这几天老爹又新交了个女朋友，好像
是上次他去的那个保密组织里认识的，姜璃没见过，也不好意思跑去蹭饭，
所以只好去单翎那里解决晚饭。

单翎坐在店门口，脚前面摆着个水盆，他正盯着水盆里的东西看。

姜璃凑上去看，竟是正在爬动的螃蟹。

"这么新鲜的螃蟹。"姜璃蹲下来。

单翎笑笑："挑几只，等下做给你吃。"

姜璃于是不客气地挑起来。

"不好意思啊，上次害你差点丢了性命，我总是太相信冷兵器和自己的力量。"单翎看着她挑螃蟹。

"没关系，又没死，而且在那种情况下估计什么武器都不好使，何况又是我让你去的。"姜璃挑了一只在篮子里。

单翎没再多说，看着她的侧脸，她鬓角的头发被拢在了耳后，落下几根，被风一吹轻轻地刷过她的脸，显得很美。他不觉扬了扬唇，想了想道："他，真的彻底消失了？"

"彻底，就好像从来没有这个人一样。"姜璃忽然有些失落，一屁股坐在地上，抬头看着单翎道，"怎么办？一提到他我就有种被抛弃的感觉。"

单翎笑笑，抬手摸摸她的头，知道她是不想提，于是抓了一只螃蟹在她的篮子里。

"这是什么？"却见姜璃抓了一只螃蟹在手中，问道。

单翎看过去，是少了一只钳子的螃蟹，断了钳子的地方又有新的长出来，却是一团软软的肉。

"螃蟹断了腿会再长，不是一下就能长出一只钳子来，而是先由这团软肉再逐渐长成钳子的模样，学校里没教过啊。"

姜璃没说话，盯着那团软肉发愣，忽然又把螃蟹扔进水里，道："不想吃螃蟹了，你给我做别的吧。"

单翎一愣，却不多问，道："好，我给你做别的。"说着站了起来，进店去了。

姜璃的确想到了今天看到的死者脸上的那些肉团，是不可能吃得下螃蟹了。她脑子迅速地转着，软肉、长生不老，这两个词在她脑中不停地盘旋，似乎马上就要抓住其中的线索了，却又乱作一团。

"砰"的一声，她正想得出神，忽然听到店里传来酒瓶碎裂的声音，似乎有人在吵架。

姜璃站起来往店里看，却见一个男人满脸是血，另一个喝醉酒的人正骂骂咧咧，被同伴劝着，地上是一堆酒瓶碎片。

满脸是血的人看身形打扮并不像好惹的人，却竟然不还手，而是用手抹了一把脸，指着那醉汉道："第一次来这里吃饭吧？走，我们出去打，不要在三爷的店里。"

"三爷，什么屁三爷，老子还是他大爷呢。"那醉汉还在骂。

身旁劝的人却慌张地看向站在一边冷眼旁观的单翎，脸都白了，忽然朝单翎跪下来，道："三爷，是我不该带我兄弟来，他第一次来城里，没听过您，您不要怪罪，是我不对，我不对。"说着狠狠地抽自己巴掌。

醉汉看到自己兄弟这个举动，愣住了，刚想开口，那跪着的人站起来就是一巴掌打过去，打得非常之狠，口中道："敢在三爷的店里闹，不要命了，还敢羞辱三爷，看我不打死你。"说着又是一巴掌，顿时就打出血来。

那醉汉顿时酒醒了大半，讪讪着不知该做何反应，旁边人都噤若寒蝉，小心地瞄着单翎。

单翎眼都没抬一下，道："你们三个以后别来我的店了，李忠你把地上清理一下，还得做生意。"说完又进了厨房去。

这算是放过人家一马了，三个人不敢再待，也不敢直接走，留了钱，急急地走了。

姜璃站在门口，看着三个人从身边走过，看到他们脸上的血，脑中什么东西跳了一下，她又走到水盆前看了一眼那些螃蟹，一个想法冒了出来。


姜璃曾经问过姜唯明超乎常人的愈合力是否可以长生不老，姜唯明不置可否。

诚然，人和其他生物都有愈合能力，这并不是特异功能，但如易兰泽那样迅速的，却几乎没有。而且人可以愈合的只是伤口，再生能力却非常缓慢，切掉的肉会留下凹进去的伤疤，断了的腿不可能再长出来，但易兰泽那天胸口的伤却是被那些怪物抓去了一大块肉。

不是愈合，而是再生，强大的再生能力，让人的身体每个器官都能保持最年轻的状态，这，是否就是长生不老的秘密？

今天那个死者研究长生不老，是否也窥到了其中的秘密？如果他口中的药是能够促使人体再生的，那么他摔了一跤，受伤的地方飞快地愈合，但愈合时再生的肉却并没有照人体的正常五官再生，而是胡乱疯长，就成了他死时的样子。

姜璃想到这里简直毛骨悚然，是她想象力太丰富，还是事情很有可能就是这样？她想去问一下老爹，她想到他三缄其口的神秘研究，既然说与长生不老有关，那他一定能提供更好的想法。

她几乎是跑着上了楼，然后用力地按了几下门铃。

门打开，姜唯明穿着西装打着领结，屋里有点暗，似乎有烛光摇曳。

看这架势是烛光晚餐了，姜璃有点庆幸自己是按的门铃，而不是直接拿钥匙开门。

"我明天来吧。"她垂头丧气，再想知道答案也得等到明天再说。

"是谁啊？"正想走，一个女人的声音响起来。

姜璃看到一个非常美丽、长相优雅的女人，保养得宜，看上去不过四十出头的样子，老爹挑女人的眼光一向不错。

"是我女儿，小璃，叫阿姨。"

姜璃叫了一声，忽然觉得那女人似乎在哪里见过，却又想不起来，却听那女人笑着道："比照片上更漂亮，小璃，既然来了，快点进来一起吃，老姜做了一桌的菜呢。"女人热情地招呼。

姜璃是不可能进去的，她和老爹向来互不干涉私事，现在的情况，人家烛光晚餐，自己进去算什么？

"下次吧，我已经吃过了，我只是把我住处的钥匙掉了，来拿一下备用的而已，没打扰你们吧？"她朝姜唯明眨了眨眼。

姜唯明白她一眼，进屋去拿钥匙。女人伸手拉住姜璃，口中道："还是进来坐一会儿吧，杵在门口像什么样子。"

姜璃这才注意到女人的鼻尖上有颗痣，不大不小的一颗，她刚想说不用了，却见姜唯明已经拿了钥匙出来，还打包了一盒菜。

"做多了，你拿回去吃。"

动作倒是迅速，看来是急着想让她走了。

"谢谢老爹。"姜璃甜甜一笑，又朝那女人点了点头，离开了。

下了楼去，夜风中带着淡淡的花香，姜璃吸了口气，慢慢地往自己所住的楼走去，她就这样慢慢地走，似乎慢不经心，但空着的手却慢慢握成了拳。

有人在跟踪她。

这种被跟踪的感觉已经不止出现一次了，然而每次当姜璃回身寻找时，那个人却又踪影全无。

"是谁，别鬼鬼祟祟，给我出来。"走了一段，姜璃猛然回头，冲一旁的树后面说道。

没有人回答。

姜璃站了一会儿，看到一个牵着狗的女人经过，好奇地看着她，她这才又转过身上楼去。

到了家，她不敢开灯，怕那个跟踪她的人还在楼下，知道她的住处，自阳台往下看了一会儿，一直都没有动静，看来是走了。

她把门认真地上了锁，这才想到老爹给她的菜。她打开塑料袋把饭盒拿出来时，却有一张字条掉了出来，她一愣，捡起来，上面很匆忙地写了几行字，是老爹的笔迹。

"我已被人监视，暂无危险，不必担心。找到易兰泽，他的住处已被人发现，有危险，速离开，你今晚就行动。"

然后是一个地址。

姜璃大吃一惊，愣了半晌，猛然想到刚才楼下的跟踪者，不止老爹，她也被监视了，是谁？老爹为什么会知道易兰泽在哪里？他有什么危险？

她再次看了眼那个地址，将纸揉成一团，扔进马桶，冲了。

今晚就行动。

如果是监视，那么楼下那个跟踪者肯定还在，而且也一定知道她住哪一层哪一间，手机之类的通讯工具也不能用了，不然老爹不会写字条给她。

姜璃警察出身，虽然只是在一个不受重视的部门，但业务知识却是一把好手。

反跟踪的方法有很多，摆脱那个三流的跟踪者更是轻而易举，老爹已经说今晚就行动了，显然非常紧急，她不敢耽搁，身上带上了所有的现金，翻出上大学 COS 工藤新一的西装和假发，乔装了一下，开了床头灯，让楼下的人以为她在家里，然后直接大摇大摆地出去了。

跟踪者连跟了她一段时间，多少已经有点放松了，以为她还是跟之前一样，上楼睡觉，第二天上班，根本不会想到她还会出去，何况出去的是个男人。

姜璃很确信没有人跟踪她，但还是在路上转了一会儿，才上了出租车也不敢拿下伪装，让司机直接照老爹给的地址开。

其实作为警察，她第一个想到的是请求警局帮助，但一来怕来不及，二来怕打草惊蛇。何况对于易兰泽，她有太多的疑问，在解开这些疑问前，她不想让任何人知道。

老爹给的地址在郊区，出租车开了足足一个多小时，姜璃让出租车停在目的地的旁边一幢洋楼门口，下了车没直接往易兰泽的住处走，而是先四周看看。既然老爹说易兰泽有危险，是不是意味着他也被监视了？

易兰泽所住的楼里没有开灯，一片黑暗，像是早早地睡了。姜璃绕了几圈，最后把注意力定在易兰泽所住那幢楼的前面那幢，里面也是一片黑暗，但不敢保证是不是有一双眼睛正盯着易兰泽的住处，如果那里真有人在监视着一切，那么自己做再多的伪装，只要一进易兰泽的家，都会被发现。

今晚就行动，是不是说明如果有人要对易兰泽不利，今天就会行动？

姜璃不由得又想到姜唯明，他为什么会知道有人对易兰泽不利？为什么知道易兰泽在这里？老爹说自己暂时没有危险，是真的没有危险吗？如果她去救易兰泽，那么那股神秘的力量就会知道是老爹向她泄露的消息，到时老爹是不是就不再安全了?

姜璃正想得入神,忽然看到一辆黑色的商务车不知何时驶近已经停在易兰泽所住那幢小楼的门口,从里面下来五个身形高大的男人,五个人直接走到门口,互看了一眼,其他四个躲在旁边,留了一个按了门铃。

然而半晌没有人应,姜璃看着半天没有动静,不觉也皱了下眉,睡死了?还是不在家?

姜璃躲在暗处,眼看着那几个人偷偷地进了屋子,过了很久却又空手出来。

是不在家吗? 还是已经离开了?

姜璃觉得自己来这里根本就是多此一举,易兰泽应该有他的办法自保,因为在以前的相处中,被保护的人往往是她。

那几个人守在门口不肯走,有一个人打着电话似乎在等新的指示。姜璃听不清他在讲什么,然后就看到那个打电话的人挂了电话指了指前面那幢房子,几个就一齐朝那幢房子走去。

为什么是前面那幢房子,难道地址有误? 姜璃在暗处换了个位置,眼看着那几个人轻松地开了门,进了屋,姜璃开始有点怀疑这里的保安了,四处都装了探头,难道看不到吗?

然而那些人还是一无所获地出来了,刚才打电话的那个人抓着头发围着房子转了一圈,又看看开始进去的那幢楼,最后一跺脚,指挥其他人开车走了。

姜璃眼看着他们走远,收回视线又看了眼两幢大门敞开的小楼,屋里黑漆漆的什么也看不到,姜璃犹豫着是离开还是进去看看。

最后,姜璃还是决定进去看看,毕竟人已经来了,两处楼前都有摄像头,保安对那些人熟视无睹,不见得也同样看不到她。只是一处摄像头被今年新长出来的树枝挡住了一些,姜璃走到那棵树前,爬上树,找到摄像头前面的那根树枝又将树枝不动声色地压低了点,确定全部遮住了,才进了楼去。

她进的是前面的那幢楼。

姜璃一度怀疑那是监视后面那幢楼的绝好地方，但那几个人进去又出来，显然里面并没有人，或者躲了起来。

屋里很黑，但还是可以看到屋里的陈设非常简单，甚至没有几件家具。姜璃楼上楼下走了一圈，又自楼上的窗口看了一眼后面的楼，当然什么都看不到，而且这楼上的房间几乎都是空的，除了有一间摆了张床，其他就没有什么了，就算有人也没地方躲吧，甚至连有人住的痕迹都少之又少。

姜璃不死心地还想去后面那幢楼看看，人慢慢地走下楼，想着怎样才能躲开摄像头进后面那幢楼看看，却注意到偌大的大厅里摆着台大大的冰箱。姜璃不由自主地走过去打开看，冰箱里竟然摆着食物，已经不新鲜了，看样子放了很久，但看里面的蔬菜、各色调料和速食食品，她愣了一下，她看过易兰泽的冰箱，而这台冰箱里摆放的食物与易兰泽家的如出一辙，连牌子都一致。

她有些兴奋，关上冰箱在屋里到处看，她也不知道自己要找什么，但可以确定这幢楼易兰泽有可能住过。这不是监视后面楼的绝好地方，而很可能这两幢楼都属于易兰泽，所以那几个人才会前后楼都看了一遍。

前后楼，易兰泽为什么要买下前后两幢楼？他哪儿来的钱？就算是租，价格也不菲吧？还有那些人为什么要找他？他一向神秘，姜璃却从来不刨根究底，但此时，一个人在这空无一人的楼中，太多的疑问涌上来。


苏鎏！

这个名字无端地闪过脑海，她停下来，吸了口气，他，是不是苏鎏？

也许是太静，她似乎听到了极轻的叫声，可能是屋外哪种小动物的叫声，但又不像，紧接着，她又听到一声，她整个人趴下来，耳朵贴在地上。

为什么会买两幢楼？难道是囤楼后待价而沽？但这片不是新小区，应该也有十几年的历史了，要卖早卖了，难道留着是为了钱多任性？还是只是狡兔三窟的障眼法？如果是这样，那么两幢楼地下相通也不是那么令人惊讶。

声音来自地下，又是一声，姜璃已经完全可以确认，这地下有暗室。

她没办法开灯，只能借着手机的光东敲敲西敲敲，估计着每堵墙的厚度，累得一身汗却一无所获。她颓唐地坐在客厅的沙发里，是啊，如果暗室的入口这么容易被发现，那就不是暗室了。

客厅里很空，除了沙发就只有那台冰箱，是台性能很好的冰箱，在这么静的空间里机器运转的声音几不可闻。可是，为什么冰箱在客厅？刚才她看过厨房，有足够的空间放得下它，为什么要放在客厅？这并不合理。

姜璃站起来走到冰箱前，用手机照了照冰箱四周，果然有移动的痕迹。她试着推了下冰箱，冰箱纹丝不动，她又打开冰箱，看了半天却没有看出什么疑点，只好悻悻地关上，但关上的一瞬间又停住了。不对，冰箱内的温度好像过高了，她合上冰箱，看上面的温度，调得过高了，是故意的吗？既然放着食物，应该是希望保持新鲜，还是这冰箱及里面的东西只是做样子的，易兰泽只是在采购时买了双份，放了一份在这里？

姜璃自己也不知道为什么要纠结在冰箱温度上，一个看上去无人住的房子，一台温度过高的冰箱，并没有什么不对。但她还是下意识地将冰箱门上的按钮一下下地调低，当调到四摄氏度时，忽然听到"咯"的一声，她一惊，随即反应过来，又试着推了一下冰箱，冰箱竟然可以移动了，原本冰箱的地方露出一个黑洞洞的入口。

有阵阵冷风自洞口吹上来，甚至还夹杂着一股曾经让她恐惧不已的味道，她的寒毛不自觉地竖起来，是那些怪物的味道，很淡，但她敏感地闻到了。同样是一团漆黑的暗室，同样的味道，姜璃说没有心理阴影是假的，但她必须下去看看。

她拿着手机到处照，终于在右边的墙壁上发现了一个按钮。她稍稍犹豫了下按了下去，原本漆黑的暗室亮起来，而那叫声也因为灯的亮起，又传了过来，一连叫了几声，姜璃已经可以确定，是那怪物的叫声。

那些怪物一般只会发出"吱吱"的叫声，只有在受伤和受到惊吓时才会发出这种声音，下面发生了什么？

姜璃没有多想，也不去考虑下面是否又有一群怪物等着她，她脑中唯一想到的就是易兰泽可能在下面。

暗室很简单，走下去就是一个大房间，里面的东西一目了然。确实有只怪物被关在一个铁笼子里，但看上去没有什么力气，本来是坐在那里，看到姜璃爬了起来，冲姜璃叫了一声。姜璃认出那只怪物正是上次在易兰泽家里看到的那只，此时像是饿了很久，张着嘴时，口水流了下来，俨然把姜璃当成了食物。

　　姜璃不理会怪物，环视四周，这才看到在笼子背后的地上躺着一个人，她一惊，跑了上去。

　　正是易兰泽，面如死灰，如死了一般，地上有一大摊呕吐物已经干涸，看上去已经有好几天。姜璃心跳都慢了几拍，在她印象中易兰泽一直是神秘而强大的，现在这样子是死了吗？

　　她忽然慌张起来，抖着手探他的鼻息，感受了很久才感觉到有丝丝呼出的气，还活着，只是离死不远了。

　　姜璃一屁股坐在地上，也不知是松了口气还是更慌张了，她又马上爬起来，试着将易兰泽扶起，却发现他的身体已经有些僵硬了。

　　"易兰泽，你别死啊。"她将他的手挂在自己的肩上试着站起来，但试了几次都没有成功，一个比她高出一个头毫无生气的男人本来就不是她能扶起来的。

　　笼中的怪物坐在那里盯着他们，竟然就安静了。也不知这怪物是否看懂了姜璃的慌张，忽然叫了一声，用力地拍着笼子上的铁栏杆，姜璃抬头看过去，怪物的手指了指一个方向。

　　姜璃照怪物所指的方向看过去，那只是一面墙，墙上很明显有个按钮。

　　姜璃又看看那只怪物，那只怪物比了比吃东西的动作，姜璃松开易兰泽，将信将疑地走到墙边，手放在那个按钮上，看一眼那只怪物，怪物点了点头。

　　姜璃不知道该不该信一只怪物，或许打开是什么恐怖的东西，但也可能是一线生机。

　　她盯了那怪物半晌，又看看地上的易兰泽，现在的情况，如果打电话叫急救，刚才那几个走掉的人可能比救护车先到，到时情况会更糟，还不如试试这个按钮。倒不是她有多相信这只怪物，而是因为这里是易兰泽的地盘，易兰泽虽然神秘但并不邪恶，在这样一个住户集中的居民区，他不会设计太过危险变态的机关。

她没有再犹豫，手指一用力按了下去，那面墙竟然开始缓缓地上升，现出另一个空间，是每幢小楼都配备的地下停车库，里面停了一辆黑色的吉普车。

有车就有救了，姜璃眼睛一亮，走过去拉了拉车门，可以打开，她坐进去发动车子，可以发动，汽油虽然不是满的，但够跑一阵了。

姜璃欣喜地跑回去搬易兰泽，那只怪物用力地拍着栏杆。她知道怪物要什么，姜璃想了想，松开易兰泽，从刚才进来的那个入口出去，把冰箱里所有可以吃的东西拿出来，又下到暗室中，将那些吃的东西全部抛给那只怪物，说道："只有这些东西可以吃，但我不会放你出去。"说完，不再理那只怪物，将易兰泽半拖半拽地拖到车旁边，费了九牛二虎之力才将易兰泽拖上车。

姜璃不敢找老爹的那些医生朋友，怕与现在这件事有关联，更不敢去医院，她怕易兰泽的惊人复原力会吓到那些医生。

她只有一个地方可以去。

找单翎。

单翎与易兰泽一样神秘，他身上有太多的事异乎寻常，但老爹让她别问，她就从来不问，这反而让她与单翎关系匪浅。

确定没有人跟踪，姜璃才敢把车开到单翎小店的门口，已经是深夜了，单翎就住在小店的二楼，她在楼下对着楼上喊了一声，楼上的灯就亮了。

单翎自窗口往下看了一眼，皱了皱眉，只一会儿工夫就下楼来。

"怎么回事？"他看着这辆陌生的吉普车问。

"你上车，车上跟你说。"姜璃开了车门在车里道。

单翎这才看到后座躺着的易兰泽一愣，道："他怎么回事？"

"快死了，你得帮我找个医生。"

单翎拉开后座门，伸手探了探易兰泽的鼻息，冲姜璃道："我就是医生。"说着把易兰泽拉下车。

单翎没有上二楼，而是让姜璃把一楼的两张桌子拼在一起，然后把易兰泽放在桌子上，动手开始解他的衣服。

"有救吗？"姜璃紧张地问道。

单翎道："不知道，我的鼻子和耳朵告诉我，他至少昏迷三四天了，而且情况很糟。"

他看看姜璃，又放柔了声音道："你别在这里，上楼睡会儿去，你睡醒了可能他也醒了。"

姜璃很想看着，但看到单翎开始脱易兰泽的裤子，只好点点头，道："睡是睡不着了，能不能救活，有结果叫我。"说着上楼去了。

单翎的房间与平常人无异，而且很干净，姜璃是不可能睡了，而是缩在沙发里静静听着楼下的动静。

呼吸都几乎感觉不到了会不会死？他到底发生了什么？为什么会变成现在的样子？还有，他到底是不是苏銮？

她对易兰泽这个人其实已经到喜欢的程度了，只是算不上深，再加上易兰泽忽然的失踪，这种喜欢就变得太过一厢情愿，毫无意义。

然而对于苏銮，她更是说不清，她游戏一般地进入那个似梦境的地方，游戏一般地对待他，他却当了真，到最后替她挡了一刀，她才意识到那不是游戏，她也喜欢苏銮，可能胜过易兰泽，但因为太虚幻，所以不曾在意过。

那两个人如果是同一个人呢？

她看着自己无意识中攥紧的手，应该也是一样的无意义吧，感情都不深，都不曾太放在心上，但胸口为什么涌起一股强烈的心痛感。如果他真是苏銮，一个活了几百年的人，从单纯羸弱的苏銮到如今冷静孤独的易兰泽，他又经历了什么？如果今天他就这么死去，如果她没有发现他……

心更疼了，她双手捂住脸，易兰泽，你可要活着，我有好多话要问你。

一直到清晨，单翎才一脸疲惫地将易兰泽背上楼来放在床上。

姜璃跑上去，问道："怎么样？"

单翎环着手臂靠在旁边的书桌上，道："他应该是吃了什么剧毒的东西，我清了他的肠胃，也灌了我调的续命药，但因为时间太久，有没有救不好说。"

他说到这里停下来，看着姜璃道："他对你很重要吗？"

姜璃迟疑了一下，最终点头："反正，不能死。"

"好，我知道了，我会尽力。"单翎不多问，点点头，看了看手表，"那你看着他，我还要去菜市场买菜，回来给你带早点。"

单翎出去了，姜璃坐在床边看着床上的易兰泽，他的脸色还是一样的难看，与抢救前并无差别，但身体似乎没有原来僵硬，呼吸也比之前有力一些。单翎会医术她并不知道，但单翎从未让她失望过，希望这次易兰泽能活下来。

单翎不会这么早回来，姜璃看着易兰泽终于渐渐有了睡意，她缩回沙发上，决定睡一会儿。这一夜的担心虽然不至于太过疲惫，但也够呛，她趴着闭上眼，可能是易兰泽就在旁边，她竟然一下就睡着了。

口袋里的手机在这时不识相地响了起来，她昏昏沉沉地接起，是单翎。

"什么事？"她睡意蒙眬地说。

"快带着易兰泽离开，那些人来了。"

听到这句话，姜璃一下子坐起来，睡意全无，拿着手机走到窗边，看到楼下果然鬼鬼祟祟地站着几个人，正是昨晚在易兰泽楼下出现过的那几个，而其中一个为守的正指挥着另外几个人冲进楼里。

跑是来不及了，姜璃慌忙地回身锁上房门，然后去扶床上的易兰泽，想把他藏起来，只是还未走到床边，身后的门猛地被踢开，那几个人手中都举着枪，冲了进来。

姜璃没有枪，几乎是毫无反击之力，人被逼着站在墙边，而同时那头已经有人举着机枪对着床上的易兰泽一顿扫射。

"不要！"她大叫一声，整个人弹坐起来，一身的汗。

是个梦。

单翎手里拎着豆浆和包子，站在姜璃面前，看到姜璃的样子，道："做噩梦了？"

姜璃疲惫地点点头，回身看床上的易兰泽，易兰泽好好地躺在床上。

　　她这才大大松了口气，站起来拿纸巾抹了一把脸，接过单翎手中的包子和豆浆，对单翎道："昨晚发生的事我得跟你说一下，或许你知道些什么。"

　　早饭吃完，姜璃也讲完了。

　　单翎听完沉默不语，姜璃道："怎么样，知道什么吗？"

　　单翎想了想道："这件事我一无所知，但老姜这次回来后很奇怪，似乎故意不跟我接触，本来过几天就会来喝我种的茶，现在却一次没来过，我觉得问题出在那个神秘组织身上，长生不老？"他看了眼床上的人，"或许他就是个长生不老的人。"

　　听单翎也这么说，姜璃心里跳了跳，皱着眉道："所以那些人才会找上易兰泽，而老爹可能知道了这个消息，才让我去救他，但是他为什么又变成现在这样？"

　　"这得等他醒了问他。"单翎站起来，走到床边看了看易兰泽的脸，又搭了下他的脉，回身对姜璃道，"那个神秘组织不简单，我或许能试着探到些情况。"说着就要下楼去。

　　"我想我老爹不跟你联系是怕你卷进来，因为你跟易兰泽一样。我相信那个组织如果知道你的存在，也一定会感兴趣。我今天晚上就带他走，你还是别管这事了。"姜璃昨天是没办法，现在一分析下来就有点后悔把单翎也牵扯进来。

　　单翎回头冲姜璃迷人一笑，道："我又不是长生不老，他们不会感兴趣，何况我单翎会怕这种事？"说完拍拍姜璃的肩以示安慰。

　　姜璃确实也没地方可去，回家不可能，有人盯着呢。而除了家，她确实想不出能带着一个快死的易兰泽去哪里。

　　"好吧。"姜璃又坐回去，她看着床上的易兰泽，又想到可能已经被人控制的老爹，心乱如麻。那是个什么组织？到底有多大的势力？

　　整个上午姜璃都守着易兰泽，而易兰泽则毫无好转，像死了一样躺在那里，姜璃看得心焦。楼下单翎的生意依然很好，还好单翎二楼做过改装，并没有油烟味蹿上来。

姜璃窝在沙发里，静下心来开始想这几天的事，从老爹被那个研究长生不老的组织"请"去开始，到易兰泽失踪，再到老爹被人监视，现在又救回濒死的易兰泽，似乎都与长生不老有关。不对，当中还发生了那个案子，脸上怪肉疯长的死者，他的家里全部是有关长生不老的书。

那个案子？姜璃曲腿坐着，大拇指放在唇边一下下地扫过，然后整个人从沙发上跳下来，她终于知道为什么昨天看到老爹的新女友时有种熟悉感。她见过那个女人，在死者卢学扬的家里，那张全家福上，那个抱着儿子的女人，卢学扬的前妻。

她跑下楼去，她自己的手机早就不敢用了，只能冲一个经过的服务员道："把手机借我用一下。"

几个服务员跟她都很熟，非常爽快地把手机扔给她，她又跑回楼上去给泉朵打电话。

她不打给侯千群，一个是因为她现在信任的人很少，侯千群她不熟，另外就是，这个人太精明，问多了会出问题。

"你说那个女人的身份，好，嗯，我马上去问，放心，不会让人知道你在问这事，有了消息我告诉你。"泉朵别的没什么大本事，打听消息却是一流，她收到姜璃的指令欢欢喜喜地跑去问了。

房间里又静了下来，只有楼下的吵闹声不断传来，姜璃又坐回沙发上，双腿曲着跟刚才的动作一样。

老爹说过那个女人也是那个组织的人，卢学扬的死，他家里长生不老的资料是不是说明他也很可能和那个组织有关？那个待在老爹身边的女人身份是友是敌？是监视者还是同病相怜？从老爹当时的反应来看，是提防的，那个女人很可能是敌，是监视者。

这样的话老爹的处境根本不像他字条上说的那么轻松，而是十分艰难。

姜璃因为焦躁，一下下地咬着自己的手指，而这时手机响了起来，是泉朵。

"头儿，问不到具体身份，但听说那女人身份不简单，重案组那边也组建了小组，消息滴水不漏。"泉朵喘着气道，显然是跑回来的。

姜璃脑子迅速地转着，既然上头已经注意这个女人，为什么不把那女人就在老爹家里这件事告诉上面呢？不管是立即请去警局协助办案还是暗中调查，至少能让老爹也同时被警方注意到，这样会不会安全一些，还是反而会弄巧成拙被人杀人灭口？

姜璃平时冷静得很，但事情一旦发生在至亲的身上也有点犹豫不决，她用力地咬着手指，手机那头却猛然传来侯千群的声音。

"姜璃，你跑哪儿去了，今天不是该上班？"侯千群恶狠狠地问，那头泉朵在哇哇乱叫。

"侯队啊，"姜璃的声音倒是冷静，"我请假了。"

"又请假？你是把警局当自己家了。"他的语气不咸不淡，转而又直截了当地问道，"案子的事情你是不是有新进展了？"

"我在放假能有什么新进展，这种大案不应该是侯队最擅长的？"

"那你为什么让泉朵打听许媛的事？"

侯千群话音刚落，那头泉朵就叫道："头儿，不是我，我已经很小心了，不知道他怎么知道的，呜呜呜……"

"她叫许媛？"姜璃没空理会泉朵，正色问道。

"没错，身份不简单，不止这次的案子，在这之前警方就已经注意她很久了。"

"什么身份？"

"想知道就先把你知道的说出来。"

姜璃向后靠在沙发上，仰头吁了口气，掂量了一下，才对着话筒道："她现在是我老爹的新女朋友。"

那头沉默了一下，道："你是说姜教授……"

"在他们的控制下，"姜璃替他答道，"你现在可以告诉我她是什么人了吧？"

"你先来警局吧。"那头却答道。

这种话确实不方便在电话里多说，姜璃清楚，她看了眼床上还在昏睡的易兰泽，叹了口气，道："好，我马上来。"

　　姜璃下楼时单翎不在，说是送外卖去了，她只好嘱咐服务员不要让任何人上去，临走时还把门锁上了。

　　一到警局姜璃才感觉气氛有点不对，她刚进局里就被叫去会议室开会，局长和侯千群都在，还有两个外国人，看他们身上的制服，应该是某国的警察。

　　全程都是那两个警察在说，姜璃英语过得去，知道他们在讲的就是那个组织，科学界的极端分子，做一些有违人伦的实验。最可怕的是，他们每个项目都是用活人在做实验，这些活人还包括像易兰泽那样可能与常人有差别的人。

　　姜璃听得不寒而栗，所以老爹才让她去救易兰泽，不然易兰泽可能也会沦为试验品。而老爹的新女朋友，姜璃看了眼幻灯机打在墙上的照片，组织里的骨干，与好几起人口失踪案有关，这样的话老爹的处境一定不妙。

　　"我们现在手头上所有的线索没有一条是关于这个组织头目的，据我所知这个人相当神秘，我们现在首先要做的就是将这个人挖出来。你尽量与你父亲取得联系，让他协助我们找到这个人的线索，捣毁这个组织。"

　　这是局长最后下的指示，姜璃从会议室出来整个人愁容满面，侯千群跟在后面几步赶上来，道："如果有什么需要协助，请尽管跟我提。"

　　如果可以，姜璃不想让老爹卷入这起案子，但现实情况是已经卷入了，而且很难脱身，何况她是警察，她更有义务把这件案子查清楚。

　　"我们会尽力保护好你父亲的安全。"见姜璃不说话，侯千群又说道。

　　姜璃点点头，刚想说点什么，问服务员借的手机这时响了起来，她看了一眼是单翎的电话，这才接起来，问道："什么事？"

　　"易兰泽不见了。"那头单翎的声音有点急。

　　"什么？好，我马上回来。"

　　姜璃放下手机就往外跑，侯千群追上来，道："什么事？是不是跟案子有关？"

姜璃根本不想把易兰泽的事告诉别人，回身道："私事而已。"

还好侯千群跟了几步没再跟上来，只是在姜璃身后道："跟你说好了，这事我们得好好部署一下。"

姜璃摆摆手，迅速地冲出警局。

餐馆楼上的门还是锁着，但床上是空的，只有一扇窗还开着，看来是从窗口跳下去跑的，所以楼下的服务员才说根本没有看到有人从楼上下来。但问题是几小时前还与死人无异、全身僵硬的易兰泽又怎么能够从二楼这样高的地方跳下去？

"想想看他会去哪儿？"看姜璃一脸焦急，单翎问道。

姜璃苦笑摇头，她不了解易兰泽，一点也不了解，所以根本就猜不到他会去哪里，但有一点值得庆幸，他醒了，没死。

只是又消失了。

姜璃将那个组织的情况大致跟单翎说了一遍。

单翎想了一下，道："老姜的事，你准备答应与警局合作吗？"

姜璃点头："我别无选择，何况我也想破这个案子。"

单翎点头："我知道了，那你放心与警方部署，老姜的安全我来负责。"

"可我觉得你最好避开这件事，因为你在那些人的眼中也是异类，你也可能是他们的目标。"

单翎却笑了笑："虽然我不是长生不老，但我们的生命比你们长得多。在此期间我认识的人一拨又一拨，其中有几个也算是天赋异禀，然而却忽然神秘消失了。我曾经追查过，只查到些蛛丝马迹，如果我没猜错，应该跟那个组织有关，就算不是为了你和老姜，为了他们，我也要跟那些人清算一下的。"他说到这里笑意仍在，但眼中已有冷意溢出。

姜璃看着他的神情点点头，忽然心里就沉着了几分，扒光碗里的饭，站起来，道："我知道了，那我老爹的安全就交给你了。我今天先回家，要进攻，总是要先面对他们的。"

只是姜璃万万没想到，早有人在她的住所楼下等着她。姜璃伸手拿钥匙开底楼的大门时，有人忽然冲上来，自身后靠近。

姜璃是什么身手，那人还没靠近，她已经预感到危险，等那人真的靠近，她右手肘已经向后捅了出去，那人完全不反抗，只是闷哼一声，跌在地上。

是打错人了？姜璃回身，在路灯下看清那个人的脸，竟然是易兰泽。

她惊得一下不知道怎么反应，半晌才伸手将他扶起来："怎么是你？"

易兰泽看上去非常虚弱，连说话似乎都没多大力气，道："先上楼去好吗？"

姜璃这才回过神，往四周看了看，开了门，拉易兰泽上楼去。

进了屋，易兰泽丝毫不客气地找了沙发直接躺下来，冲姜璃道："有什么吃的吗？给我弄一些。"

姜璃想到昨天老爹给她打包的菜还在冰箱里，翻了翻有一个炒时蔬，放微波炉里热了下，又煮了碗面，一起拿给易兰泽。

易兰泽靠着沙发睁着眼，面颊深陷，一副病入膏肓的样子，似乎很想闭眼睡觉，却又努力地不让自己睡着。

"刚才你楼下有可疑的人，徘徊了一会儿已经走了。你放心，没有人看到我。"他看着姜璃说。

姜璃搬来小矮桌，把面和菜放在上面，对他道："先吃点东西。"

易兰泽这才坐起来，拿筷子准备吃面，可惜手抖得厉害，刚挑起的面又掉进了汤里。姜璃家里没饭，面是最快最容易做的，但现在这样子，又不能用勺子，看着真是折磨。

"我喂你。"姜璃在他旁边坐下，抢过碗道。

易兰泽僵了僵，有点不好意思，低着头没说话。

姜璃已经挑了一筷子面到他嘴边，他嘴张了张吃了一口。姜璃这才看到他嘴巴上一圈胡子已经长得很长。她正盯着他的胡子，易兰泽忽然捂住嘴干呕，将刚才吃的面也一并吐了出来。

姜璃吓了一跳，放下面，拍着他的背，道："你怎么样？"

易兰泽抹了把嘴，道："很久没进食才这样，不好意思弄脏地板了。"

姜璃根本不关心地板，道："那你还能吃吗？要不先喝点面汤。"

　　易兰泽点点头，姜璃就拿着勺子一勺一勺喂他，等喝了好几口面汤，姜璃又试着喂他吃了点面，还好，这次没有再吐出来。

　　一大碗面只吃了一点，菜根本没碰，易兰泽却比刚才有了点精神，人却还是以一种奇怪的姿势缩在沙发里。

　　"你腿怎么了？"姜璃这才发现他曲着腿的姿势有点怪。

　　"从楼上跳下去时断了，刚刚恢复了一些。"

　　"你为什么要跳楼走？"姜璃伸手去看他的腿，已经肿了起来，她转身从冰箱里拿了几块冰出来，用毛巾包着敷在他的腿上，心里却疑惑，他那惊人的复原力呢？

　　"我虽然人在昏迷，但你把我带走，包括那个男人救我，我都知道。今天你离开后，我其实是要醒了，而就在那个时候，有人上了楼。"

　　"谁？"

　　"我不知道，那家店里我只认识你的朋友，其他人都不认识，那个人上了楼，看我死了没有，然后就动手想把我带走。"

　　"所以你跳了窗？"

　　"是，他看我快死的样子没想到会忽然醒来，吓了一跳，所以没反应过来。"

　　"那你怎么又跑来找我？"姜璃道。

　　易兰泽看着她，过了会儿才道："我不是一般人，在一个地方待久了，就会让人看出些端倪，比如说你。所以我通常的应对方式就是消失，但这次情况不太一样，我暴露了，他们掌握了我可以藏身的地方，我只能找一个最危险却是最安全的地方。"

　　姜璃一愣，道："你说我这里吗？"

　　"难道不是吗？他们控制了你的父亲，也在小心翼翼地监控你，你和那个男人说的话都听到了，我想那帮人不会想到我会躲在这里。"

　　姜璃这才明白他出现在这里的用意，愤愤道："你倒随性，平时你故作神秘，拒我于千里，现在有可以利用我的地方，你就毫不客气地跑来，还要我喂东西给你吃。"她指指桌上的面。

易兰泽扬了扬唇，道："你不是自愿的？"

姜璃瞪他一眼，却也没多余的心思跟他多浪费时间说没用的，她盯着易兰泽，表情忽然无比认真地问道："易兰泽，我能问你几个问题吗？"

易兰泽闭上眼，仍是一脸的死气，半晌低低地应道："嗯。"

姜璃不由得坐直身体道："只有两个问题，第一个，你长生不老吗？"这样的问题在外人听来就像是玩笑，但姜璃的表情却非常认真。

易兰泽仍是闭着眼，似乎对姜璃这个问题并没有太多惊讶，很平静地答道："是的。"

听到他这样不动声色的回答，虽然姜璃对长生不老这件事早有心理准备，但还是大大吃了一惊，毕竟她打心眼里还是不怎么相信人真会长生不老。她不由得狠狠地盯住易兰泽，人也不自觉地向他前倾了几寸。

"第二个问题，"她的声音竟然发起抖来，一只手盖住另一只发着抖的手，因为第一个问题的肯定回答，意味着第二个问题的答案已经有一半的可能，她轻轻地吸了口气才有力气问道，"第二个问题，你……你是苏銮吗？"

她吐出"苏銮"两个字时几乎用尽了全身的力气，她觉得她会平静地问出来，未曾想到会这么困难，就如同马上要拆开一封期待许久的信，她知道里面是什么，又害怕不是她想的那样，眼睛眨也不眨地盯着易兰泽。而这时易兰泽已经睁开了眼，眼中是一种难以置信的神情，就么看着姜璃。

"你说什么？"他一下子坐了起来。

姜璃抿了抿唇，提高声音道："你是苏銮吗？世家公子，身患心疾，娶了大兴林家长女林羽离为妻，婚后不算甜蜜，只因此女性格诡谲多变，时而冷漠，时而活泼……"

易兰泽猛然抓住姜璃的手，道："这……这不可能，你哪里听来这些？"

姜璃道："不是听来，是我亲身经历。"她反手抓住易兰泽的手，"你是苏銮吗？快告诉我。"

易兰泽终于点点头，道："是，我曾经叫过这个名字，在最早的时候。"

他说"是"的时候，姜璃的唇颤了一下，有一滴眼泪毫无预兆地滚了下来，完全脱离她设想的样子，她十分激动，像个与情人久别重逢的女人，伸手抚上易兰泽的脸。

　　易兰泽不自觉地向后缩了缩，困惑地盯着她。

　　"下面我要跟你说个故事，"姜璃任着眼泪滚下来，"这个故事就像你长生不老这件事一样离奇……"

　　应该是说了很久，姜璃说得很仔细，每一个细节，每一句她和苏銮说过的话，本来是姜璃握着易兰泽的手，到后来变成易兰泽握紧了姜璃的手，也不知道是不是握得太久，两人的手都有点颤抖。

　　"我最后一次见你就是在那个地道里，你替我挡了一刀，我不知道你后来怎么样，是死是活。我试了好几次却再也回不去了，总算……"她空着的手又去摸易兰泽的脸，这次易兰泽没有躲开，"总算，你还活着，我又看到你了。"

　　不知道为什么，姜璃今天眼泪特别多，就这么说着话，眼泪又滚下来。她自己也说不清对易兰泽或者说是苏銮那种称之为"喜欢"的感情到底有多深，但当易兰泽承认自己就是苏銮时，她对易兰泽的感觉变了。之前是喜欢，却有种疏离感，喜欢但陌生，现在再看易兰泽时他的形象终于和苏銮重合在一起，像是一种知根知底的熟悉，安全而且想亲近。

　　"你能抱我一下吗？"虽然真相大白，但她还是需要一个保证，保证易兰泽是真的，苏銮是真的，因为这一切实在太离奇了。

　　易兰泽定定地看着她，一只手伸出去，似乎想碰她的脸，还未碰到又缩了回去，最后伸手盖住自己的脸，哑着声音道："你跟她长得不一样，也跟她完全不在一个时代，你真的没有骗我吗？"他也有种太强烈的不真实感，以至于姜璃想要一个肯定回应时，他不敢给。

　　姜璃看着他的样子心疼起来，身体侧了侧，人靠过去伸出手臂将易兰泽抱住了，轻声道："相公，我回来了。"

　　易兰泽颤了颤，随即用力地将姜璃抱住了。

　　两人就这么抱着靠在一起，易兰泽开始讲后面发生的事。

"那几颗长生不老药中只有两颗是真正炼成的,一颗是你喂我吃下的,一颗是后来林羽离机缘巧合下从林家弟弟手里抢来的……"

"所以,那个笼子里的……"

"对,她是林羽离。我跟她的不同在于,我逃离了那个暗道,而她就一直生活在里面。那些陨石的辐射将她变成现在这副人不像人鬼不像鬼的模样,"易兰泽抬头看着姜璃,手指抚过姜璃的脸,"我逃离大兴后,大兴就没落了。我与她也是前段时间她袭击我才再遇见,她能长生不老也是那时才知道,毕竟是否长生是需要时间验证的。"

姜璃想到笼中的林羽离一阵唏嘘,想了想又道:"那你为什么会昏倒在那里?"

易兰泽眼神闪烁了一下,道:"因为我想死。"

"死?"

"对,我活了几百年,总是死不掉,倦了,所以我吃了自己配制的药,它可以让我死。"

姜璃眉头皱了皱,不自觉地抓紧易兰泽的手,道:"所以,我如果没发现你,或者再晚一点发现你,你就死了?"

"我不知道,"易兰泽摇头,"这药我也是第一次试,虽然我现在没死,但却好像大大降低了我的自愈能力。"说着拍了拍自己受伤的腿。

"那会死吗?"姜璃有些紧张。

"你希望我死吗?"易兰泽看着姜璃。

"当然不,我们才刚遇见。"

"那我就不会死。"易兰泽又伸手将姜璃抱住。

也许是易兰泽太虚弱,终于他还是昏昏沉沉地睡过去。姜璃想让他睡得安稳些,小心翼翼地想从他怀里挣脱,却发现他一只手牢牢地抓着她外套的衣角,扯了几下扯不开,就只好放弃外套,这才挣脱开。

她看了眼易兰泽的腿,已经消肿了,看来自愈力还在,只是真如他所说,慢了很多。她又把床上的毯子拿下来盖在易兰泽的身上,看他睡得沉,这才心满意足地倒回自己床上睡觉。

脑中纷乱，却想到屋里还有个易兰泽时竟然格外安心，不一会儿，姜璃也沉沉睡去。

清晨时，姜璃的生物钟准时让她醒了过来，一睁开眼，吓了一跳，往后缩了缩。

易兰泽坐在床边的凳子上就这么看着她，也不知道看了多久。

"你干什么？"她拍着胸口坐起来。

易兰泽道："我睡眠很少，所以半夜里就醒了，怕昨天你说的一切又是一场梦，所以……"

他没往下说，但姜璃知道他在想什么，比起昨天，她已经放松了很多，于是侧身躺着，以手支头，冲易兰泽道："相公，要不要上床来与妾身一起睡？"说着冲易兰泽眨眨眼。

易兰泽顿时脸一红，不好意思地站起来道："我去洗漱。"脸上的表情却是心安了。

他的腿还未痊愈，一瘸一拐。

姜璃躺回床上大笑，看来几百年了，害羞这点一直没变，于是又冲易兰泽道："易兰泽，你这几百年里都没淡过恋爱、结过婚吗？"

易兰泽回头，一本正经地说道："有什么样的女人配得上我？"

"哈哈哈！"姜璃心情大好，一下子从床上蹦下来，上去挽着易兰泽的手臂，"我呢？没有之前的那段，你真的一点都看不上我？"

易兰泽脚步一顿，忽然有些恼火地看了眼姜璃，却什么也没说，挣开姜璃的手臂走开了。

姜璃看着他的背景，莫名其妙，也不知道他忽然生什么气。

姜璃拿着早餐在楼下转了一圈这才上楼去，这两天发生了太多的事，姜璃觉得自己的世界观一下子又放大了好几倍，长生不老、易兰泽，还有警方提供的信息，一切都有了定论，但接下来该怎么做？虽然她默认了让老爹协助警方，但心里仍是打鼓，所以想借送早餐探探老爹的处境，看看他的意思。

早餐是姜唯明最爱的那家鸡蛋饼，门还是那个女人开的，穿着睡衣挡在门口，姜璃往屋里看了一眼，道："我可以进去吗？"

女人这才让开路，姜璃进去，没看到姜唯明，直接往卧室去，却看到姜唯明脸色苍白，双眼紧闭地躺在床上，大吃一惊。

"他怎么了？"她回头问那女人。

女人环着手臂在旁边的沙发里一坐，道："生病了而已。"

姜璃上前去探姜唯明的体温，同时拿起手机道："生病为什么不送他去医院，我叫救护车。"

女人道："没什么的，你爸爸只是自告奋勇地试了我们的新药而已。"

"新药？"

"对，他跟你说过吧，我们在研究长生不老的药物。"

姜璃听到这话，心里就想到最近那个案子的死者卢学扬，那伤口处的增生让她一阵毛骨悚然。她不由得惊慌地看向姜唯明，转头又对着那女人怒道："是你们强迫我老爹的？"

"科学就要有献身精神，这是你爸爸的光荣，你干吗这么生气？"女人这样说算是承认了。

姜璃狠狠地瞪了女人一眼，去床上扶起姜唯明。

女人拦在她面前道："你要干什么？"

"送他去洗胃。"

"恐怕来不及了吧，早就进了胃渗入了血液，怎么洗？"

姜璃不理她，使力将姜唯明扶起来。

"别动。"女人吼了一声，一个黑洞洞的枪口对着她。

姜璃一惊，松开姜唯明，盯着那女人，道："你想干什么？知道这里持枪是违法的吗？"

女人冷笑了一声："你爸给你通了气是不是，易兰泽呢？他在哪里？"

"什么易兰泽，你们找他干什么？"

女人道："你不说也不要紧，只要你在我手里，就不愁易兰泽不出现。"

"我听不懂你在说什么。"姜璃与易兰泽到底有怎样的羁绊，外人并不知道，连老爹也不清楚，常人看来她与易兰泽只是普通同事，为什么听她这样说，自己对易兰泽挺重要似的。

女人一只手稳稳地拿着枪，有些高傲地看着姜璃，慢慢地说道："像易兰泽这样的人，家里电脑桌面能用一个女人的照片那肯定是相当喜欢了，你不知道吧？"她看着姜璃脸上的表情变化，得意地说着，而空着的手不知道什么时候多了一颗白色的药丸，扔在姜璃面前的地上，道，"这个，吞下去。"

姜璃脑中纷乱，什么电脑桌面？女人现在这一招是什么意思，真想用她逼出易兰泽？她看看地上的药丸，又看看那黑洞洞的枪口，道："你给我吃什么？"

"反正不会死，最多是失去知觉，快捡起来吞下去，不然我一枪打死他。"女人的枪口忽然又指向姜唯明。

姜璃只好蹲下来捡起药丸，道："警方已经在注意你了，你逃不掉的。"

"吞下去。"女人眼睛一瞪大声喝道。

姜璃看了眼床上的姜唯明，一咬牙把药丸塞进嘴里。

"等一下，"女人却忽然道，"张嘴让我看。"

姜璃张嘴，女人看到药丸果然在姜璃的嘴里，这才放心，道："吞下去，再张嘴给我看。"

姜璃照做，心道，这女人倒是经验老到，而正想着，不料那药丸竟然起效得非常快，她的头已经开始胀痛，眼前模糊，她扶着身后的墙坐下来，呼吸也变得不顺畅。

楼下，拐角处，一辆出租车停在那里。

"队长，姜警官半天都没出来，要不要上去看看？"年轻警察问身边一脸严峻的侯千群。

侯千群摇摇头，看了眼一直挂在铁门上没有来拿的蛋饼，道了声："按照我们事先说好的计划，走吧。"

四周很冷，混杂着霉臭腐败的味道，姜璃没力气睁开眼，但人已经有了知觉，她应该不在老爹的家里了，但也无法判断到底身处何地。

　　她酝酿了半天，好不容易才有力气睁开眼，四周一片黑，她试着动了动想坐起来，可是完全没有力气，只能用右手碰了一下自己的左手小指，尾戒果然不见了，那是侯千群给她准备的跟踪器。

　　她又试着动了动发麻的双腿，似乎踢到什么东西，触感像是个人。

　　是易兰泽吗？她努力动了动脚还想再碰一下，却听到有脚步声传来，是在她的头顶上。

　　看来，她应该是在某个地下室。

　　然后，一丝光从不远处的入口射过来，听脚步声应该是有人走了下来，姜璃忙闭上眼。

　　灯应该是亮了起来，即使隔着眼皮也能感觉到骤亮的不适，姜璃不自觉地皱了皱眉，听到几个人的脚步声走近。

　　"看看吧，是不是完好无损地待在那里。"是个女人在说话，姜璃听出来是之前那个女人，"放心，我们说话算话，你来了，我们自然会放了她。"

　　那头沉默了半晌才道："他呢？我想见他。"

　　竟然是易兰泽的声音，姜璃整个人一惊，他怎么会来这里？难道真是因为那些人抓了她？那么，自己刚才踢到的人又是谁？

　　"你还有资格跟我们谈条件吗？你现在就是我们的盘中餐，俎上肉，他不会见你的。"女人的声音冷冷地响起。

　　易兰泽声音淡淡地说道："别忘了是我创办了你们这个组织，有没有资格不是你这样的小喽啰说了算，让他来见我，我想他会有很多事情想问我。"

　　女人果然沉默了下，却马上怒声道："别给我摆老资格，他见不见你，自由他决定。走了，人你看过了，后面的事情你只能听我们的。"

　　"我想等她醒来，看你们把她放走。"

　　"易兰泽，你别得寸进尺，我们说过会放，就一定会放了她。"

"我不信。"易兰泽冷冷说着，弯下身想将姜璃抱起来，一管黑洞洞的枪口就已经对着他了。

"我说过会放，"女人脸上带着凶光，"但不是现在。"

易兰泽不理会，还是抱起姜璃，女人果然没有开枪，却冷笑地看着两人，道："易兰泽，想想可笑，我们曾经还把你不近女色作为研究课题，觉得那是你长生不老的原因之一，还研究了数年，看来不是了。好吧，你想抱走就抱走，反正我们要的是你，本来也没想把她怎么样。"

姜璃躺在易兰泽怀中，接触易兰泽身体的手臂轻轻地动了动，让易兰泽知道她已经醒了，果然易兰泽的脚步稍滞了滞，抱着她出了地下室。

外面，有一股河水的腥味扑面而来，而且有水声传来，是在河边或者是江边吗？姜璃不敢睁开眼，却在这时听到有船的汽笛声远远地传来，看来应该是在江边哪个码头。

为什么是江边？难道这帮人是要坐船去哪里吗？姜璃所在的城市是沿海城市，水路四通八达，姜璃想到那女人和其他几个同党已经被警方盯上，坐飞机是不可能了，难道是要通过水路离开这里吗？

正想着，像是在回答她心里的问题，只听那女人道："等一下会有船接我们，我们先从水路出境，再由其他国家坐飞机去美国。你知道，我们这帮人已经被警方盯上，直接坐飞机已经不可能，所以只能委屈你了，至于你想见的他，他今天坐飞机去美国了，会在那里等你。"

他？又一次提到他，姜璃很难不在意这个神秘人，可以坐飞机，显然并不在警方所掌握的嫌疑人之列，今天吗？有没有上飞机？

她感觉自己被放下来，应该是在车里，因为鼻端是真皮坐椅和汽车香氛特有的味道，车门被关上，外面的对话于是就听不清了。姜璃这才睁开眼，外面的天已经黑了，从车窗往外看，可以看到那个女人和易兰泽，还有好几个不认识的人站在路灯下。

易兰泽是背对着她站的，正好挡住了那个女人的视线，她看了会儿易兰泽，又移开眼，看向车顶，忽然无端地叹了口气。

"你是故意还是无意？"半晌，她喃喃吐出一句话。

没有人回答她，也没有人听到，也不知道她是在问谁。

时间一点点地过去，有一艘船的汽笛声似乎越传越近，即使姜璃在车内也能够听到。

车外的人兴奋起来，有几个人将易兰泽反绑了，显然是怕登船时出意外，然后又有人开了车门，把她抱下来，只听那女人得意地说道："不好意思，易兰泽，她也得跟着走，这是我收到的命令。"

姜璃醒着，但手脚的力气还没恢复，现在反抗并没有胜算，也不是最好时机，就只好继续装睡。那女人看看姜璃，又看看手腕上的手表，冲几个手下道："时间差不多，她应该就要醒了，再给她喂颗药。"

旁边的一个手下多嘴道："大姐，她这样昏迷着，喂药不方便，为什么不给她来一针，还可以让她昏睡久一些呢。"

女人一脚踹上去，道："你懂个屁。"

那手下只好从女人那里接过药丸，姜璃听着那女人的话，心里同时被揪了一下，微微发疼，心道，侯千群，你还不来吗？

她这样想着，不远处警笛骤起。

所有人乱作一团，有人叫道："怎么回事，警察怎么知道我们在这里？"

众人看向易兰泽，易兰泽面无表情，女人用手枪对着他，强行拉着他道："走，你现在马上跟我上船。"

易兰泽跟她走了几步，回头看着姜璃。姜璃这时已经醒了，一只手扣住对方来喂药的手，一只脚同时踢了出去。

易兰泽看到姜璃行动，也不敢怠慢，忽然加快脚步朝那女人撞过去，同时原本被绑着的手不知道怎么的已经松开，朝女人劈过去。

女人吃了一惊，却反应极快，躲过易兰泽的攻击，举枪就射，却是对着易兰泽的腿。

易兰泽险险躲开，与此同时几辆警车已经围了过来，本来准备靠岸的船看到警察，掉头开走。女人眼看上不了船，一咬牙，一把抓住易兰泽，手枪抵着他的腰，冲围过来的警察嚷道："都给我退回去，不然我杀了他。"

那头姜璃已经将两个人制伏，还在跟另外三个人缠斗，因为药效还没完全散去人有点体力不支，没几下就被人踢倒，跌在地上，听到女人的声音，再看看易兰泽，易兰泽一脸无所谓的表情，因为他不会死，所以，反而姜璃成了人质。

姜璃的头被一把枪抵住了，是与她缠斗的其中一个，局面僵在那里，一圈警察全都回头看队长侯千群，侯千群一脸严峻。

"放了她，你们要的是我。"是易兰泽开口了。

女人笑道："易兰泽，你以为我傻吗？"

易兰泽不理会腰间的枪，冲抓住姜璃的那个人道："放了她。"眼神从未有过的冷冽。

那人竟然不由自主地退了一步，慌张地看向那个女人。

那女人叫道："你慌什么？控制住她，有她我们就有命在。"

易兰泽却又向那个人逼近一步，那人咽了口口水，抓着姜璃退后一步，而就在这时，一旁的侯千群本来一直放在帽檐上的手放了下来，同一时间，自某处飞出一颗子弹，击中了那个人。

正中眉心，那人即刻倒地。姜璃虽然是警察，但这种场面也是第一次遇到，那人的几滴血溅在她的脸上，她愣了愣，而那边的女人已经举枪朝她射了过来。

谁都快不过子弹，所以谁都拦不住，一旁的侯千群大叫一声，而同时易兰泽已经扑过去挡住了子弹。

"砰"的一声，比刚才那人的血溅在自己脸上还惊心动魄，姜璃反射性地接住易兰泽倒下来的身体，脑中全是那记枪声，再也听不到任何声音了。

警察已经冲了上来，她看到余下的几个人放弃反抗，而抱着易兰泽的地方有温暖的液体自她的指尖滴下来，是易兰泽中枪的地方。

他不会死，他有令人难以置信的复原力，他不会死。

心里却涌出强烈的不安，她低下头看着易兰泽的脸，面如死灰。

有人将易兰泽从她怀里拉开，她眼看着易兰泽被抬走，然后侯千群一脸慌张地查看她有没有受伤，她这才稍稍缓过神，艰难地站起来，看着自己一手的血，说道："地下室里还有一个人，还有，马上去机场，快！"

留了一队人善后，其余人全部直奔机场。

姜璃的脸色一直不好，也不知道是被刚才的情形吓到了，还是担心易兰泽，眼睛望着前方，一句话也不说。

侯千群坐在前座，自后视镜里看她，道："一号跟踪器被破坏了，我们是根据二号跟踪器找到你的，你把它放哪里了？"

"吞进肚子里了。"也不知道是不是巧合，二号跟踪器做成了药丸的形状，因为姜唯明有吃维生素的习惯，所以这颗跟踪器是给他用的，姜璃却在那个女人逼她吃药时同时吞下了肚，而一号跟踪器反而成了障眼法。

"我们去机场干什么？"侯千群看她虽然情绪异常，但思路似乎没问题，才接着问。

"抓幕后首脑。"

"你知道是谁了？"侯千群一下兴奋起来。

姜璃没有马上回答他的话，而是隔了很久才道："抓到再说。"

机场人来人往，一群警察在机场狂奔，引起了不小的骚动。

"飞美国的？"机场工作人员被弄得有些慌张，在电脑上翻找了一下，"现在正好有一班，但已经全部登机准备起飞了。"

"想办法延迟十分钟，让我看乘客名单。"姜璃当机立断。

"好，好，我试试。"工作人员被她的气势弄得更慌张，马上去打电话了。

姜璃拿过名单看了两遍才还给工作人员。

"怎么样？"一直没说话的侯千群上去问道。

姜璃脸色苍白，道："我不知道，可能已经飞走了。"

侯千群转头对工作人员道："把今天已经起飞，飞美国的乘客名单给我准备一份。"

"等等，"他刚吩咐完，一旁的姜璃忽然道，"把刚才那份名单，再给我看一下。"

工作人员马上递过去，姜璃深吸了口气，一下翻到第二页，眼睛在上面扫过，侯千群马上凑上去。

"我爸爸没事吧。"姜璃的眼睛停在一个人的名字上，忽然问侯千群。

"我们是在你离开后进去的，已经送医院洗了胃，但能不能醒过来，不好说，还在观察中。"侯千群说道。

姜璃点点头，最后指着一个名字，道："这个人，应该就是他。"

审讯室的门开了一下，"吱呀"一声又关上了，姜璃站在门边，看着前面戴着手铐脚链的男人。

"他还是想接受你的审讯。"侯千群拍拍她的肩膀出去了。

单面玻璃外，几个警察看着审讯室里的两个人。

"要不是他的同伙指证，我还真不敢相信是他。"侯千群过来，看了眼里面的男人，皱紧了眉。

"你是怎么知道是我的？"罪犯先开口，口气如平常一样，和煦温和。

姜璃就这样站在门边，身体靠着墙，似乎不靠着墙就没有站立的力气。

"我以为我的能力已经消失了，但也许是有规律的，在我找到易兰泽后又恢复了。那颗药，你让那个女人喂我的迷药，你曾经拿过，所以我看到了。你对那个女人说：喂给她，不要用那些劣质的迷药，那些会伤神经。"

被铐着的男人闭了闭眼，道："百密一疏，都怪我太疼你了。不过，也算自作自受，是我给了你能力，最后我却栽在你这种能力下。"

"你给我的能力？是什么意思？"

"你以为你的能力是天生的吗？是我在你还在娘胎时做的试验创造了你，我用了各种办法，修改你的脑电波、你的营养链，你妈妈说我疯了，所以在你还未出生时就逃走了，造成我的试验只完成了一半。在你妈妈去世后，我接你回来，你虽然有异于常人的能力，但那一点也没用，你应该更强大，更强大。"

讲到这里时，男人的表情有点兴奋，姜璃从未见过的兴奋。

"你说我妈妈已经死了，她不是改嫁了？"姜璃一下站直身体看着男人。

"死了，我的试验伤害了她的身体，她虽然生下了你，但身体受不住，死了。"男人又恢复平和的语气。

"是你害死了她？"

"是。不过是她先骗的我，她说要和我一起创造一个强大的人类，但她害怕了，她逃走了，害我的试验只做到一半，都是她，她该死！"

姜璃看着男人的样子，又一次受不住靠在墙上，眼泪跟着淌下来。她狠狠地吸了几口气，才稳住情绪，继续道："说说你怎么成为那个组织的头目。"

"那个组织……"男人停顿了下，才道，"那个组织已经有几百年了，听说最早的研究是为了帮一个长生不老的人去死，可笑吧。长生不老，那是多伟大的能力，他竟然想着死，也许后面的人都觉得可笑，所以到后来，这个组织渐渐不受他控制，变成了研究如何才能长生不老。然而他们还是敬畏他，不敢从他身上获得灵感，但我却不同，为了科学，为了开发人类的潜能，我什么都可以做。"

"你一直都知道他跟我的关系吗？"

"我不知道，我不知道你嘴里说的那个人就是他，但后来一次我手下人追踪他时，我看到了你跟他一起的照片。你知道，他是不动情的，但他的电脑桌面是你的照片，那很有趣你知道吗？我当时忽然有个想法，他这样的人，跟你这样只创造了一半的人生的孩子会变成什么样？那比研究他更有趣。"

"你变态！"姜璃拔高声音骂了一句，眼泪却流得更凶。

男人看着她流泪，悲悯地道："你别哭，我会心疼的。"

姜璃不理他，抬手抹了一把眼泪，继续道："你为什么又让我去救他？"

"我还想让你跟他生孩子啊！可是，"男人忽然愤怒起来，用力地握紧拳头，手上的手铐发出"叮叮"的声音，"可是他毁了自己，他配成了让他死亡的药，那生的孩子还有什么用？所以我要解剖他，在他的能力没有完全消耗殆尽前解剖他，找到他长生不老的秘密。"

说到这里，男人忽然疯狂起来："快，快放我出去，来不及了，人类的希望都靠他了，我要解剖他，解剖他，放了我，你们这些愚蠢的人类！"

"爸爸！"

他丧失理智地大喊大叫，因为姜璃这么一声，猛然停住了，神情呆滞地看向姜璃："什么，我的乖女儿？"

姜璃看着犹如魔鬼附体的姜唯明，忽然声音平静地问道："你爱我吗？你把我养大的，对我的照顾都是真心的吗？"

"当然，我爱你，就算你是个不成功的案例，我也爱你，我不是还想带你一起去美国吗？看，连我这次过海关用的名字都是你高中获奖小说里男主人公的名字，瞧我有多爱你。"

"那如果有一天，我的能力让你觉得有兴趣，你会解剖我吗？"

"会。"男人的眼神带着神经质的光芒，"科学高于一切，就算是我，我也会解剖我自己。"

他答得毫不犹豫、斩钉截铁。姜璃看着他，刚才流出的眼泪忽然就干涸了。他不是老爹，不是姜唯明，他是魔鬼。

她猛地站直身体，看也不看姜唯明一眼，转身出了审讯室。


姜璃心里乱到极点，人磕磕碰碰地往前走，侯千群走过来，想扶住她，被推开了，人一直往警察局外走。

"你要去哪里？我跟你一起去。"

姜璃不理他，只顾朝前走，却跟急步跑上来的泉朵撞在一起。泉朵嘴里还叫着"不好了"，被姜璃一撞，两个人都跌在地上，等看清是姜璃，泉朵抓着姜璃的手臂道："不好了，头儿，医院、医院……"

侯千群跑上来，道："医院怎么了？"

"医院说易兰泽不见了，还有……还有那天在仓库里发现的那个男人也不见了。"

"什么？我去看看，"侯千群跑出去，跑出几步又回头，看看姜璃，冲泉朵道，"看好她，别让她乱跑，出了事我找你算账。"

泉朵傻傻地点头，去扶姜璃，而姜璃口袋里的手机忽然响了一下。

姜璃本来也想跟过去，但看了一眼手机又停下脚步。


人我带走了，是他求我的，他的情况很糟，上次他吃下的药虽然清除了大部分，但已经毁掉了他的自愈能力，而且他的身体也会以正常人好几倍的速度老去。别找他，就当你从未遇到过他，就当他已经死于几百年前的那个地道里。（这是他的原话。）我也要消失，老姜的事对我打击很大，我无法接受我当成兄弟一样的人，却当我是一件观察中的试验品。姜璃，你也当没有遇见过我吧，你需要过正常的生活，没有异类，没有超自然，即使刚开始会难过，但答应我，要活成一个平凡人。

单翎

长长的一大段，却几乎将姜璃整个人掏空，顺风顺水生活了这么多年后，忽然反转，反转得面目全非，她以前所拥有的，并且以之为傲的，都是骗局。

易兰泽！

她往前走了几步，忽然眼前一黑，晕了过去。

# 番 外

## 我活了五百一十三年

——我活了五百一十三年

我活了几百年，确切点说，是五百一十三年。

当我活到快两百多岁的时候，我就开始厌倦活着这件事。时间让所有生命都无法永恒，除了我，那种感觉就像一个人坐在电影院里看完几百年的历史，孤独得无法言说。

我尝试过好多种死法，上吊、喝毒酒、跳崖、溺水等等，通常意义上的寻死方法，但都不成功。我不知道我是怎么活过来的，但昏厥一段时间后，我确实又活了过来，我唯一不敢尝试的东西就是自爆。那是炸弹发明以后的事，我走过战场，看到血肉横飞，有一个士兵的半个屁股落在我面前，我当时就在心里暗暗发誓，我绝对不要这样死。

我找了一群人帮我寻找死亡的方法，然而换了一代又一代人，进展缓慢，到某一代，或者在这之前就隐藏了危机，那些人起了异心，不再照我的意思寻找死亡的方法，而是开始对我的长生不老感兴趣。

他们脱离了我，开始了对长生不老的研究。

而幸亏那时候我已经得到了死亡的方法，那是其中一代人给我的方子：相思锈、虫后、天石、不老肉。

我起初并不知道那是什么，依然漫无目的地过我的日子，几个月前我刚换了身份，叫易兰泽，一个在警局里管电脑的警察。

这个时代远比我出生的时代要无耻下流很多，女人穿着暴露，男人毫无男子气概，所以我更想死了，离开这个世界。

姜璃，还算过得去，至少没有穿着暴露，就是太不矜持，不矜持到我有些招架不住，而且她总让我想起我的妻子，那个有时冷漠如冰，有时又没羞没臊的女人。

而我，爱的就是她的没羞没臊。

以后的事情似乎总与姜璃脱不了关系，我每寻找一样东西，她就在场，甩都甩不掉。而那天，她问我要不要让她做我女朋友，开玩笑，世上除了我妻子，没有哪个女人能配得上我，但是，整整一晚上我都没睡着，口干舌燥。

男人不管活多久，我想，总是需要女人的，就算我天赋异禀。活了几百年了，偶尔想个女人，也算正常吧。但我不想放任我自己，就算我时常不受控地想入非非，梦到她，看着她出神，但我把这些都归咎于她的性格跟我妻子太像，何况我还有很长时间可活，而她终会像以往我看到的其他人一样从充满青春胶原蛋白的美丽身体，变成满身皱纹，最终成为白骨。

想到这一点，我忽然很难受，无比难受，我越来越希望我快点死去，在她之前……

至于电脑桌面上她的照片，那时她正在啃一块大排，鼻尖上有饭粒，照片定格在她张大嘴要把大排塞进嘴里的一刻，非常丑，我打了饭经过，不知道为什么就拿了手机拍下来。

也许是为了哪一天嘲笑她，而我竟然还有些紧张，拿手机的手在抖，导致照片有些模糊，我放在电脑上想把模糊修掉，但始终无从着手。我每天回家都会拿出来看一下，看看怎么修图，最后图方便就成了桌面，真的没有其他意思。

另外，看着这张照片吃饭，我的胃口变好了。

*Ending*

## 结束是新的开始

　　他还活着，相机上每一张照片都是他，偷拍的，各个角度，每个侧面。

　　他还活着。

时间不是抚平了一切，而是隐藏了一切，藏在心里最深的角落，连自己也忘了的角落，就算哪天忽然想起，也会尽量忽略，仓皇而逃。

　　三年后。

　　英国。

　　姜璃辞去警察工作后，就来了英国读书，现在在伦敦的一家出版社做销售。她做梦也没想到自己会做销售，但出版社觉得她蹩脚的英语能给客户留下深刻印象，而且长相又清纯可人，虽然以外国人的审美标准不算是美女，却相当可爱。

　　然而很快，她的另一项优势也被同事发现了，就是强大的格斗术。

　　她在街上打跑了几个想抢劫老人的劫匪，这事还上了新闻，她成了热门人物，于是老板频繁地派她去各个难搞的客户那里，想用她的知名度提高销售业绩。

　　这次派去的地方有点偏，是英国郊区某个小镇，那个客户每年都会有一个月在那里度假。

　　英国多雨，这个时间又是冬天，潮湿又冰冷的天气让人难以忍受。

　　姜璃见完客户一出来就下起了大雨，她深一脚浅一脚地走出去准备赶往火车站，虽然时间已经很晚了，但她还是希望能赶得及最后一班火车。

刚走到大铁门那里，客户的管家就撑着伞跑上来，叫道："小姐，下雨了，而且这时候出去也不安全，主人请你住一个晚上再走。"

姜璃回头，看到身后的城堡，那是这个客户的家族城堡，虽然修葺过，但还是无法掩饰岁月的痕迹，此时在大雨中有种阴森的感觉。

"不用了吧，我预定了出租车，赶最后一班火车回去，谢谢怀特先生的好意。"那家的主人姓怀特，她对管家说道。

管家看了看门外，笃定地看向姜璃，道："我想，你的出租车要失约了。"

最后出租车果然没有来，姜璃打去电话，得到的回答是，下雨了，谁会去这么个可怕的地方。

可怕？哪里？怀特城堡吗？

"其实，是这样的。"管家慢条斯理地说道，"最近我们这个地方不太平，已经死了好几个年轻姑娘，都是在一场大雨后，死相很惨，像是被动物咬死，但可怕的是，血被吸光了。"他说着，给姜璃倒了杯红酒暖身。

姜璃看着那红酒，有点喝不下去。

"你是说动物吸光了人的血？有这种动物吗？"

"所以才可怕，警察至今也没有找到凶手，主人对此很忧虑，毕竟这是他的家乡，他出生的地方，他不希望这么神圣的地方被这些可怕的案子玷污。"

姜璃点点头，想到那个固执的老头怀特，非常有自己的坚持和想法，所以今天的谈话并不算成功。

此时窗外暴风骤雨，她有点庆幸被留了下来，或许晚上有机会还可以为今年冬季的书单再努力一下，毕竟怀特经营着几十家书店。

然而一直到晚上睡觉，姜璃都没有再见到怀特，只有雨一直未停，下到天亮。

第二天难得出了太阳，姜璃醒得有点晚，毕竟是在别人家里，匆忙地整理了一下，跑出去，却发现管家和佣人们都聚在外面的院子里。

气氛不太对，空气中散发着鲜血的味道，姜璃慢慢地走近，这才看到一个人倒在血泊中，怀特先生则跪在地上抱着她。

姜璃一惊，拨开人群走上去，是个女孩，已经死了，颈部的血管被咬断，鲜血染红了整件衣服。

雨后都会有女孩被杀，而且被吸干血。

姜璃想起管家的话，大惊失色，这一切看来是真的，她忽然觉得背脊发凉，是不是如果昨天没被留下的话，被杀的应该是她？

"都是你！"她正想着，忽然有人喊了一句，是一个长相肥胖的女人，她指着姜璃道，"死的本该是你，是我们小姐替你死了，都是你！"说着跑上来厮打姜璃。

"够了，玛丽，跟她没关系，放开她。"身后怀特厉声说道，看看怀中的女孩，叹了口气，"把珍妮抬进屋里，管家去报警。"

几个佣人把女孩抬进屋，女孩的手垂在那里，掌心是干涸的血迹，一个东西从她的手中掉下来。

姜璃等那些人走开后才不动声色地捡起来，是一个十字架。

纯金的十字架，姜璃看着阳光下泛着金光精致非常的十字架，闭上眼睛，却什么也感觉不到，只有一股味道漫到鼻端，她猛地睁开眼，又什么都闻不到了。

警察很快就来了，因为是怀特城堡出的事，所以警察显得很慎重。

案发现场在城堡外不远的地方，珍妮的车还在那里，她昨天在没有通知任何人的情况下开车回来看父亲，谁知道在家门口的地方被杀害。

一边的车窗玻璃被打碎，里面到处是血，警察仔细查看了现场，又派车把车子拖走，最后向怀特先生提出带走尸体做进一步的尸检。

怀特先生显得失魂落魄，却并没有阻止警察将尸体带走。

"等一下！"尸体被抬上车时，姜璃跑上去。

"你知道，我们中国人有种特殊的向死者告别的方式，这可以让死者安息。"她看着怀特先生脸上的沉痛表情说道。

警察看看怀特先生，怀特点点头。

姜璃走上去，装模作样地冲死者行了个礼，又去整理死老的衣服，眼睛却看着死者喉咙处的伤口，没有错，不是咬的，是撕开的。

她退回来，做了个完毕的动作。

警车带着尸体离开，姜璃看着众人散开，怀特先生看也没看她一眼，由管家搀着回自己房间，看来书目不可能再谈了，只能识相地快点回去。

走廊里，刚才辱骂姜璃的女佣玛丽迎面走来，眼中还带着恨意。姜璃微笑了一下，忽然叫住她："是这样的，刚才我在大厅里捡到了这个东西，看样子很贵，知道是谁的吗？"她把刚才捡到的十字架递给玛丽。

玛丽一把抢过，看了一眼，道："是老爷的，谢谢你姜小姐，我会还给他的。"说完高傲地走开了。

"还有，"姜璃叫住她，"实际上，今天还有雨，你看这天都阴沉下来了，我本来想一早就走了，可没想到出了这事就耽搁了，现在走的话，我觉得会遇上一场大雨，而且也不会有出租车来接我。"

玛丽冷冷地看着她："你的意思是想再住一晚上吗？"

"是的，"姜璃用力地点头，"能不能帮我跟怀特先生打声招呼？"

玛丽一脸的不情愿，有些轻蔑地说道："我会尽量问一下的，但能不能住下来我可不保证。"说完就走开了。

到再晚一点时，果然是一场大雨，隔着玻璃看见四周一片昏暗，外面狂风大作，姜璃又住了下来，但这家的主人跟昨天一样，一晚上都没有露面。

姜璃看了下时间，不早了，她拿起自己的黑色风衣套在身上，跑了出去。

雨太大，视线模糊，大铁门紧闭，姜璃白天时看了一下，这附近还有扇小门，是方便人进出的，小门此时已经锁上了，但钥匙则挂在厨房入口的地方，谁都可以拿到，姜璃跑了出去，在黑漆漆的路上漫无目的地乱走，最后停在上午珍妮小姐出事的地方，车已经被挪走，雨水一冲，像是什么也没有发生过。

姜璃全身都湿了，冷得浑身发抖，她的目的很简单，这样的雨夜，如果凶手再出手，她想做诱饵，看看凶手到底是动物还是人。

然而她站了快半小时，人都快冻僵了，四周仍然毫无动静。她渐渐地觉得这是个蠢办法，谁会保证凶手一定会在这个时间这个地方出现？

狠狠地打了个喷嚏，她决定还是回去算了，也许是人已经冻僵，脚底一个打滑，她直接以狗吃屎的动作扑倒在地上，一根掉在地上的树枝划过她的手，在她手掌上留下了很大一条口子，血冒了出来，混入雨水，流散开。

　　真倒霉，姜璃，你的智商真是越来越低了，她心里骂着，人站了起来，耳边却听到了类似野兽的声音，很近，似乎就在身后。

　　是风声吗？还是错觉？她停在那里，犹豫了一下，缓缓回头。

　　是个人，戴着大大的斗篷，看不到脸。

　　"你是谁？"姜璃不由得退了一步。

　　那人没说话，发出野兽一般的嘶叫，向她扑了过来。

　　姜璃向后猛退，那人扑了个空，对着姜璃狂叫。姜璃动了动手脚，心里再次骂自己做事不经大脑，现在不止手脚僵硬，湿衣服黏着身体动作根本舒展不开。

　　她刚一分心，那人已经又朝她扑了过来。姜璃这次没躲，而是直接接招，身体往旁边一偏，一只手去掀那个人的斗篷。

　　空中忽然闪过一记闪电，斗篷被姜璃扯开，姜璃一瞬间看清她的脸，大吃一惊。

　　是今天刚死的珍妮。

　　"你不是死了？"姜璃呆呆地看着珍妮。

　　珍妮完全不理她，张牙舞爪地朝姜璃抓过来。姜璃当然不会让珍妮抓住，珍妮只是有些怪力，但姜璃却是格斗擒拿的高手，几下躲开，捡起地上的一根树枝就朝珍妮打过去。珍妮被狠狠打了一下，竟然像是不觉得疼，脸上被打得皮都破了，却没有血流出来。

　　是死的？

　　姜璃停在那里，是尸变吗？僵尸？

　　她正在发愣，珍妮却不管这些，人跃起又扑了过来。

　　姜璃这次已经来不及躲避，抬手只好硬挡，却忽然听到"砰"的一声，珍妮的动作一滞，姜璃慌忙跃开，同时看向枪声传来的地方，只见不远处怀特城堡的大铁门打开了，路灯下，有人一身雨衣，手中举着一杆枪，对着这边。

珍妮像动物一样吼叫了几声，那边又朝她开了一枪。

珍妮这才知道怕了，看了姜璃一眼，迅速地逃开了。

门口的，是怀特。

他手中的枪管还在冒烟，看到姜璃走近，放下枪，问道："你没事吧？"

姜璃微微地喘气，道："是怎么回事，怀特先生？"

姜璃换了一身衣服，捧着热茶坐在客厅里，怀特靠在沙发上一脸的疲惫。

"珍妮是我杀的，是我将她伪装成被野兽攻击吸干血的样子。"怀特先生叹了口气。

"那其他被杀的女孩呢？"

"是被珍妮咬死的。"

"咬？"

"对，她已经不再是以前的珍妮了，她变成了怪物。"

"怪物？"

"是的，怪物。"怀特先生叹了口气，似乎一下老了好几岁，"大约一年前，这里来了两个东方人，对，跟你一样黑头发黄皮肤，而同一时间，珍妮因为一些事情被学校开除，被我赶到乡下来反省，从而认识了他们。那两个东方人很奇怪，一个受了伤，似乎随时会死的样子，而另一个人更奇怪，他说，他是来寻找吸血鬼的。"

"那不是电影里的东西？"

"的确是电影里的东西，但是，这里确实出现过一个吸血鬼，嗜血如命，但那不是鬼，而是一个人，得了怪病的人。那个人就是我的亲弟弟，从他小的时候喝奶咬伤了我们的母亲开始，就异常喜欢鲜血的味道，像吸了毒，如果不让他喝他就会失控发疯，但他又不想自己成为怪物，所以在他二十三岁时饮弹自杀了，留下了一个女儿，就是珍妮。这是我们怀特家的秘密，除了我和管家，没有人知道，这件事我本来不想再让第三个人知道，但你既然看到了珍妮……"

"那珍妮？"

"珍妮小的时候一切正常，但自从在学校咬伤同学被开除后，她开始嗜血了。医生说她的血液中存在一种物质，造成了她的嗜血，但这种物质现在无法清除。

"跟她的父亲相反，珍妮喜欢自己的这种怪病，她觉得那是很酷的事，所以她开始了杀戮，选雨天是因为那时候外面人少，被人看到的概率低，而选择年轻女性，是因为她们的血液更美味，上帝。"说到这里，怀特自己都觉得可怕，默默地画了个十字。

姜璃以前听过姜唯明说过这一类的疾病，不一定是嗜血，也可能是其他东西，嗜吃如命，科学理论暂时无法解释，但它确实存在于人类的基因中，也可能是突变，也可能是本来就存在。

"那么，她真的死了吗？如果死了，今天又是……"她没说完，看向怀特。

怀特拿水杯的手微微地抖了一下，道："那两个东方人，还带了一个全身是毛的东西，那东西很可怕，像只野兽。那只野兽喜欢吃新鲜的内脏，他们从那野兽身上抽血，说是寻找长生不老的药方。我当时鬼迷心窍，藏了几滴，放在我的十字架里，昨天珍妮扯掉了我的十字架，血滴了出来，我想，也许是这个原因，也只可能是这个原因。她……她只是得病了，并不怕阳光，也不怕洋葱，她不可能像真的吸血鬼一样杀不死。"说到后面，怀特有点激动地站起来。

全身是毛？内脏？姜璃忽然想到捡起那个十字架时闻到的味道，没错，是那种怪物的味道，她曾在黑暗的地道里差点被那种味道吞噬，是林羽离吗？除了易兰泽，只有她长生了。

那两个男人是？

"他们长什么样？"姜璃也站了起来。

"是两个英俊的东方男人，他们拿了我祖先的信物来，我不得不让他们住下。"怀特看到姜璃这么激动，有些吃惊，"如果你想看，珍妮的相机里还有他们的照片，珍妮疯狂地迷恋其中那个受伤的男人，可惜他快死了。他背上的枪伤一直都不见好，奇怪吗？他在这里住了三个月，可是伤口却一直在流血，就像新伤一样，我曾经问他，但他不肯说，直到某一天，两个人忽然不告而别。"

"带我去看他的照片。"姜璃拉住怀特。

怀特不由自主地跟着出去，刚到门口，一个黑洞洞的枪管却对着姜璃。

"主人，你不该让她知道，她现在得把这些秘密带进棺材。"

是管家。

"放下枪，怀特家不能再有杀戮了。"

"主人，她会把一切都说出去。你知道现在的人都是毫无信用的，会有大批的记者拥过来，到时怀特家就完了。"

"我发誓不会说出去。"姜璃眼睛盯着枪，找角度想踢开它，口中同时保证道。

"鬼才信你。"管家却已经扣动了扳机。

"不要！"旁边的怀特大呼一声，人挡在姜璃的面前。

"砰！"怀特倒在地上，管家举枪又要射，姜璃已经找好角度，飞起一脚将枪踢了出去。


警察和救护车几乎是同时赶到的，子弹没有打中怀特的要害，被救护车抬了出去，出门时怀特看着姜璃，姜璃摸着胸口做了个"我保证"的口型。

警察同时也带走了管家，一个警察满身是水地从外面跑进来，一脸惊惶失措："头儿，珍妮的尸体找到了，她……她就在外面不远的树林里。"

为首的警察一惊，命令手下把管家带走，自己带着几个人，跟着那个警察出去了。

又死了？

如果是那几滴血的关系，看来并没有达到强大修复的功效，还是她只是现在是这样子，到了晚上还是会活过来？

姜璃没有心思管这些，她让佣人带路，找到了珍妮的房间，那台照相机就放在桌上。

她迫不及待地拿过来翻找。

然后整个人失去力气似的跌坐在旁边的沙发上，隔了好久，脸上有眼泪淌下来。

　　他还活着，易兰泽还活着。

　　相机上每一张照片都是易兰泽，偷拍的，个个角度，每个侧面。

　　他还活着。

　　只是，又去了哪里？

扫一扫看更多图书番外，作者专访

【官方 QQ 群：555047509】

每周丰富多彩的群活动，好礼不停送！
作者编辑齐驾到，访谈八卦聊不停！